尺素寸心

# 品红楼

叶心怡◎著

抛却曹雪芹家世和清朝政治的影射，《红楼梦》的情节发展、人物塑造同样是不可忽视的。在这样的品读中，我见到了《红楼梦》没那么复杂，却同样美丽的一面。

中国纺织出版社

## 内 容 提 要

一场令人们痛斥封建家长制的“宝玉挨打”，折射出的却是忠顺王府为贾家精心布下的圈套。贾府与其他权力集团的明争暗斗并非到了八十回后才爆发，而是从未停止过。

为什么诗才出色的黛玉在诗社的活动中并不突出？众人推崇宝钗之庄重而非黛玉之纤巧，其实暗示了贾家人在宝钗和黛玉之间的选择。然而，林黛玉其实也曾为贾家的日常开销谋划过，并非不可能成为理家的人选。

宝玉与黛玉并非一见钟情，他们之间也走过了一段艰辛的路途。同时，宝玉的感情世界也并非复杂，他和很多人都有很亲密的关系，但真正能够叫做“爱情”的，只有与黛玉一人。

……

本书从《红楼梦》第一回开始逐回分析至第八十回，既有向红学家们的致敬，也有自己挖掘出的不可忽视的细节。《红楼梦》某些情节并未那样简单，有些情节也并非那样复杂，本书将从其独特的视角一一解读。

**图书在版编目（CIP）数据**

尺素寸心品红楼 / 叶心怡著. — 北京 ：中国纺织出版社，2013.8（2025.1 重印）

ISBN 978-7-5064-9890-6

Ⅰ.①尺… Ⅱ.①叶… Ⅲ.①《红楼梦》研究 Ⅳ.①I207.411

中国版本图书馆CIP数据核字（2013）第162840号

策划编辑：向连英　　特约编辑：蒋　进　　责任印制：储志伟

中国纺织出版社出版发行

地址：北京市朝阳区百子湾东里A407号楼　邮政编码：100124

邮购电话：010－67004461　传真：010－87155801

http: //www.c-textilep.com

E-mail: faxing@c-textilep.com

永清县晔盛亚胶印有限公司印刷　各地新华书店经销

2013年8月第1版　2025年1月第2次印刷

开本：710×1000　1/16　印张：14

字数：170千字　定价：65.00元

# 序

叶心怡是我非常喜欢的学生。她是北京师范大学第二附属中学2011级文科实验班学生中的才女。古典诗词、名家名著一直是她口中常说的内容。

热爱是最好的老师。在这个教育功利化已经深入骨髓的时代，能始终保持追求文学、思考人生的执著，实属不易。这也是未来心怡能够成为一方名家的基础，更可能是中国基础教育的希望。

心怡高一时，我建议她每周写一篇《红楼梦》阅读笔记，争取积累下来成一部书稿。她欣然接受，并且坚持至今。现在，曹雪芹写的八十回她已全部读过，并且都有阅读心得。两年积累，书稿已成规模。

心怡读《红楼梦》并非泛泛而读，而是始终采用细读的方式。在一个讲求效率追求快速的时代，细读似乎一直被认为是落后的方式。很多专家在追求所谓快速阅读、高效阅读。但实际上，没有慢何来快，所有高效阅读都要建立在细读的基础上。越是经典作品越要细细品读，只有如此，才能真正体会名著的魅力。

许多人没有认真读过《红楼梦》，顶多看看电视剧，再道听途说一些，因而很难理解《红楼梦》的精髓和魅力。但心怡不是这样。从第一回起，她就沉下心来一句一句读《红楼梦》，一回一回写她的阅读感受。两年来，我明显看出她渐入佳境，一次比一次写得好。这全有赖于她有细读的意识与决心。对她来说，细读不仅是方法，更是一种态度。

阅读是一种高级智力活动，始终伴随着思考。因而细读之外，还要深思。《红楼梦》博大精深，如百科全书；如果读而不思，不会有真正的收获。心怡则始终坚持深入思考，而不是浅尝辄止。

深思的结果是独得。自《红楼梦》成书以来，各路红学家已将《红楼梦》解说将尽，想出新意实属不易。而作为一个高中学生，经过自己的深入思考，心怡得出不少独得之见。比如从黛玉作诗联想到文科学习，“有时锐意求新不如积极稳妥”，再比如林黛玉并非不食人间烟火，也可能会成为贾府的管理人才，等等，观点大胆又能自圆其说，可见其深思独得。



我一直在想，在这个教育功利化的时代，能不能既取得应试成绩的提高，又保持自己的个性爱好？我一直相信是可以的，也一直在寻找两者兼得的教育之路。现在，心怡又成为我教育信念的印证。

鲁迅作品与《红楼梦》是我在高中语文教学中最为看重的内容，我也希望我的学生能够对这些内容有深入的研究。三年前，我的学生曾有研究鲁迅作品写成专著的，现在心怡又积两年时间完成了一部高中生读《红楼梦》的心得，虽不敢说比红学家们深入，但其中的独得之见仍令人击节。有道是“雏凤清于老凤声”，心怡这只雏凤已发出第一声脆鸣，未来定会绕梁三日，余音不绝。

心怡是个单纯可爱的孩子，有性情、有特点、有追求。在课堂上，我很喜欢听她谈对作品的理解；在课堂下，她也会经常找我分享喜悦与委屈。我们两个人亦师亦友，我在传授知识的同时，也见证着她的成长。

现在这本《尺素寸心品红楼》已经完成，心怡内心自是百感交集，我当然也视为我近几年的工作成果。从这本书我看到了心怡的成长，我对她的未来更充满期待。

何杰

2013年6月9日

# 目录

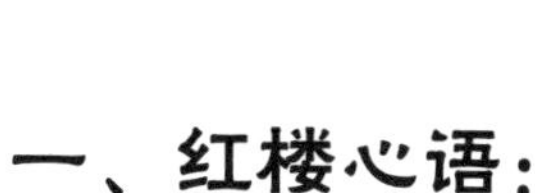

# 一、红楼心语：

## 透过言行看妙玉

> 清标下溆映竹林，晚钟悠鸣慰慧心，
> 子夜谁解槛外意，玉人廊下曾听琴。
>
> ——题记

在“金陵十二钗”中，妙玉的出现或许令人诧异：她并不像其他十一位女子那样，有着高贵的身份；在书中出场的次数也非常少，全书中只出场六次。但是，就是这样一个充满神秘感、“啖肉食腥膻，视绮罗俗厌”的角色，依旧给我留下了深刻的印象。透过她并不多的言行，也可初探她的内心世界。

身为空门中人，妙玉自然曲高和寡，将“雅”这个字诠释到了极致。虽然没有机会与园中人比试（她本人也不屑于这样做），但她的才情是绝不让林、薛的。她深谙茶道，富有生活情趣，收集梅花上的雪水烹茶，只追求茶水的清醇和内心的享受。她对来客捧出一样样古玩奇珍作为茶具，甚至对宝玉说“只怕你家里连一件这样的俗器也找不出来”，这样精致、诗意的生活，确实是世中扰扰之人品读多少诗书、添置多少奇珍都难以求得的。

不仅是茶，妙玉的诗才也是可圈可点的，黛湘联诗，她在一旁细听，待到“寒塘渡鹤影，冷月葬花魂”这一妙句出现时，她才站出来，想要为二人续诗，将诗“回归它的本来面目上去”，一展她的才华。虽然与世俗毫不相干，但她的诗句一样充满生活气息：“箫增嫠妇泣，衾倩侍儿温。”“钟鸣拢翠寺，鸡唱稻香村。”这样细腻的诗句和情感，呈现在一个远离红尘的女子笔下，这是怎样的才思和情怀？“气质美如兰，才华阜比仙”这样的描述不能还原她的特质，“无瑕美玉”的比喻或许也不能够，用她的诗句来概括，她“芳情只自遣，雅趣向谁言”，我们无法准确地理解她的心曲，因为她“原是世人意外之人”，但正因为如此，我们才会去欣赏她的内心世界。

古代文人的生活似乎永远离不开琴。他们忧愁时要“乐琴书以消忧”，怀才不遇时要“抚凌云而自惜”。他们说“琴里知闻唯绿水”，而妙玉就是极好的代表。黛玉鼓琴而歇，她驻足倾听，并为宝玉细心讲解其中的艺术，内心似乎产生了很强的共鸣：黛玉也是一位高雅脱俗的女子，这段情节颇有“伯牙挥手，钟期听声”的意味。然而，在琴音过于怪异、弦断之后，妙玉说出的“不能长久”一语，说明她已提前感知了黛玉的命运。到这里，她对音律的理解已升华为了禅意，我们可以感到，她并不像凡间的尼姑那样还在“为忘而修”，却像出尘的仙子，知天命，侔于天。这样的特质，或许来自于她“极演先天神数”的师父的影响，或许是她在长期的高雅、诗意、清新的生活中修成的结果。

这样一个才情、气质、修养都高人一筹的人，性格上自然孤高自许。近乎完美的李纨在评价妙玉时曾说：“可厌妙玉为人，我不喜他。”妙玉的性格确实不合群。刘姥姥用过的茶杯她不愿再要，客人们要离开时她准备打水洗地，贾母等人离开后她亦没有送客礼节，“回身便将山门闭了”。用常人的眼光来看，她不仅孤僻，而且疏狂，幸而是出家人，否则在这个社会根本无法立足。她厌恶当时人们沽名钓誉的心理，用范成大的诗句“纵有千年铁门槛，终须一个土馒头”讽刺这种风气。寄居于世代簪缨之族、钟鸣鼎食之家的她，自然不会有归属感和认同感，于是只能“辜负了，红粉朱楼春色阑”。但是，也正因为她孤僻的性格，她才能在世俗社会中保留自己的锋芒，在“万艳同悲”

的大背景下保持从容与淡定。

接下来谈一谈妙玉的交往。一个不合群的人真的不会与主流群体中的任何人交往吗？从书中内容来看，不是的。妙玉以茶会友、以诗会友，与黛玉、宝钗、湘云共同享受高雅生活，虽然也曾说黛玉“竟是个俗人”，但内心里从未把她们当做一般的俗众对待。大观园中惜春心向佛门，于是她与惜春交好，与惜春下棋，在无人看护的深夜里陪伴惜春，将惜春视为自己的同道中人。

除了以上这四位“侯门绣户女”，在为数不多的与妙玉有过交往的人中，还有两个特殊的人：邢岫烟和贾宝玉。

邢岫烟说自己和妙玉是有“半师之分”的，妙玉曾教自己读书写字。能与妙玉关系如此密切的女子，必有脱俗之处。确实，与园中姐妹不同，岫烟是一个出身贫寒但内心坚强的女子。她身上不带温柔富贵之乡的脂粉气息，却带着荆钗布裙的朴素和无欲则刚的心境。这一点正是厌恶“必以仗势压人”的富贵人家的妙玉所欣赏的。从这一点来看，两人在精神上有很强的共鸣，岫烟算是妙玉的真知己。

至于宝玉，我起初并不认为妙玉看重他，在一个纨绔公子身上能找到的缺点，如饱受溺爱、肆意调笑、稍有不如意就大发雷霆等，在宝玉的性格中都能发现。确实，妙玉对宝玉的调侃并未体现出赏识，反而带着一丝轻蔑。当然宝玉的应对也非常巧妙，一句“我只谢他们就是了”自然地化干戈（虽然并未有真的矛盾）为玉帛。似乎在妙玉眼中，宝玉是俗人，所以才会对他讲“殊不知一杯为品，二杯便是解渴的蠢物，三杯则是饮牛饮驴”的道理。但是调侃归调侃，妙玉拿自己曾用过的绿玉斗为宝玉斟茶的情节却耐人寻味，绿玉斗想必是妙玉钟爱的茶具（否则不会“前番吃茶”时使用），她将其递与宝玉，这已可以将前面的讽刺否定了。她是看重宝玉的，只不过方式略有不同，她对宝玉的欣赏已不限于生活方式，精神品格的层次，而是用知性的眼光，去欣赏宝玉的厌恶仕途经济，珍视世间万物，或许已将宝玉视为自己的同修，追求“物我两忘，天人合一”的境界。也正因为如此，宝玉生日时，她才会送去一张拜

帖“槛外人妙玉恭肃遥叩芳辰”，虽然不合时宜地将别号署在贴上、必要区分二人的立场，但对于一位世中扰扰之人的生日如此上心，也是见其惺惺相惜之情，而宝玉的仁爱与豁达，应该也从未使妙玉失望。

从这几点来看，妙玉诚然孤傲、疏狂，但她却得以追求与雅人共享精致生活、与知己共勉、与真正的知音心灵相通的境界，远离尘俗却有方外友人陪伴，纵然“太高人愈妒，过洁世同嫌”，又有何不可呢？

我为妙玉的品格所折服，也为妙玉的结局扼腕叹息。纵然心在世外，也不免要在“白茫茫大地真干净”的毁灭性打击中走向悲惨的终结，被录入“薄命司”的册页。或许在红楼一梦初醒之时，妙玉这一角色给我们留下的印象正如她的人生态度，平淡缥缈，却永远令人着迷。

# 二、读《红楼梦》第一回：

一般而言，一部小说的第一回都有总领全书、开启整个故事情节的作用。《红楼梦》的第一回也是如此，并且更为丰富。

正式的故事还未开始，作者就交代了“甄士隐”和“贾雨村”这两个名字的含义——“真事隐”“假语存”，为全书内容定位，表明书中皆为“假语”，但也有“真事”隐于其中。第一回多次出现“梦”“幻”等字眼，又用“大荒”寓意“荒唐”，用“无稽”寓意“无稽之谈”，反复强调整个故事的虚构性。但越是强调，就越可能存在难以掩饰的真相，所以在阅读时，我们不妨假设作者所叙内容皆有其事，从中或许可以了解更深刻的内涵。

那么《红楼梦》一书的主旨是什么呢？从第一回来看，我以为有四。

其一是作者自己道出的“忽念及当日所有之女子，一一细考校去，觉其行止见识，皆出于我之上”，“编述一集，以告天下人”，“闺阁中本自历历有人”。在那个男尊女卑的时代，作者想要通过赞美闺阁女子，为她们立传正名，表达作者对诸位女子的尊敬与欣赏。这个主旨同时也是在向读者说明：《红楼梦》的叙述内容绝非一般的爱情故事那样简单。

其二是借一僧一道之口道出的“那红尘中却有些乐事，但不能永远依恃；况又有‘美中不足，好事多魔’八个字紧相连属，瞬息间则又乐极悲生，人非物换，究竟是到头一梦，万境亏空。”这与第五回《飞鸟各投林》曲中对

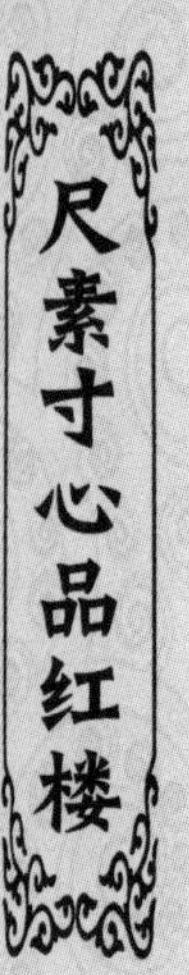


大结局“落了片白茫茫大地真干净”的写照是相呼应的，由于全书内容正是石头在红尘中的所见所闻，所以一僧一道对红尘生活的预言正是作者对全书内容的预告。这一主旨为全书奠定了悲伤的情感基调，可以让读者清醒地认识这个故事。

其三则是借石头之口说出的“离合悲欢、兴衰际遇，则又追踪蹑迹，不敢稍加穿凿，徒为供人之目而反失其真传者”。个人认为这句话非常重要。虽然作者在本回反复声明此书内容是“假语”，但在此处，却交代不能“失其真传”，可见书中内容的真实性很强。那么，为什么还要说是“假语”呢？我认为要从“兴衰际遇”四个字说起。“兴衰”也是本书记叙的主要内容之一，但是个体是不会存在“兴衰”问题的，只有家族和国家才可能有“兴衰”的经历。那么谈到家族和国家，就不得不提政治的影响，而如果提起了政治（尤其是现实政治），就有可能被上纲上线，致使作者受到迫害。因此作者反复强调“假语”，又交代此书“朝代年纪，地舆邦国却反失落无考”，其实是为了避免不必要的麻烦，保全自己的心血，使读者有机会接近他的内心世界。

其四则是作者借空空道人的心理活动提出的“其中大旨谈情”。“情”也是整个故事的关键。正如第五回《红楼梦引子》唱道，“开辟鸿蒙，谁为情种，都只为风月情浓”，“因此上演，这怀金悼玉的红楼梦”。若无“情”，全书就失去了意义。

这样一来，作者就用四种不同的口吻，将全书的主旨呈现在读者面前，引导读者进入这个“满纸荒唐言，一把辛酸泪”的世界。



若论《红楼梦》的中心人物是谁，自然是贾宝玉无疑。贾宝玉的前身在第一回中也已出场——赤瑕宫神瑛侍者。但在第一回中，还有两个形象也在象征着后来的贾宝玉，一个是青埂峰下的巨石，即后来的通灵宝玉，另一个则是空空道人。

灵性已通的巨石无论是“自怨自叹，日夜悲号惭愧”，还是与一僧一道对话时所向往的“在那富贵场中、温柔乡里受享几年，自当永佩洪恩，万劫不忘”，都表现出它憨厚的性格，表明它与人一样具有丰富细腻的情感，由后面内容可知，这种憨厚与贾宝玉是相差无二的。此石化作美玉后，外表虽是“宝物”“奇物”，僧人却说它内心“质蠢”，这样的说法使我想起第三回中对贾宝玉的描述，“纵然生得好皮囊，腹内原来草莽”。而且美玉的原型其实是一块大石头，本身也是一块“假宝玉”。这样的巧合值得注意。故我个人认为，宝玉衔玉而生后的种种性格，完全是拜这块到了凡间就成为凡物的通灵宝玉所赐。这样看来，贾宝玉与通灵宝玉寸步难离的现象也可以解释了。——私以为如是，不知实际若何。

至于空空道人，我在读到他改名为“情僧”的时候还是颇为诧异的：一个道人改名为“僧”，这足以证明此人是不受教派束缚的，关键只在于“空空”二字。何谓“空空”？从贾宝玉的角度来讲，就是“无立足境，是方干净”，是“赤条条来去无牵挂”，且世人称贾宝玉“潦倒不通世务”，可见宝玉也是不受现实规矩束缚的。这样看来，空空道人似乎也与贾宝玉有关，或许他在全书结尾处还会出场，揭示更加深刻的思想内涵，但遗憾的是我们无法见证曹公原笔下的结局，这也是《红楼梦》一书的神秘之处。

故事从“按那石上书云”正式开始。可以看到，甄士隐这个名字似乎也有浅层次的解释——他“每日以观花修竹、酌酒吟诗为乐”，是一名志趣高尚的隐士，但是这样的隐士，却在“严老爷来拜”时表现得格外慌张，或许有更深层的原因。常言道“水火无情”，这样的隐士在“接二连三，牵五挂四”的大火中受到了牵连，从此一蹶不振。联系本书主要家族“白茫茫大地真干净”的结局，我们不难得出，连不以功名为念的人尚且要因为邻里的灾祸而受害，诗礼簪缨之族或许会因为相关的人遭受更沉重的打击，全书开头甄家的遭遇也象征着结尾四大家族的命运。

此外，有关第一回中《好了歌》及甄士隐作注的内容，它们是对全书内容的判词，众多红学家都对此作出了精妙的分析，我也很欣赏他们的观点，此处不敢妄加分析。此时读红楼我才发现，年少时极为不喜欢的第一回，其实也

有很多看点。

## 大旨谈情与人生况味——何杰老师回复之一

心怡：你好!

我看了你写的《红楼梦》笔记，知道你爱极了《红楼梦》。你对妙玉的分析写得很好，我从中看出了你的潜质。《红楼梦》是中华民族小说的最高峰，迄今为止没有人能够超越它。这部百科全书式的作品真是值得一遍又一遍的读。

我想，到了高中，进了文实，就不能只停留在喜欢的程度上，要让喜欢变成热爱，由兴趣变为理想。

既然喜欢《红楼梦》，就把它研究透彻，虽不敢说比得上红学大家，但有自己的心得更为有意义。

我想，如果你能坚持下去，一周写那三五百字，积累下来，一定会有奇迹诞生的。

在读的过程中，可以参考一些评论，但主要还是谈自己的认识。同时，如果你有什么问题，我们可以一起探讨。

年少时不喜欢读第一回，现在发现有许多看点，其实这正是你细读的结果——经典作品是必须细读的，而细读正是你成熟的体现，亦是你发现知识乐趣的方法。

《红楼梦》的主旨如第一回所说，“大旨谈情”。鲁迅在《中国小说史略》将其归为“人情小说”而非“爱情小说”，是非常有道理的。因为它反映的远不止男女之情。正所谓“世事洞明皆学问，人情练达即文章”，小说所反映的人情世故，正体现了整个人类社会的悲欢。

一块石头，本有补天之志，却被人遗弃，正合中国古代士人怀才不遇之心；而其“无用”，却又显出其与封建社会的疏离。

石头本是质朴与坚硬的，在偏僻处待得好好的，经过一番锻炼后，却有了人的灵性与智慧，想到人间去转转。人间的荣华富贵正是人性需要的体现，但人性的需要带来的却可能是无尽的烦恼。

这本身就是人的痛苦的根源。

小说一开始就用这些看似荒诞的故事写出整个小说的荒诞性，也就是写出了人生的况味。

我想，这本书看点真是很多的。

我们一起读，对话《红楼梦》，可好？

你的朋友　何杰

2011年9月17日

## 三、读《红楼梦》第二回至第三回：

## 正邪之论与宝黛故事的伊始

与引子式的第一回相比，第二回和第三回的看点似乎更多一些。因为各位主要人物在这两回中陆续登场。

人物登场，作者自然会借其他角色之口对这个人物作出评价。按理说，在作者心中，主人公贾宝玉应该会得到很高的评价。但无论是冷子兴演说荣国府时形容宝玉“将来色鬼无疑”，还是贾政在将宝玉论断为“将来酒色之徒”，或者是王夫人向黛玉介绍宝玉所说的“孽根祸胎，家中的‘混世魔王’”，甚至是宝玉首次正面出场时概括宝玉性格的两阕《西江月》中的“天下无能第一，古今不肖无双”，都是非常消极的。这是为什么呢？个人认为在于评价者的思维方式与宝玉不同。按书中交代，冷子兴是“都中在古董行中贸易”的商人，代表了大部分市井人物的想法；贾政是“自幼酷喜读书”的宿儒，同时也是宝玉的“严父”，代表了社会上层文化水平较高的学究们的观点；王夫人是通晓世故的妇人，同时是宝玉的母亲，也有“恨铁不成钢”的心理；而“后人”这一模糊的说法，则更难以考究，似乎所有与宝玉无甚瓜葛的人都可以算进去。这样一来，我们不难发现，对宝玉作出负面评价的人，都身处入世的群体，用入世的价值观去看待人或事物，而宝玉的前身是神瑛侍者，自然不能用入世的眼光去看待。

同时，在第二回中，还有一个人对宝玉作出了较为复杂的评价，正是为官场所不容、被称为“生情狡猾，擅纂礼仪”的贾雨村。在论述宝玉的人格之前，他先慷慨激昂地讲述了一篇“正邪之论”，内容虽然格外古奥、晦涩难懂，但是其艺术性和思想价值还是不容忽视的。其中提到，有一种人是秉正邪二气而生，他们有一个共同点，“其聪俊灵秀之气，则在万万人之上；其乖僻邪谬不近人情之态，又在万万人之下”，这与冷子兴形容宝玉“虽然淘气异常，但其聪明乖觉处，百个不及他一个”是相互照应的，说明宝玉正是这样一类人。紧接着，论述中又提到这样的人：“若生于公侯富贵之家，则为情痴情种”，这是对宝玉正是秉正邪二气而生者的印证。但是如果这番论述只是用于描述宝玉的性格，有些语句则显得累赘。故我认为，后面的几句话也是在概括书中其他人物的性格。“若生于诗书清贫之族，则为逸士高人”，这不仅符合前文“神仙一流人品”“每日只以观花修竹、酌酒吟诗为乐”的甄士隐的性格，同时也与“祖上也是读书仕宦之家”的清高的妙玉相近。“纵再偶生于薄祚寒门，断不能为走卒健仆，甘遭庸人驱制驾驭，必为奇优名倡”，宝玉的莫逆之交、戏子蒋玉菡或许就属于这一类人。这样看来，贾雨村也借评价宝玉，将书中人物按照类型进行了扫描。因此，说前几回是《红楼梦》全书故事的梗概，一点也不为过。

第三回的重点情节是林黛玉进贾府。黛玉进贾府的情节可以分为两部分，第一部分是与家中所有人见面，这也是故事中各个角色出场的机会；第二部分则是与贾宝玉初次相遇。

在第一部分中，作者借黛玉的眼光极写贾家吃穿用度之奢华，饭后用茶水漱口、姬妾丫鬟亦是盛装丽服、住宅器宇轩昂、房间内摆放的奇珍异宝数不胜数，这样的家庭，给人的感觉是一片韶华胜极的景象。但是在第二回中，冷子兴已说贾家“如今外面的架子虽未甚倒，内囊却也尽上来了”，可见这样富贵逼人的家庭其实已是外强中干，这样写出贾家生活的奢靡，其实也是在暗示贾家气数将尽，随时可能倾倒。

至于脍炙人口的宝玉初会黛玉的情节，则更加耐人寻味。二人初见时产生了相同的心理——黛玉心想“好生奇怪，倒像在哪里见过一般，何等眼熟到如此”，而宝玉直接说“这个妹妹我曾见过的”。联系神瑛侍者与绛珠仙草在西方灵河岸上三生石畔的“前缘”，以及宝玉衔玉而生的事件来看，宝玉与黛玉是曾经见过面的，但那时宝玉是神瑛侍者，黛玉是受其灌溉之德的绛珠仙草。因为“三生石”这一决定了人的前世、今世、来世缘分的重要事物，他们得以在此时相见，并且觉得对方面善。所以说，宝、黛二人在后面的故事中所引发的所有情节，如黛玉常常因宝玉而流泪、二人互通心意、宝玉听说黛玉要回乡后几近癫狂，都是由命运决定的，再推断下去，则宝玉情痴情种般的性格、黛玉多愁善感的性格，都是为了二人这一世的纠葛而设。但是书中的人物并不知晓这一切（一僧一道和警幻仙姑除外，但他们本非人间生命，所以不必算在内），一些偏离读者构想的情节往往会为整个故事增添矛盾与冲突。所以，当对整个故事的来龙去脉有所了解的读者深入体会宝玉和黛玉之间还泪的故事时，常常会产生些微的焦虑感。作者正是利用这一现象，将我们吸引到整个故事中，做一个与故事人物同悲同喜的旁观者。

总体而言，第二回和第三回不仅承接上文总述《红楼梦》一书的主要内容，还分别对宝玉和黛玉这两个主角进行了详细的分析并安排了他们初次见面的情节，开启了全书的重点之一——宝黛二人的爱情故事。仔细品味，便可把握全书的脉络，便于后面的阅读。

# 四、读《红楼梦》第四回：

# 外强中干的强势群体

在第三回中，作者为我们描述了贾家这个世代簪缨之族、钟鸣鼎食之家的奢华，然而古时“权贵”二字常常不分，富贵家族自然也是有权有势的。第四回着重体现了“权势”二字在书中的意义。

在分析强势群体之前，我想先提出一个疑惑。此回的前半个回目是“薄命女偏逢薄命郎”，但或许是由于在多次细读中我的思考有些胶柱鼓瑟，我对这个标题有些不解。

从本回内容的层次来看，一部分讲黛玉在贾府的生活，另一部分讲贾雨村根据护官符断案一事。一般来讲，回目的两句话总是和故事内容相对应的，那么稍做联想，便可知这是在说宝玉和黛玉的相识，因为黛玉的名字被录在薄命司的册页里，宝玉也一直非常关心薄命司里的女子，用此回目作为对第三回内容的延伸，是有可能的。可是这一部分虽然延续了上一回的内容，但它本身非常短，甚至没有出现“宝玉”二字。所以这样的想法似乎并不准确。

本回中确实是有“薄命女”和“薄命郎”这样两个人物形象的。薄命女自然是从小就被拐卖的少女英莲，故事进行到这里时她已经记不住自己的家乡和姓名。其中值得注意的一点是当年向甄士隐保证要将英莲“自使番役务必探访回来”的贾雨村，在听说了英莲的下落之后，竟将当年的事情完全忘记了，可见说贾雨村“生情狡猾”并不过分。而薄命郎则是因为与薛蟠争抢英莲被打

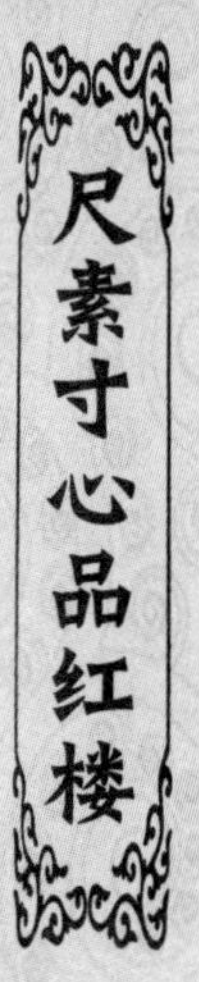


死的公子冯渊。“渊”这个字的谐音是“冤”，或许作者正是借此突出薛蟠的残暴和冯渊的薄命。但我个人认为，他们之间的故事似乎不能用“逢”这个颇具褒义的词来概括。一般来说有“相逢”之义的故事都很美好，但这一段内容似乎是突出了冯渊的纨绔公子本色和香菱作为被拐卖者的不幸和无奈，且作者借这个情节要突出的也只是薛蟠仗势压人的性格特点，所以，如果说“薄命女偏逢薄命郎”是形容英莲和冯渊，似乎也略有不合适之处。对此我表示不解，不知实际情况如何。

按照书中交代，冯渊只是“一个人守着些薄产过日子”的没落子弟，但是在他的身上我们不难发现强势群体的影子。首先，他和那个时代的很多富家子弟一样，有着“龙阳之兴”的恶俗嗜好，而且用现在的眼光来看，他是一名双性恋者。其次，他虽然不够富裕，却毫无金钱观念，毫不犹豫想要买下英莲。再次，在听说人贩要把英莲卖给薛蟠后，冯渊的反应是仗势压人，痛打人贩，并且要和薛蟠讲理。抛去古人的很多陋习来看，整个纠纷中冯渊的动机其实都是情有可原的。可是，冯渊虽然算是强势群体，但是在更强势的薛蟠所代表的有权有势的四大家族面前，他这样的人物简直是不值一提。于是，强势群体中的弱者在纠纷中被更强者结束了生命。

在痛斥年仅十五岁就仗势欺人惹出人命案的薛蟠的同时，我们还会发现，不仅仅是“性情奢侈，言语傲慢”的薛蟠对待冯渊时很强势，四大家族的存在还可以直接影响官员判案。有关四大家族的歌谣被称作“护官符”，说明只有顺应了四大家族，下面官员的官位才可以保住，因此，他们虽然是世代簪缨之族，其横行霸道的程度应该说绝不在市井泼皮之下。这是黑暗的封建社会独有的产物，我们不禁要为那个时代的人而感伤。没有人喜欢这样的欺压，这样的嚣张最后往往会导致灭亡。因此，这样看来，四大家族“落了片白茫茫大地真干净”的结局似乎是必然，而且走向衰败的导火索正是他们自己的作为。

其实四大家族并不是真正的强势。书中介绍薛蟠时，作者说他“一应经济世事，全然不知，不过赖祖父之旧情分，户部挂虚名，支领钱粮”。那么四大家族中的其他人难道就没有依赖于祖上的功绩吗？无论是袭了爵还是做了官，他们的贡献都远远不如祖先，他们所享受到的强势，也都是皇帝看在祖先情分上的特殊照顾。他们的强势背后，隐藏着的是封建社会皇权至上的思想，他们就像所谓皇恩控制下的木偶，或许有一天皇帝的心思一转变，他们也会像无力回天的棋子一样，被无情地抛弃。这也是一种制度下的悲哀，为那个时代所特有。

回到《红楼梦》全书的主题，一个家族的横行或是无奈，往往是与家族中的女性无关的。封建社会的女性大门不出、二门不迈，她们不直接参与家族治理，按理说家族种下的恶果本不应该由她们来承担。但是封建社会的女性同时又是身不由己的，无论个体如何一心向善，如果这个家族有不可逆转的命运，她们最终都难以避免地在“忽剌剌似大厦倾”的背景下香消玉殒。

如果说横行霸道的家族在落魄时灭亡还勉强可以算作是一件公平的事情，那么无辜的女性也会受到牵连就显得尤其悲哀了。这一回中表现的强势群体的弱势性，充分体现了作者所描写时代的特点：制度封建不近人情，个体悲哀无从自救。因此，读到这里，我猜测《红楼梦》的写作意图或许还有作者对修明政治、光明社会的向往和呼唤。愿阅读《红楼梦》的读者都能够为建设一个“让人类都享受正当的幸福”的时代而努力。

## 五、读《红楼梦》第五回：

## 判词浅析与太虚幻境的"不虚"

首先我想提出一点困惑：以前所读的版本中，第五回的回目叫做"开生面梦演红楼梦 立新场情幻传真情"，而在阅读这一版本的《红楼梦》时，我发现它的回目是"游幻境指迷十二钗 饮仙醪曲演红楼梦"。我不清楚为何出现了这样的不同。

第一次读《红楼梦》的时候，非常关注第五回，因为这一回里有对主要人物命运暗示的判词，是整个故事情节的提纲。这样的写法虽然不免有"剧透"的成分，但是它一方面渲染了全书的神话色彩，另一方面也借此提前透露"金陵十二钗"的命运，表明虽然她们的生活轨迹不尽相同，但最终的结局都是必然，是由"薄命司"提前安排好的。

或许《红楼梦》刚刚问世的时候，就已经有评论家或者细心的读者对第五回里的判词进行分析了，非常有道理，且一直得到赞同。为此，我觉得在赏析这一回的时候非常有压力，因为前人似乎已将这一回的内涵说尽，我能说的，实在只有一些零碎的感想了。

警幻仙姑介绍太虚幻境各司时，称这些册页是"普天之下所有的女子过去未来的簿册"，这就说明，不仅是宝玉家族中的"金陵十二钗"，世间所有女子的命运都是无法改变的。她们的命运是什么呢？看看各司的名字便知。"痴情""结怨"，"朝啼""夜怨"，"春感""秋悲"以及收录了金陵女子的“薄命”，都是非常伤感的名字。可见，在作者看来，女子的命运都是不幸的。但客观来看，促使她们遭受这般命运的，不是太虚幻境，也不是天界的任何一个“职能部门”，而是这个社会的制度和价值观。在封建社会，一个女子从小到大，都要承受着种种无奈，种种身不由己，她们除了坚强地忍受这一切，只有朝啼夜怨、春感秋悲聊以自慰。

正因如此，“金陵十二钗”各册还未被贾宝玉翻开，她们的命运就已成定局了。具体的暗示围绕着“薄命”的主题展开。除去“正册”之外，作者一共提及了三名女子的命运——晴雯、袭人、香菱。这三位女子分别代表着“薄命”的一种形式。

宝玉首先翻开的是“又副册”——没有从重点开始翻起，作者把这个细节处理得很自然，符合一个探索者的心理。“霁月难逢，彩云易散”这首诗，描写的是晴雯的命运，这一点上没有争论。有关晴雯的故事从第八回里晴雯“风流灵巧”、笑怨宝玉一时兴起写斗方开始，到第七十八回晴雯去世后“多情公子空牵恋”、宝玉撰写《芙蓉女儿诔》结束，印证了晴雯“心比天高，身为下贱”的性格和“招人怨”“诽谤生”的遭际，向我们展现了“薄命”的第一种形式——地位使然，自己的性格不能得到肯定，致使悲剧产生。

“又副册”里，宝玉看到的另一首诗是关于袭人的：“妄自温柔和顺，空云似桂如兰。”初读这首诗的时候，没有觉得袭人的命运很悲惨，虽然“优伶有福”，袭人只能嫁给戏子，这在那个时代对于一个女性来说确实不是好的归宿，但是《红楼梦》中的戏子，如蒋玉菡（大部分人和续书者一样，都赞同袭人嫁给蒋玉菡），或者属于“票友”的柳湘莲，都是非常杰出的男子，有着卓尔不群的气质，袭人嫁过去似乎也不算是凄惨。但是，不要忘记袭人当丫鬟时勤谨工作的目的——要当上宝玉的侍妾。那么嫁给戏子，导致“公子无缘”，对她而言，心理落差是非常大的。所以袭人的命运也令人喟叹，这是“薄命”的第二种形式——想改变生活状态的努力全都成空。

在我们这些旁观者看来，这两首诗所描写的内容很明确，但是对于宝玉而言，他是当局者，自然是不知道一切故事的发展，所以才会“看了不解”，因而掷下这本“又副册”开始阅读“副册”。

副册中宝玉读到的是香菱的命运。香菱的悲惨身世在故事开始的时候就已经描写了，在第一回后半部分描写得非常清楚，无须重提。只不过那时她不叫“香菱”，而叫“英莲”，“菱”与“莲”的关系似乎印证了判词中的“根并荷花一茎香”。但是香菱命运的悲剧之处在于，她的结局也很悲惨，“自从两地生孤木”，夏金桂的出现使得她遭受摧残，直至香消玉殒。她的人生际遇与晴雯、袭人两位女子又不一样。晴雯、袭人都是丫鬟，地位和家世对她们的命运有很大的影响，而香菱原本是小康之家的女儿，却在童年时期遭受了变故，后来还有更悲惨的遭遇。她代表了“薄命”的第三种形式——从小身世悲惨，长大遭遇变故。

其中，我认为香菱的故事值得关注。这应该不是作者兴致所致写下的故事，或许有着独特的思想内涵。从“又副册”到“副册”再到“正册”，所咏女子的地位应该是逐渐升高的。袭人、晴雯、香菱，她们的遭际分别来自于地位、身世、性格、重大的变故，但是，这些悲伤“正册”中的女子们就不会有吗？迎春庶出，在地位上一样饱受困扰；史湘云“襁褓之间父母违”，身世也很凄惨；林黛玉的性格使得她体弱多病，可见性格也是促成悲剧的一个因素；按照“好一似食尽鸟投林，落了片白茫茫大地真干净”的暗示，她们日后也会遭遇变故，而且，因为登高必跌重，等待她们的将会是更沉重的打击。

可见，当时，普天下女子的命运，不论地位如何，终究没有快乐与幸福，只有凄苦与哀愁。这应该是一个时代、一个社会的悲剧吧。正因为如此，曹雪芹才会格外珍惜这些女子，为她们写出这样一部《红楼梦》来。

关于太虚幻境的“不虚”，其实我也没有想过太多，自己的想法还非常不成熟。我觉得，怜爱女孩们的宝玉会梦见这样一个有关女子的太虚幻境，其实是诠释了“相由心生”的内涵；宝玉通过神游太虚幻境达到了沟通天地的程度，并与过去未来之事近距离接触，这是他对于女孩子的怜爱和一种近似虔诚的情感使然，侧面表现了宝玉“绛洞花王”的人格；一幅“假作真时真亦假，无为有处有还无”的对联，则一方面客观地向读者表明《红楼梦》一书并不只是“梦”而已，另一方面提示读者，太虚幻境并不是“虚”“幻”，在故事中也对宝玉的现实生活有意义；至于秦可卿出现在宝玉的梦里，或许是证明了秦可卿这个人身世非凡，也有是天上生灵下凡的可能，引起了读者的遐思，至于秦可卿的乳名“兼美”，我认为是概括了她的长相“鲜艳妩媚，有似乎宝钗，风流袅娜，则又如黛玉”，这也暗示着宝钗和黛玉两人都是宝玉所珍惜的，这也是后面故事情节的一条线索（《红楼梦》属于多条线索并行，我并未一一弄清楚，但宝钗黛玉和宝玉的关系应该是其中重要的一条）。

此外，还有一点很有意思。太虚幻境门口不同寻常的对联和其中各司的排列形式的巧妙构思都与北京朝阳区东岳庙有若许相似之处，不知道曹公在创作的时候是否曾受到东岳庙的启发。

## 六、读《红楼梦》第六回：

## 由刘姥姥一进大观园看贾府经济状况

关于第六回中只占了极小篇幅、与后半部分故事关系并不大的“贾宝玉初试云雨情”的情节，我非常认同刘心武先生在《揭秘红楼梦》一书中的观点，即作者希望通过这段情节向我们传达一个基本设定——宝玉是一名身心发展正常的男子，他对自己在性别上的定位是准确的，而并非认为自己与周围的女子一样是女孩，他怜爱府里的女子，是站在男子的角度上，这与当时社会的主流价值观是大相径庭的，这也是作者通过《红楼梦》全书想要赞赏的一种精神。

第六回故事的重点在于“刘姥姥一进大观园”。这一段故事着力刻画了刘姥姥这位贫苦的“积年的老寡妇”的形象和王熙凤爽快、热情的性格，交代了贾府的经济状况，同时也通过周瑞家的一番叙述，向我们交代了发生在故事之前的“故事”。



这一次，刘姥姥也对荣国府的经济状况做了一个有点粗鄙但格外生动的比喻：“你老拔根毛比我们的腰还粗。”这句话很好地解释了王熙凤先说“大有大的艰难去处”、尔后又很爽快地说要拿出二十两银子来给刘姥姥的原因。按照第三十九回的叙述，二十两银子已经足够刘姥姥一家过一年的温饱生活。但是这二十两银子，对荣府的生活却没有任何影响。我曾经在读到这里的时候否定了第二回中关于贾府“外面的架子虽未甚倒，内囊却也尽上来了”的描述，因为从救助刘姥姥一家来看，他们的经济实力还是相当可观的。但是这一次仔细读的时候，我却感觉从第三回正式描写贾府生活起，作者就在用一些体面、奢侈的小细节，如饮酒排场、屋内摆设等，去掩饰真正的、已经入不敷出的整体经济状况。这样写，或许是因为“百足之虫，死而不僵”的现实情况本该如此，或许是因为在元妃省亲后，贾府恢复了真正的富贵，虽然与故事进行到第六回时粉饰出的富贵不同，但由于情节跳跃性不大，所以没有用府内人们的生活状况加以区别。无论作者实际的写作目的是怎样的，我认为四大家族的败落并不是偶然的，而是种种因素，如管理上的失败，贾琏、王熙凤这一代子女的兴风作浪，叠加在一起，导致他们自取灭亡，而这样的结局，却是故事的开篇——第六回的叙述与细节描写已经暗示过的。

不知道为什么，这一回中的王熙凤给我留下的印象并不是那样的慷慨和乐善好施。首先，王熙凤对刘姥姥热情的态度似乎并没有什么特殊之处，因为性格使然，王熙凤在面对任何不牵扯到大错的问题上都会表现得非常热情，处理一名客人提出的不情之请时，自然也会如此。其次，王熙凤在向周瑞家的询问有关王狗儿家的情况时，也是听到了王夫人“今儿既来了瞧瞧我们，是他的好意思，也不可简慢了他”的指示，才决定要救济刘姥姥，没有感情因素的介入；“我说呢，既是一家子，我如何连影儿也不知道”的评论更印证了这一点。这种救助并不等同于慷慨解囊，但是通观《红楼梦》全书，这应该是王熙凤对四大家族以外的人所做的唯一一件善事了。根据第五回中有关巧姐“偶因济刘氏，巧得遇恩人”的暗示来看，这一次偶然的自己并不在乎的接济，可能会在全书结尾，到了贾府败落、自己格外在乎女儿巧姐的安危之时，得到善报。到这里，第五回有关巧姐的《留馀庆》一曲中“幸娘亲，幸娘亲，积得阴功。劝人生，济困扶穷”一句的含义已经基本明了。这样的情节发展也告诉我们一个道理：今日不经意间所做的一件有益于他人的事，可能会在未来的某一天使我们得到雪中送炭的回报。举手之劳，有时也会有如此巨大的影响。

在这一回，我很喜欢由周瑞家的道出的有关刘姥姥一家的往事，姑且称之为“红楼梦”前传。“他们家原不是一家子，不过因出一姓，当年又与太老爷在一处做官，偶然连了宗的。这几年来也不大走动。当时他们来一遭，却也没空了他们。”这是作者所叙述的年代的社会风气的体现。攀亲是当时的很多小人物都会有的心理，俗话说“人往高处走”，对于没有家庭背景的他们而言，想要走向富贵，除了一般的科举求官之道，另一种很普遍的现象就是如此。连宗可以使自己的家庭拥有一个强大的靠山，也可以在面对大家族时消除一定的自卑感。但是这样的连宗，本质又是什么呢？真的让小人物们翻了身，成为了大家族的远亲了吗？真的让小人物可以像大家族一样，成为“诗礼簪缨之族，钟鸣鼎食之家”坐享荣华富贵了吗？显然不是。小人物总归是小人物，大家族只不过为他们提供了一条财路，想要从自己的富贵亲戚这里得到财富，一样是要拉下脸面“打秋风”，一样要遭受大家族里一些家庭成员的冷遇和不解。连宗后的小人物，依然改变不了他们地位的本质，所谓社会地位的相对提升，也只能使他们在等级森严的封建制度中扮演一种尴尬而有时又不免有些滑稽的角色。这是社会地位悬殊造成的可悲之处，也使这样的小人物，当然也包括刘姥姥等人在内，成为《红楼梦》一书中除女子、仆人以外的另一类弱势群体。作者对他们给予了充分的关注。这样的思想在当时是非常难能可贵的。想到这里，我忽然觉得整部《红楼梦》除了充斥着浓酽的悲剧气氛，其实也充满了对弱势群体的关爱与同情。因此，我愿意相信作者与书中富有爱心的宝玉是同一个人，因为他们在思想上体现的共同点实在有很多。同时这也是《红楼梦》一书的魅力所在：无论从哪一个角度去读，都能产生思想上的共鸣、得到很多启迪。

# 七、读《红楼梦》第七回：

# 众人物性格与宝玉、秦钟的关系

在此次阅读之前，我所看到的第七回回目都是“送宫花周瑞叹英莲”，而唯独这一次看到的回目是“送宫花贾琏戏熙凤”。为此我专门查阅了这一校注本的序言，其中提及：这一版本“采用乾隆二十五年的庚辰本为底本”，且本书校注组是“首次大胆采用庚辰本为底本来校订《红楼梦》的学人”。因此，在《红楼梦》传抄的多个版本中，唯独庚辰本使用了“贾琏戏熙凤”的标题是不无可能的。但是这个回目的确有些突兀了，首先，从内容上看，本回内容除了周瑞家的送宫花时在凤姐院里隐隐觉察出了有“贾琏戏熙凤”这一回事以外，并未涉及这样的情节；其次，这样的内容出现在回目里，实在和曹雪芹一贯高雅的写作风格不够相称；再次，《红楼梦》全书中除了这一处以外，曹雪芹从未将王熙凤称为“熙凤”。以上三点让我对这一回目是否为曹雪芹所作表示怀疑。我希望日后如果有机会专门研究各个抄本时能够有更深入的发现。

个人认为“送宫花”这一情节非常巧妙。在第五回通过宝玉神游太虚幻境对主要人物作了简介之后，这些人物中的大部分还没有正式出场。而通过描写周瑞家的为姑娘们逐一送宫花，“金陵十二钗”中的大部分人物（其中元春、妙玉、史湘云三人没有提到）都在本回中出场，除王熙凤已经在前一回里刻画得非常生动、巧姐太小暂时无性格特征可言、李纨孀居不戴花，故而在本回中没有正面出场以外，其他人的性格都得到了初步阐释。

周瑞家的首先见到的是宝钗。作者通过“穿着家常衣服，头上只散挽着纂儿，坐在炕里边，伏在小炕桌上同丫鬟莺儿正描花样子”的描写，初次刻画了宝钗的形象，让我们看出“可叹停机德”的叙述绝非空穴来风。当然，对于薛宝钗，本回中着重写到的是宝钗所吃的冷香丸。冷香丸的制作过程实在苛刻，涉及四个季节、四个节气和四种白花，所以只能用“可巧”二字来形容。值得一提的是，药方中多次强调了“十二”这个数字。类比金陵十二钗和梨香院中十二位在省亲、堂会中表演折子戏的女孩子来看，“十二”或许对于整部《红楼梦》来说有着特别的象征意义。这也是以后的阅读中需要关注的地方。

接下来周瑞家的没有立即送花，而是询问了有关香菱的情况，并说香菱“倒好个模样儿，竟有些像咱们东府里蓉大奶奶的品格”。因此，虽然本回中秦可卿没有正式出场，但是通过这一番比较，已经间接表现了秦可卿的相貌出众，同时也与“擅风情，秉月貌，便是败家的根本”一句相照应。

关于迎春、探春两人，作者并没有用较多的笔墨描写，但对于惜春却是格外关注了的。迎春、探春、惜春三姐妹生活起居在一处，甚至黛玉初见她们时“三人皆是一样的妆饰”，而此时迎春与探春在一起，惜春却独自与小尼姑在另一处玩耍。从这一点来看，首先，惜春是孤僻的。另外，惜春对佛门的向往之情应该是超越了姐妹之情的，甚至作为一个大家闺秀，她就有着出家的打算，可见她的性格和价值观与其他人不同，而又似乎与此时还没有出场的妙玉相类似。当然，与妙玉相比，她少了一分孤傲，多了一分亲切与自然。

最后得到花的是黛玉，她心中还为此隐隐不平。虽然黛玉一直是大部分阅读《红楼梦》的人最喜欢的角色，但是这样的言语和宝钗“满面堆笑”给周瑞家的让座的言行形成了鲜明对比，确实令人捏一把汗。黛玉的敏感是令人无奈的。她自幼丧母，性格又极其柔弱，是寄人篱下的悲伤与孤独促使她变得敏感。然而也正是她的敏感，才使她在与宝钗的对比中往往处于劣势，致使她最后走向了令人扼腕叹息的结局。这尤其令人悲哀。



总而言之，第七回的前半部分初写了几位女子的性格，这不仅照应了前文的内容，对于后面的故事内容也是非常有意义的。

第七回的后半部分则是宝玉与秦钟的相识。秦钟的名字谐“情种”的音，而宝玉恰巧也是一位“情痴情种”，因此我对这两位家世差距悬殊，但初见后都格外钦慕对方以至不顾辈分差别而兄弟相称的少年感到很欣慰。宝玉见到秦钟时的一番心理活动可谓相当精彩：“天下竟有这等人物！如今看来，我竟成了泥猪癞狗了。可恨我为什么生在这侯门公府之家，若也生在寒门薄宦之家，早得与他交结，也不枉生了一世。”对面的秦钟心中所想基本上也是如此：“果然这宝玉怨不得人溺爱他。可恨我偏生于清寒之家，不能与他耳鬓交接，可知‘贫窭’二字限人，亦世间之大不快事。”此处二人的胡思乱想给后人留下了一个话柄——宝玉、秦钟二人是否是同性恋关系？仔细读第七回的内容，我们会发现应该不是的。在这里且不说电视剧中对于两人关系的处理确实容易使观众产生不着边际的联想，只从书中的描写我们便可看出，宝玉视秦钟为知己。《红楼梦》中可称宝玉知己的人有很多。众多女孩子里，豪爽天真的湘云和宝玉是知己，但从书中内容来看，他们之间只有兄妹的情感；能理解妙玉的邢岫烟和宝玉是知己，但是宝玉专爱黛玉一人，如何会有逾越知己之界的情感呢？男子中，宝玉的莫逆之交也并不止秦钟一个，蒋玉菡、北静王都与宝玉有深厚的情谊。但是，与其他和宝玉关系不错的男子相比，秦钟和宝玉的年龄最相仿，相比之下与宝玉的亲戚关系最近，同时与宝玉的性格特征也最为相似。这种知己之情，是万万不可与所谓的“龙阳之兴”相提并论的。

秦钟与宝玉共同在学堂读书一事，此处来看是使宝玉和秦钟二人振奋、也使读者们振奋的。但是后面将会写到，事实并非如此。秦钟的出现，使得宝玉“心系边缘人”的性格特征格外突出，这也应该是作者所推崇的、在那个时代并不为人所赞赏的精神。可见作者对《红楼梦》倾注的心血，在每一个细节中都能体现出来的。

## 八、读《红楼梦》第八回：

### 比较“金玉良姻”与“好知运败金无彩，堪叹时乖玉不光”

第一次读《红楼梦》的时候，觉得第八回是很特殊的一回——为了让读者了解通灵宝玉和金锁的形态，作者特别附上了图式。这应该引起我们的注意。在《红楼梦》中曾经出现过很多现实生活中不存在而形态又非常特殊的物件，如妙玉招待宝钗、黛玉、宝玉喝茶时使用的茶具，但作者并未为它们附上插图，甚至连必要的说明都只是寥寥数笔。唯独贾宝玉的通灵宝玉和薛宝钗的金锁出现在故事情节中时，作者尽力要让读者对它们产生非常具体的概念。的确，这两样物件对于整部书的情节发展来说，实在非常重要。

从古代社会的价值观来看，对于宝玉而言，最合适的妻子似乎就是宝钗这样“罕言寡语，人谓藏愚；安分随时，自云守拙”的完全符合“三从四德”要求的女子。“四大家族”的光环更是让宝玉和宝钗成为所谓“门当户对”的男女。因此，在王夫人、薛姨妈眼里，让宝钗嫁给宝玉，无论对她们自己的利益还是对四大家族之间的关系而言，都是大有益处的。因此，虽然“金玉姻缘”不能为喜爱黛玉的读者们所接受，更不能为书中的当事人宝玉和黛玉所接受，但是宝玉和宝钗的结合确实是书中的大部分长辈（贾母除外）所看好的。

但是，作者在点明“金玉”之论的来由时，却用一句“后人曾有诗嘲云”引出一首诗，颇具讽刺意义。

第一句诗："女娲炼石已荒唐，又向荒唐演大荒。"这句话是作者对于前文看似虚无缥缈的情节的照应。指出了宝玉如今所佩戴的通灵宝玉，正是当年女娲补天时剩下的那块大石头。而与第一回中出现的"大荒山"含义相同的"荒唐"则是作者对全书主旨的一次重申，当然也应该有讽刺长辈们对"金玉良姻"美好设想实为"荒唐"之意。

第二句"失去幽灵真境界，幻来亲就假皮囊"，其中"真境界"所指的当然是远离红尘、没有俗世之忧的太虚幻境。不过为何"真"境界与"太虚"相同还值得深究，或许也是"假作真时真亦假，无为有处有还无"的体现吧。而"假皮囊"指的是贾宝玉。贾宝玉和通灵宝玉之间有着不可分离的关系，通灵宝玉有灵性却看上去蠢笨的特质也成了贾宝玉的性格特质，这也是"亲就"的含义所在。作为颔联，它是本诗起承转合中"承"的部分，交代了青埂峰下的顽石来到人间之后的"事迹"。

第三句在我看来是全诗中最重要的一句："好知运败金无彩，堪叹时乖玉不光。"多少人无论是受了利益的驱使，还是出自对所谓"天意"的敬畏，都认为宝玉和宝钗的结合是"良缘"，但在这句诗里，作者告诉我们，这一结合不仅不是良缘，反而还会导致"运败""时乖"的结局，对于宝玉和宝钗而言，一样是令人扼腕叹息的悲剧。因此，虽然《红楼梦》中"木石前盟"难成眷属确实是因为有宝钗在，但是我们并没有理由因此厌恶宝钗，因为在封建礼教对男女婚姻的束缚下，宝钗一样是受害者，是受到那个腐朽的封建时代摧残的花朵，值得我们为她哀伤。同样，那个时代的每一位女子都是不幸的，我们应该像宝玉一样去爱她们、去怜惜她们、追忆她们，并力求她们的悲剧在我们的时代不再发生。

至于第四句"白骨如山忘姓氏，无非公子与红妆"，如果说前一句只提及了宝玉、宝钗两个人的悲剧的话，那么这一句更将悲剧的范围扩大，当"好一似食尽鸟投林"的结局到来的时候，曾经有望无忧无虑安享一生的公子、红妆都难逃厄运，白骨如山。但更可怕的是，他们的姓氏都会被忘却，与他们有关的一切事情都将被抹去。类比曹雪芹曾经显赫一时的家族遭遇了相同的厄运、致使家谱也完全中断的悲惨遭际，我想这最后一句不仅是曹雪芹在哀叹书中人物的命运之悲惨，更是哀叹自己现实生活中遭遇的不幸，哀叹这个世界给人们带来了太多的不幸。

因此，我想说，命运对曹雪芹而言，似乎是那样的不公，让他在富贵中度过了自己的童年后不幸地走上了贫穷之路。但是，若没有这样的不公，他会看透人生、走向顿悟吗？他会体味世态炎凉、人情冷暖，从而使自己的人生经历格外丰富吗？他会由自己的经历升华出一份不朽的感悟，写下这部旷世奇书《红楼梦》吗？……正所谓“苦难是人生的财富”，曹雪芹的成功似乎正是由人生的苦难和心灵的创伤孕育的，而我们又有多少人在经历了远不如曹雪芹的经历悲惨的挫折之后，也能够将自己的感悟凝结成思想的精华，去给他人的心灵带来一种独特的影响呢？对于我们而言，命运的所谓不公难道只能换来怨言，而不能在其沉淀之后化作一种美吗？

第八回的情节虽然比较轻松，但是在看到作者的客观评判和书中的主观舆论对于“金玉姻缘”的估计（前者的悲观有事实依据，而后者的乐观显得格外盲目）时，我的心却不由得沉重起来了。原因大概就是这样。

当然，这一回还写到了宝玉和许多人的友谊。对待姐妹们时，宝玉和宝钗之间以礼相待是一种友谊，面对黛玉的风凉话毫不生气却反省自己也是一种友谊。看到晴雯埋怨手冻红之后主动要为她焐手，是一种超越主仆关系的友谊。而与秦钟一起上学、每天亲密无间地相处，则是一种超越了门第之分的友谊，当然，我认为他们二人之间绝没有同性恋关系。因此研读这一回对分析贾宝玉的性格特征还是很有帮助的，只是贾宝玉这个人的性格层面实在很多，想要真正了解宝玉的性格，还需要把整部《红楼梦》读透。

# 九、读《红楼梦》第九回：

## 宝玉性格初探

第九回的主要内容是宝玉与秦钟一起上学、与学堂里的其他学生发生争执的事情。与其他几回相比，线索比较简单。因此，这一回让我对宝玉的性格有了初步的印象。

首先是在宝玉要去上学的时候，叮嘱丫头们“你们也别闷死在这屋里，长和林妹妹一处去顽笑着才好”。这个情节虽然很小，但是非常有趣。一般来讲，要上学的公子，如果是热爱读书，心中所顾及的会是自己要读的书、要写的文章，如果不爱读书，心中会充满抱怨、想要逃脱。可是宝玉不同于以上任何一种，他所挂念的，是平时和他在一处嬉戏的丫头们没了他会感觉烦闷。确实，身为一个小孩子，而且是在女儿堆里长大的男孩，对丫头们的这种朋友般的关心确实可以理解，而且在等级制度森严的冰冷时代里显得很温暖。

接下来的情节，作者笔锋一转，由宝玉对丫头友善的叮嘱转入了贾政对宝玉的怒斥。“你如果再提‘上学’两个字，连我也要羞死了。”贾政身为严父，这一番言辞未免有些言重，但是客观上讲，这句话揭示了宝玉上学其实是“醉翁之意不在酒”，只是因为能够和秦钟在一起交谈。从这点来看，宝玉虽然不喜欢读书，但是他很重视朋友，非常愿意与朋友在一起，甚至愿意与自己的朋友一起做自己不愿意做的事，这是一种情商很高的表现。但是在以贾政的价值观为代表的当时的主流价值观里，这样的情商对仕途经济简直毫无作用。

至于“什么《诗经》古文，一概不用虚应故事，只是先把《四书》一气讲明背熟，是最要紧的”这样的言辞，则证明了贾政虽然希望宝玉有文化，但只希望宝玉懂得科举考试中最重要的内容，希望宝玉能够“速成”。或许，那个时代的很多求学公子都是在这样的培养目标下学习的，那么，那个时代学习古典思想却只为科举考试的文化人真的有文化吗？他们对于文化典籍的理解究竟是真的把握住了它们的内涵，还是只适应了科举考试的要求？这个问题值得深思，尤其是在这个过分强调应试重要性的时代。

宝玉和秦钟以朋友相称，这原本很正常，但是由于两人都是温柔体贴的性格，所以他们的友谊遭到了鱼龙混杂的学堂里的一些同窗人的诽谤。这里没有提到他们是在诽谤什么，但是只看作者对秦钟“腼腆温柔”、宝玉“话语绵缠”的描写就可以推测出，同窗们是在怀疑二人之间有什么见不得人的关系，因为在学堂里本身就有这样的学生存在——动了“龙阳之兴”、依靠钱财和势力进入学堂只为找到几个能哄上手的男学生的呆霸王薛蟠和“图了薛蟠的银钱吃穿，被他哄上手”的香怜、玉爱。更具戏剧性的是，香怜、玉爱两人对原本不想动“龙阳之兴”的宝玉和秦钟也颇有情意，这使得宝玉和秦钟两人的性取向陷入了百口莫辩的境地，更让薛蟠以为宝玉和秦钟是故意要与自己抢夺同性恋对象，把宝玉和秦钟视为了自己的情敌。面对这个莫须有的“罪名”，不以财势压人、一直以礼待人的宝玉和秦钟完全处于弱势地位。幸好薛蟠喜新厌旧，将香怜、玉爱抛弃，宝玉、秦钟没有与薛蟠发生冲突。可是，除了薛蟠之外，还有一个对这四人的关系指指点点的人——金荣。根据茗烟的话，金荣是璜大奶奶（贾璜的妻子）的侄儿，听上去背后也算是有家底的，但是金荣的姑妈璜大奶奶“只会打旋磨子，给我们琏二奶奶跪着借当头”，因此虽然同是贾家人，两人地位、待遇却有很大的不同。从效忠于宝玉的小厮茗烟的角度来讲，他自然不能容忍比宝玉地位低的金荣诋毁宝玉的朋友秦钟。而从金荣的角度来讲，他应该是知道宝玉和秦钟之间关系很好的，那么此处诋毁秦钟，则不仅是看到秦钟软弱好欺负，很有可能也是因为血缘关系的亲疏问题、宝玉与他的地位不对等而导致的嫉妒。因此，金荣才会欺负秦钟，致使整个学堂闹成一团糟。

理清了这一冲突发生的原因，再来看宝玉的反应。我本以为宝玉会因为秦钟受欺负而格外愤怒，但没有想到宝玉在处理这件事的时候却非常淡定。作者对宝玉的反应只有两处描写，一处是宝玉说“不回去也罢了，只叫金荣赔不是便罢”，另一处则是金荣作揖后宝玉“还不依，偏定要磕头”。这两处描写，一处显示出宝玉淡定、“大肚能容”的品性，另一处则不免有些得理不让人的富家子弟风范。不过这两处并不矛盾。宝玉淡定，是因为宝玉是强势群体中的一员，贾府上上下下没有不宠他、不惧他、不想巴结他的人，因此在他的眼中，这样的事情一定是自己取得胜利。而宝玉得理不让人，也是因为宝玉处于强势地位，又很重感情，自然不会允许别人欺负甚至污蔑自己的知己。当然，“偏定要磕头”也表现宝玉在处理问题的时候和同龄人（甚至是我们这个时代的一些少年）一样有些幼稚。

总的来说，宝玉的性格有点复杂。他不爱读书、不想做官，却不论门第、不论身份地重视和珍惜身边的伙伴。他能够将与自己地位不等、心却若合一契的秦钟视为知己，却在面对同样与自己地位不等还出口伤人、恶语相向的金荣时，以富家子弟之身得理不让人。我愿意说，宝玉是一个有真性情的人，在那样一个虚伪的时代，虽然这种真性情不被重视，却依旧是一抹亮色。

看过前面八回或大量暗示后文的悲剧情节、或线索错综复杂的内容，第九回的故事给我带来一种莫名的轻松和明快。唯一让我有些顾虑的是，薛蟠和金荣是否会因香怜、玉爱的事与宝玉结仇，在后面的内容甚至已经迷失不见的八十回后的情节中，或许作者会给出照应的内容。

## 十、读《红楼梦》第十回：

## 关于秦可卿的分析和疑惑

第十回应该属于承上启下的部分，没有什么特别经典的情节，所以我感觉自己要关注的内容也不多。但是秦可卿在这一回似乎显得格外重要，因为作者对太医问诊做了详细地描写，最终却连秦可卿究竟是喜是病、是可以痊愈还是难以捱过冬至，太医们都没有达成共识。这样的描写或许另有深意，毕竟在真实情况中对病人的诊断不可能存在“是喜是病”这样严重的分歧，因此我觉得，此处产生这种分歧的原因，可能是像尤二姐被王熙凤陷害时那样遭到了他人的陷害，也可能要用“不知是福还是祸”来理解这种分歧。

总之，我总觉得秦可卿是个很神秘的人物，同时也是“金陵十二钗”中最特别的人。首先是她的身份。秦可卿是《红楼梦》中除宝玉、黛玉之外唯一有天界身份的人，而且她在天界的身份比宝玉、黛玉二人都要高，她是警幻仙姑的妹妹，并在梦中被许配给宝玉——“将吾妹一人，乳名兼美字可卿者，许配于汝”。她在人间的身份，则是秦业从养生堂收养的孤女，后来嫁入贾府成为贾蓉的妻子。按理说古代社会婚配讲究门当户对，以秦可卿的身份嫁给贾蓉不免让人生疑。这样的安排使秦可卿显得非常神秘，充满传奇色彩。

秦可卿的相貌自然不必多说，“其鲜艳妩媚，有似乎宝钗，风流袅娜，则又如黛玉”，这样美丽的女子在贾府应该是很好的。然而第五回的曲中却说她“擅风情，秉月貌，便是败家的根本”，可见她与贾家的败落有很大关系，可是在她去世的时候，贾家的实力还处于上升阶段。这就又渲染了一丝神秘的气氛。

至于秦可卿生活的奢华和讲究，似乎是绝对不在连茶杯的名字都古怪到极点的妙玉之下的。第五回中宝玉“刚至房门，便有一股细细的甜香袭人而来”，这和太虚幻境中的香气有异曲同工之妙。“案上设着武则天当日镜室中设的宝镜，一边摆着飞燕立着舞过的金盘，盘内盛着安禄山掷过伤了太真乳的木瓜。上面设着寿阳公主于含章殿下卧的榻，悬的是同昌公主制的联珠帐”，还有“西子浣过的纱衾，红娘抱过的鸳枕”，可以说凡是在历史典故中出现的室内陈设，在她的卧房中都能够找到。她又是怎样才能得到如此多的稀世珍宝呢？这又是一个神奇之处。

非常可惜的是，秦可卿在整个故事中出现的次数很少，她在第十三回就病故了。因此，对于她的性格特点，似乎也没有办法直接分析。她究竟是像多数红学家分析的那样是废太子胤礽的女儿，还是另有特殊的关系？虽然现在还不能找到答案，但是秦可卿的神秘感也恰恰是《红楼梦》的神秘感之一，值得一代又一代读者深入其中进行反复地思考。

从第十回中能看出的东西的确不多，但是在过渡的章节之后，通常都会有比较精彩的故事。

## 可卿之研——何杰老师回复之二

心怡：你好！

你对《红楼梦》的研究可算渐入佳境。

这段的可卿在全书中可谓重要人物。一般来说，黛玉更重性灵，宝钗更偏文化，俞平伯先生就有钗黛合一的说法，而可卿似乎兼具二人之美。

在书中，曹公恐有暗示，让可卿与宝玉有了私情，但当宝玉与可卿有了私情，独占钗黛之美后，却让宝玉坠下深渊，实在大有深意。

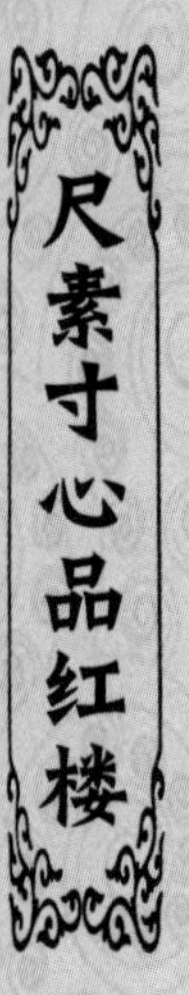


而后文可卿死了，本不该那样悲痛的公公贾珍如丧考妣，也令人怀疑，可见可卿其人与公公颇有暧昧，此事又有焦大大骂为证。

作者写这个人物，并非闲笔，倒真值得你再去深思呀。

何杰

2012年1月29日

# 十一、读《红楼梦》第十一回至第十二回：

# 凤姐之善与毒

这两回的故事除了第十一回前半回有关家宴和秦氏病情的内容以外，还是比较独立的。据考证，这部分故事是由曹雪芹早时写的短篇小说《风月宝鉴》镶嵌进《红楼梦》全书当中的，所以在阅读这两回的时候，既需要把它当做一篇独立的小说去分析，也需要看到它和整部书之间的关系。

第十一回的故事，依然是由前面写到的秦可卿病重开始的。但是这一次作者着重写了秦可卿和王熙凤的交流。按理说，王熙凤是长期住在荣国府帮贾政料理家务的媳妇，秦可卿是宁国府的媳妇，两人除了家宴或大型活动以外，见面的机会并不多。但是两人之间的关系却像是从小一同长大的亲姐妹一般。秦可卿自己说起在家中受到的照顾，更是“公公婆婆当自己的女孩儿似的待。婶娘的侄儿虽说年轻，却也是他敬我，我敬他，从来没有红过脸儿。就是一家子的长辈同辈之中，除了婶子倒不用说了，别人也无从不疼我的，也无不和我好的”。但是对比第十一回中尤氏让王熙凤去看秦氏时所说的“媳妇听你的话，你去开导开导他，我也放心”，似乎秦可卿平时有不听尤氏劝告的时候，并不是很善于处理与长辈之间的关系，那么她又是如何做到“集万千宠爱于一身”的呢？想到这里，我认为，秦可卿的身份应该不只是被秦业收养的一名养生堂弃婴那么简单，或许正如她在天界的身份一样，她在人间也是一位非常高贵的女子，身份甚至有可能高于贾府中的其他人。但是，她是否像现在普遍所

说的一样，是康熙时期废太子胤礽的女儿？这些有关现实中的历史的说法，我并不敢下结论。但是只谈书中故事内容，似乎还是可以做出推论的。

至于作者为何每次提到秦可卿房中那“嫩寒锁梦因春冷，芳气笼人是酒香”的楹联时都要特别点出是秦太虚所作（但事实上，据人民文学出版社给出的注释，这副对联不见于秦观的《淮海集》，可能只是由作者杜撰的），我认为是一个文字游戏。因为秦观的姓名中的“秦”和“太虚”这两个字词与秦可卿有关，作者是想通过这一处描写提醒我们，这位秦氏和太虚幻境里的可卿是同一个人。

这部分故事内容写出了王熙凤善良的一面，甚至可以说是全书中最善良的一面。可是这个部分刚过，到了第十一回后半回，王熙凤“毒”的一面就逐渐显现出来了，主要原因自然还是贾瑞罪有应得。

作者对贾瑞好色之心的描写可谓细致入微。他“一面说着，一面拿眼睛不住的觑着凤姐儿”“听了，身上已木了半边”，因此刚一见面，凤姐就看出了他的不轨之心，读者自然也读得出来。面对这样的调戏，凤姐心中想的是“这才是知人知面不知心呢，那里有这样禽兽的人呢。他如果如此，几时叫他死在我的手里，他才知道我的手段”，看上去像气话，但是读者没有料到的，之后的凤姐真的运用毒辣的手段害死了贾瑞。平儿虽然是丫头，但是和王熙凤向来是一条心的，骂贾瑞是“癞蛤蟆想天鹅肉吃，没人伦的混账东西”，可见其实在害死贾瑞这件事上，她也应该是出了力的。

于是故事进入第十二回。无论是原著中还是在电视剧中，第十二回的情节都可谓非常精彩。其中最精彩的，我认为要属凤姐假意答应贾瑞的一番对话，虽然心里面已有害死贾瑞的阴谋，但表面上的殷勤却丝毫没有让她露出破绽。“像你这样的人能有几个呢，十个里也挑不出一个来”“正是呢，只盼个人来说话解解闷儿”“你哄我呢，你那里肯往我这里来”……不知情的人，若是听到这些话，必定会怀疑王熙凤是红杏出墙了，可谁知她的阴谋之深呢？

凤姐的另一句话，“果然你是个明白人，比贾蓉、贾蔷两个强远了。我看他那样清秀，只当他们心里明白，谁知竟是两个糊涂虫，一点不知人心。”这句话深有讽刺意义，对贾瑞明褒暗贬。贾蓉、贾蔷两人虽然也与王熙凤年龄相近，但是辈分较小，虽然也好女色，但是对于自己的婶子，他们却从来没有动过歪心思，这和贾瑞形成了鲜明对比。王熙凤说这句话是想让贾瑞误认为自己早就有红杏出墙的打算，这样她就能把贾瑞心中的种种非分之想都“牵”出来，让贾瑞对她的意图更加明显，同时自己也加深对他的厌恶和痛恨之情，再去下手。分析到这里，我忽然觉得王熙凤的心地实在是恶毒，但既然贾瑞冒犯在先，凤姐此番做法也有些道理。

后面的情节自不用多说，王熙凤利用了自己的两个侄儿、骗过了王夫人，终于把贾瑞害得病入膏肓。而风月宝鉴的出现，让这部分内容又回到了“一僧一道”的故事中去。跛足道人给贾瑞治病的原因，可以归结为第一回中的“下世度脱几个”，可惜贾瑞最终还是没能醒悟。他进入贾府的方式实在奇怪，则暗示他不是凡人，给贾瑞的这面风月宝鉴又是“太虚幻境空灵殿上，警幻仙子所制”，联系第五回中警幻仙子“司人间之风情月债，掌尘世之女怨男痴”的职责，可知这些仙界中人的心地还是善良的，给贾瑞风月宝鉴的目的还是要让他认清现实，谁料贾瑞竟是自取灭亡。

其实，如果王熙凤一开始见识到贾瑞的淫心之后就责骂或让贾代儒惩罚他使其死心，王熙凤也将不再受到骚扰，贾瑞虽然是自取灭亡的人，但他的结局也不会这样悲惨。那么王熙凤为何要对他这般折磨后将他置于死地呢？其中自然是有客观原因的。秦可卿病重，王熙凤心情非常不好，这时受到骚扰，内心的愤怒肯定甚于其他时候。但更多的，或许就是人性的诡谲之处了。王熙凤应该通过平时的观察，看出了贾瑞的淫心不改。在第十二回里，贾瑞被贾代儒狠狠训斥之后，依然要跑到王熙凤处埋怨王熙凤失约；甚至将死之时依然不听道士劝告，要“正照风月鉴”，永远都是一副不思悔改的样子。如果王熙凤此时不斩草除根的话，她以后是否还有可能会受到这个好色之徒的骚扰呢？更重要的是，根据焦大醉骂的内容来看，贾府上下的男女关系是乱得出了名的，

“爬灰的爬灰，养小叔子的养小叔子”，得病的秦可卿又很有可能是与贾珍有染，在这样的背景下，凤姐是否是想让自己置身事外、保持自己的好名声呢？

有关这面神秘的风月宝鉴，我萌生了一个很不成熟的猜想：如果说正面照出的是凤姐殷勤的一面，而背面照出的是骷髅，那么，可不可以推断，在贾瑞迷失于凤姐的骗局中不能自拔的时候，凤姐的本来面目其实就像骷髅一样凶恶呢？或者说，正面的风花雪月象征的是书中贾家的脂粉香浓，而背面的阴森恐怖象征着贾家富贵的幌子下其实已经是一片白骨、毫无生机可言了呢？

似乎越仔细琢磨，《红楼梦》中的各种细节给我们带来的暗示也越多了。

# 十二、读《红楼梦》第十三回：

## 由秦氏之死再看可卿

第十三回中作者写了秦可卿的离世。秦可卿是“金陵十二钗”中最早去世的人物，并且在书中正式出场不过六次，因此只能排在正册中的最后一位。由于这一回描写的托梦等内容渲染的神秘气氛，我阅读这一回的时候，一直处于非常敬畏甚至有些恐惧的状态中。不过话说回来，读完第十三回，我对于秦可卿这个神秘的人物又有了新的认识。

首先是秦可卿深夜给王熙凤托梦。按理说，托梦是一种迷信的想法，对于这种事情的描写，作者大可以天马行空地幻想，但是，在王熙凤这样管理家族事务的人尚且对家族的未来执迷不悟的情况下，作者安排秦氏在托梦中说出“如今我们家赫赫扬扬，已将百载，一日倘或乐极悲生，若应了那句‘树倒猢狲散’的俗语，岂不虚称了一世的诗书旧族了”一番大道理来，确实令人一时间有些迷惑。至于她向王熙凤指点“保永全”之策，则更与我们从前面的内容中认识的生活奢华、受宠于家中的秦氏迥然不同。可见秦可卿对于家族的兴亡早已看得非常透彻，并且这些话应该是在长期的深思熟虑之后说出的，这应该是她一直以来的心病所在。由此，似乎第十回中她的病情奇怪、问诊者说法不一的情况也是顺理成章了。可是她为什么要一直默默地关注着贾家的兴衰呢？这或许和她在太虚幻境中的身份有关。从第五回警幻仙姑对宝玉的一番训导“而今后万万解释，改悟前情，留意于孔孟之间，委身于经济之道”和贾宝玉

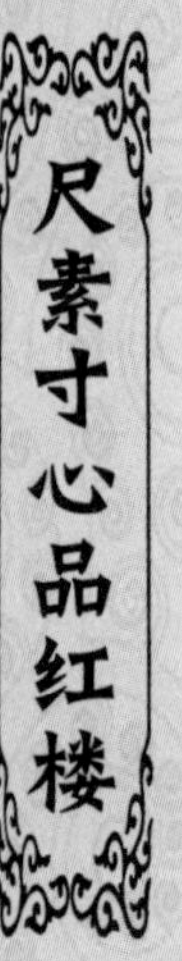


误入迷津的情节可以得出，太虚幻境这个集真假有无于一体的地方，存在的意义就在于警醒世人不要被眼前的事物所迷惑，终究是要顺应“人间正道”的。当然，或许秦可卿在人间也有着神秘的身份，使她必须关注家族兴衰，但我现在不敢妄下结论。

秦可卿托梦的内容里，还有一句“眼见不日又有一件非常喜事，真是烈火烹油、鲜花著锦之盛。要知道，也不过是瞬息的繁华，一时的欢乐，万不可忘了那‘盛筵必散’的俗语”。其中的“非常喜事”根据后面情节推断，可知是元春在宫中“才选凤藻宫尚书，加封贤德妃”，而秦可卿又说它是“瞬息的繁华，一时的欢乐”，则又是在提醒读者书中每每写到繁华富贵的地方都只不过是表象，结局必然是悲哀的。

托梦的情节结束后，就是凤姐醒来往宁府去、到了宁府之后的部分，这时候作者分别描写了人们听说秦可卿死后的不同反应。

贾宝玉“只觉心中似戳了一刀的不忍，哇的一声，直喷出一口血来”。与后来秦钟、金钏、晴雯等人去世时宝玉的伤心不一样，这时贾宝玉的反应实在是太激烈了。细想来，虽然在现实生活中（或者说是在人间）贾宝玉与秦氏并没有日常礼仪以外的交往，但是在梦中（或者说是在太虚幻境）贾宝玉与可卿却是“柔情缱绻，软语温存，难解难分”，这才有了贾宝玉“初试云雨情”一事，可见两人关系非常特殊，秦可卿对贾宝玉的影响非常大，因而贾宝玉才会如此。当然贾宝玉身为家族中人，也应该是了解秦可卿的真实身份的。

宁国府里“两边灯笼照如白昼，乱烘烘人来人往，里面哭声摇山振岳”，虽然不排除作者在这部分描写中有夸张的成分，但是这样慌张的反应，这样大的排场，对于一个贾府里的重孙媳妇而言，确实有些过分了。这句描写印证了秦可卿绝非一个“重孙媳妇”那样简单。

秦可卿是尤氏的儿媳妇，但是尤氏在秦可卿去世后却“犯了胃疼旧疾，睡在床上”，丝毫没有管理家中的事务，于情于理显得都有些不合适，难以摆脱“罢工”的嫌疑。至于“罢工”的原因，我想是因为秦可卿与尤氏的丈夫贾珍之间有不正当的关系，尤氏对此应该是一直感到非常尴尬，因此并不想料理有关秦可卿的事情。

最讽刺的反应当属贾珍。“哭得泪人儿一般，正和贾代儒等说道：‘合家大小，远近亲友，谁不知我这媳妇比儿子还强十倍。如今伸腿去了，可见这长房内绝灭无人了。’”“见父亲不管，亦发恣意奢华”，还必要用潢海铁网山上出产的“非常人可享”的樯木给秦可卿做棺材，甚至还要“恨不能代秦氏之死”。许多学者都指出，根据第五回中秦可卿的判词“情天情海幻情身，情既相逢必主淫”和焦大醉骂时说贾家“爬灰的爬灰”来看，贾珍和秦可卿之间应该存在乱伦关系，这点我是认同的。据脂砚斋旁批称这一段原本有“秦可卿淫丧天香楼”的情节，但是被作者删去了，如果属实的话，那么贾珍与秦可卿的关系又将得到印证。在此想感叹一句，家族治理者如此，可见这个家族是没有前途的了。

作者还写到了两个丫头瑞珠、宝珠的反应。瑞珠触柱而亡，宝珠“甘心愿为义女，誓任摔丧驾灵之任”。她们的反应如果仅用“忠诚”来解释，似乎有些欠妥，她们的行为背后必定还有别的原因。我猜测，她们两个作为秦氏的丫头，对于秦氏和贾珍的关系必定有所了解，在秦氏死后，可能是因为她们害怕这件事会追究到她们头上，所以才有这样的举动，同时也尽自己的力保守了这个早已公开的秘密。

作者写众人的反应，写到了与秦可卿关系最好的王熙凤的反应，写到了与秦可卿在太虚幻境曾有夫妻关系的贾宝玉的反应，写到了与秦可卿有不正当关系的公公贾珍和在两人关系之间处于尴尬境地的婆婆尤氏的反应，甚至连两位丫头的反应都写到了，唯独没有秦可卿的丈夫贾蓉的反应。第十一回中秦可卿说她和贾蓉之间是“他敬我，我敬他，从来没红过脸儿”，两人相交如水、相敬如宾，那么妻子去世之后，贾蓉理应感到非常伤心，甚至比家中其他人都伤心才是。可是根据书中内容来看，贾蓉根本没有什么特别的反应，只是在贾珍的帮助下花钱买到了“龙禁尉”的职务。这不能不引人怀疑。或许，在秦可卿和贾珍的关系的问题上，贾蓉和尤氏的情况一样，都是处于非常尴尬的境地，贾蓉身为秦可卿的丈夫，很可能也只是一个摆设。这样说来，“他敬我，我敬他”的关系也可以理解为两人没有深交，只是保持在基本的礼节上而已。这和贾蓉后来的贪恋女色或许也有一定关联吧。

提到众人的反应，那么还有北静王在第十四回中的反应。一位皇亲国戚居然也对秦氏的去世格外关注，确实有些奇怪了。秦可卿是废太子之女的说法虽然有争议，但是对于理解这个问题，也未尝不能作为一个思路来看。

总体来说，秦可卿是一个谜，是一个历经众多学者多次分析、最终依然没有得出同样结论的谜。我只在这里略表自己的观点，秦可卿究竟是怎样的人物，或许只有曹公心知了。

## 可卿之研——何杰老师回复之三

心怡：你好！

几处细节的分析说明你对秦可卿的认识有了新的境界，继续努力！

何杰

2012年2月5日

# 十三、读《红楼梦》第十四回：

# 试论王熙凤的理家才能



第十四回主要写了秦可卿去世后宁府大办丧事的情景，同时也对王熙凤“协理宁国府”作了具体的描述。前八十回中，王熙凤的主要事迹很多，但概括来说，“毒设相思局”“协理宁国府”“弄权铁槛寺”“效戏彩斑衣”“计除尤二姐”这五件事就将她的性格当中的每一个层面都表现出来了。在这些故事情节中，也似乎只有“协理宁国府”这一部分里展现了她“脂粉队里的英雄，连那些束带顶冠的男子也不能过”的才能了。所以这一回可以看作是对王熙凤性格的称赞，并且通过这个情节，也可以解释她为何身为贾赦的儿媳妇不去管理贾赦院内的事务，却要当整个荣国府的管家人。

王熙凤参与管理之前的宁国府是什么样的呢？作者在第十三回中指出了五个令人头疼的风俗：“人口混杂，遗失东西”“事无专执，临期推委”“需用过费，滥支冒领”“任无大小，苦乐不均”“家人豪纵，有脸者不服钤束，无脸者不能上进”。概括起来，就是对于人、事、财的管理不充分，下人们没有公平待遇，得不到自己应得的利益，再加上宁国府名义上的主人贾敬的颓废、实际主人贾珍的荒淫，致使全府上下都处于一片混乱之中。其实看到这样的情况，我们也能想明白为何一直管理宁国府的尤氏在秦可卿去世时会放弃管理——家中上下情况过于复杂，而尤氏能力远远不足以应对这些问题。在这种情况下，由“脂粉队里的英雄”王熙凤管理家中事务，的确是最好的选择。

针对这些情况，王熙凤的管理办法应该说是强硬而直切要害的，很有“法家”的风范。“再不要说‘这府里原是这样’的话，如今可要依着我行，错我半点儿，管不得谁是有脸的，谁是没脸的，一例现清白处治。”一句话把府里曾经的所谓“风俗”都否定了。各司其职、责任到人的分工安排在现代同样适用。这个细节展现了王熙凤过人的管理才能，同时也使我感到惊讶：曹雪芹生活在大家族中时年龄还很小，应该对理家这种事没有什么了解，到了应该理家的年龄，曹家却已经败落了，他是如何写下这些明确的分工和过人的思想的？在他家庭败落之后，他所经历的事情是否有助于他了解这些只有富人家才能见识到的管理方式？这个疑问可能有些穿凿，但确实是由于曹雪芹坎坷的人生经历而不免有些好奇。

王熙凤的办法到了具体实施阶段，则更是有威慑力。先是一个人不小心（但究竟是不是真的“不小心”还有待思考）睡过了头，求饶没有奏效，被凤姐罚打了二十大板、革了一月银米，既然这个人不惮于睡过头，因此可能一开始并不把王熙凤的威严当回事，这个人对于其他人而言起到了“杀鸡骇猴”的作用。另一个则是查出几个支取东西的人“开销错了，再算清了来取”，那两个人只得扫兴离去。其中的“扫兴”二字值得深思。如果只是一般的失误，被管家人看出来后是不至于扫兴的。如果两人扫兴的话，那只可能是因为他们原本希望通过计算“失误”多支取一些钱财据为己有，然而这个“失误”被王熙凤看了出来并遭到了制止，所以才会有“扫兴”的心情。可以说，这两个人可能也是不清楚王熙凤的办事风格，或想用这一“失误”试探她的底细。



不管怎么说，在王熙凤的管理下，宁国府的下人们总算是一改往日消极沉闷的状态，“兢兢业业，执事保全”，开始了井井有条的高效工作。

除了王熙凤理家，这一回还写到林黛玉的父亲林如海去世。这对于整部书中对黛玉的描写算是一个分界线。在父亲去世之前，黛玉还是有家有亲人的人，住在贾府算是客人。但父亲去世之后，正如王熙凤所言，“你林妹妹可在咱们家住长了”，黛玉在贾府中的处境变成了寄人篱下，一边是没有亲人的孤单，只能通过咏春悲秋、与姊妹顽笑尽力排解，但根据她《葬花吟》中所言，依然是“愁绪满怀无释处”；一边则要防备好事之徒的风言风语，处处小心，却依然是“一年三百六十日，风刀霜剑严相逼”。这样的打击，就算是生性阳光的女孩子，如“襁褓中，父母叹双亡。纵居那绮罗丛中，谁知娇养”的史湘云，一样会有无尽的悲戚之感，何况是原本就多愁善感的黛玉呢。

上天在赋予黛玉常人难及的才华时，也赋予了黛玉常人没有的悲惨经历，这使得她的文字屡次因过于悲怆而输给宝钗。若说输在写诗这种事上，倒并不值得叹息什么，因为那只是给生活带来乐趣的游戏。可是，在八十回后家人给宝玉选妻时，贾母也因为黛玉的性格不如宝钗温柔敦厚而放弃了“木石前盟”，在这种事情上因为同样的原因输给宝钗，确实给黛玉带来了毁灭性的打击。虽然说八十回后的内容可能不能完全表达作者的初衷，但大概的意思应该是大同小异的。这尤其悲哀，悲惨命运在那个时代的“连锁反应”，致使黛玉乃至许许多多美丽的女孩子不能享受生活中的灿烂。

因此，我在赞叹上苍给予黛玉的咏絮之才的同时，也为上苍给予她的不公正表示深深的惋惜。虽然她处事不够圆滑，对于生活中的很多事都不了解（比如不认识当票），更不符合当时社会对女子“德容功貌”“温良恭俭让”的要求，没有一个所谓“合格”的女性应该有的思想，但这正是她纯真的体现。在那个时代，人越是纯真，越能代表初来世上的模样，越与上苍的博爱之心贴近，特别是林黛玉作为天界的绛珠仙草，应该代表着天界最灵秀、最美丽的生灵，可是跟随神瑛侍者下世为人的还泪之行，竟是如此令人心碎。

绛珠仙子不属于俗世，她是注定要“质本洁来还洁去”的，俗世的一切对于她的精神而言都是一种亵渎。可是书中的家长们（特别想提到的是格外疼爱她的薛姨妈），有谁真正能读懂她的心呢？我们这些读者虽然是“旁观者清”，可是我们除了扼腕叹息，又能够做些什么呢？虚构的、旧时的世界此时此刻给我们带来的真实感受是那样渺茫，似乎“假作真时真亦假”也可以作为读者的喟叹了吧。

原本还想就“贾宝玉路谒北静王”的情节对北静王做些分析，可是到了第十五回作者才详细地写北静王这一人物。一句“且听下回分解”，让回目中出现的情节被生生分成了两部分。通常都说这样可以吸引读者继续往下读，这一次我想我是终于体会到了。

# 十四、读《红楼梦》第十五回：

## 纯真善良的宝玉与老谋深算的凤姐



第十五回的开头是第十四回回目中“贾宝玉路谒北静王”的内容，这一回的回目中并没有出现。这样的写法或许作者写起来、读者读起来都有很妙的感觉，但我在分析的时候就往往难以依照回目分析情节。不过它确实也是一段重要的内容。秦可卿去世，本质上说只是宁国府袭爵的贾珍的年龄比较大的儿子贾蓉的妻子病故，理论上讲北静王身为皇亲国戚是完全没有必要亲自去吊丧的，其他郡王也不过搭了祭棚在街上作为礼节上的需要。但是北静王竟亲自前往，足可见北静王与贾家之间“彼此祖父相与之情，同难同荣”的关系。

更有意思的是北静王和贾宝玉之间的相似之处。第十五回对两人的相貌有一段对比描写，宝玉眼中的北静王“头上戴着洁白簪缨银翅王帽，穿着江牙海水五爪坐龙白蟒袍，系着碧玉红鞓带，面如美玉，目似明星，真好秀丽人物”，而北静王眼中的宝玉“戴着束发银冠，勒着双龙出海抹额，穿着白蟒箭袖，围着攒珠银带，面如春花，目如点漆”，于是称赞宝玉“果然如宝似玉”。作者的描写角度相同，描写出的二人的气质也颇为相似。而北静王在众郡王中间也和贾宝玉在众富家子弟中间的处境相似。北静王对地位比自己低的贾家“未以异姓相视，因此不以王位自居”，而宝玉对地位比自己低的秦钟也是不论家境真诚相待。二人的相似程度可见一斑。

那么，看到了北静王与宝玉的共同点，再看宝玉的人格会容易很多。第十五回中作者对宝玉的描写正是突出了宝玉纯真善良的性格。在农庄人家打尖时，宝玉因不识锹、镢、锄、犁等农具而好奇地询问，小厮为他讲解后，他感叹“怪道古人诗上说，‘谁知盘中餐，粒粒皆辛苦’，正为此也”。在那个年代，身为纨绔子弟，连自己的生活状况、自己每天读书的那一点辛苦恐怕还要不满足，有谁能像宝玉一样，在看到农人们劳作用的农具时，会感叹于他们的辛劳、体悯他们为自己这一阶层的基本生活的付出呢？现在的我们，又有多少人在浪费粮食的时候会想到农民而觉得可耻呢？宝玉虽然不爱劳动，但他尊重劳动者、尊重农民的品德，恐怕连现代的很多人也无法与之比肩吧。

宝玉不认识的另一样东西是纺车。而这一次，因为有趣，宝玉在纺车上拧转作耍；因为这有些冒失的举动，纺车主人二丫头忙来劝阻。这二丫头并不像其他村姑庄妇那样“见了凤姐、宝玉、秦钟的人品衣服，礼数款段，岂有不爱看的”，而根本没有在意宝玉的地位，只是像和平常人说话一样，说“你们那里会弄这个，站开了，我纺与你瞧”。这句话听上去似乎不乏讽刺宝玉这种人四体不勤、五谷不分的意思。秦钟也悄悄告诉宝玉“此卿大有意趣”。当凤姐、宝玉一行人准备离开时，宝玉再次看到二丫头，“恨不得下车跟了他去，料是众人不依的，少不得以目相送，争奈车轻马快，一时展眼无踪”。或许宝玉平日里见到的女孩子，没有一个不把他当作家中的宝贝尊重着，二丫头这样的女孩子能引起他的注意，或许如果宝玉真能有机会跟着她，二丫头也可能会成为纯真善良的宝玉的朋友吧。

而王熙凤的老谋深算，在这一回再度得到了体现。我也戏称自己在读完“弄权铁槛寺”这一段情节之后“阴损指数”上升了百分之十（幸然事实并非如此）。在水月庵中听到了老尼求自己办事，凤姐夸下海口“你是素日知道我的，从来不信什么是阴司地狱报应的，凭是什么事，我说要行就行”，还说“你叫他拿三千银子来，我就替他出这口气”，完全是一副“有钱能使鬼推磨”的架势。虽然凤姐自己解释说这三千银子“不过是给打发说去的小厮做盘缠”，但看到全书的后半部分，当贾家经济已经快要入不敷出的时候，贾琏感叹“这会子再发个三二百万的财就好了”时，我们不难推断出凤姐弄权可能不止这一次，通过弄权她和贾琏必定敛了不少钱财，否则贾琏不会凭空感叹“三二百万”这么大的数字。

王熙凤弄权，从目的上看是想要敛财，然而深究其原因却是凤姐老谋深算的性格使然。“都知爱慕此生才”是第五回的判词中就明确提到的了，而第五回同样也提到，这样的老谋深算最终带来的，也只是“机关算尽太聪明，反误了卿卿性命”的悲剧结局罢。虽然书中多处描写王熙凤的恶毒与贪财，但每一个人都会对她的悲惨结局心生同情，历来《红楼梦》的读者中，喜欢王熙凤的人也很多。可以说，王熙凤这样的人物虽然干了不少可恨的事，但也正是因为作者用了不小的篇幅去描写这些事，才使得她成为一个非常立体的人物，而那端庄娴静、恪守妇道、值得立贞节牌坊的李纨却往往不会有人去欣赏。凤姐的形象在古往今来的众多故事中似乎还找不到第二位，而影视剧中的王熙凤演得好不好，也往往成为观众鉴定这部影视剧质量的标准。凤姐这一角色在书中实在是太成功、太深入人心了。

虽然秦钟和智能儿之间的爱情其实一目了然，没有过多的内容值得分析，但是智能儿作为一个与佛教清规相背驰的女孩子，不能不引人思考。和二丫头无视宝玉的身份相比，智能儿与秦钟幽会是无视了自己的身份。智能儿为什么要这样？是否出家并不是她的本意，她虽身在佛门，却是心向红尘，是否这正说明了“如花美眷，似水流年”的悲惨命运？是否水月庵得“镜花水月”之名，是在向我们揭示智能儿与秦钟的爱情的悲剧性（很快秦钟就病逝了）？是否是在暗示着凤姐此时的弄权不过是一场幻影，“一个是水中月，一个是镜中花”的宝黛爱情总会走向悲剧，整个烟柳繁华地、温柔富贵乡不过是一场大梦而已？智能儿之敢爱敢恨，“水月”之多重含义，都让这段情节“含不尽之意见于言外”了。

有关王熙凤作威作福的情节终于告一段落。宝玉的人格还有待进一步阅读分析，而书中贾家走向鼎盛的部分也悄然而至了。

## 十五、读《红楼梦》第十六回：

## 当大体的喜掩过个人的悲

从内容上说，第十六回是悲喜交加的一回。贾元春“晋封为凤藻宫尚书，加封贤德妃”对于“萧疏了，不比先时的光景”的宁荣二府而言实在是莫大的荣光，贾府仍然可以风光一些时日；然而秦钟的不幸离世却是令人非常悲伤的事，与宝玉最交心的好朋友恰恰在自己借住的贾府走向鼎盛时期的前夕去世，或许要感叹他与贾府众人之间的缘分还未至吧。不过对于“贾元春才选凤藻宫”的情节，作者用了相当多的笔墨去描写，而对于“秦鲸卿夭逝黄泉路”作者提及得很少。虽然我深知贾元春的大喜对于后面的故事展开具有非常重要的意义，但是或许是钟爱宝玉这个人物，因而对他的朋友也比较钟爱的缘故，我总觉得这样的情节安排，或者说书中人对秦钟的态度，是微微有些不公平的。



抛开回目里的主要内容，第十六回的零碎内容很多，其中难懂的内容甚至“黑话”似乎也并不少，且集中在有关贾元春的一大段情节里。

第一个奇怪的内容在于贾政生辰日时有太监宣旨，虽然说这个太监并未透露口风，一道圣旨下来确实是祸福难定，但贾赦、贾政等人吓得“不知是何消息，忙止了戏文，撤去酒席，摆了香案，启中门跪接”，又“不知是何兆头，只得急忙更衣入朝”，未免显得有些太紧张了。从这些人的心理来看，他们的反应似乎是心虚的表现，然而他们干了什么可能会被皇帝怪罪的事呢？书中又没有说分明。他们的动作，即结束庆祝贾政生辰、装出继续祭拜秦可卿的样子，也有些奇怪。想来此事是与秦可卿有关，但具体有怎样的关系，由于秦可卿这个人太神秘，我实在不敢妄下论断。

在叙述元春晋封的情节中间，还提到了贾琏带林黛玉回来。这时的林黛玉"越发出落的超逸了"，却对贾宝玉珍重地送给她的鹡鸰香串嗤之以鼻，说它是"什么臭男人拿过的，我不要他"。这样的一句话很明显是对北静王甚至其一干人的反感，但具体原因依旧没有在文中明示。这是第十六回中第二个让人感到奇怪的内容。

第三个非常值得注意的内容在平儿为支开贾琏的一番谎话。虽然是谎话，其实已交代了现在的香菱就是当年甄家被拐跑的女儿英莲。而且是由王熙凤的陪房丫头、贾琏之妾平儿道出来，这说明其实四大家族的人对于英莲的下落都是清楚的，只是当年甄家一落千丈之后不再寻找了而已。通过对前面内容的思考，我很理解甄士隐身处窘境时连自己犹难保全、没有精力再去追寻女儿的下落的无奈，但这样的事实对于可怜的英莲而言实在是太冰冷了。好在香菱虽然命苦，却有大士的性格，悲剧的人生对她而言还是有一点色彩。甄英莲，真应怜，这个得到红学界公认的谐音表达了作者和每一名读者的态度。

第四点在于王熙凤提及省亲一事时说的一句"可见当今的隆恩。历来听书看戏，古时从未有的"。这句话本身不奇怪，联系本回内容也很好理解。但我每每读到这句话的时候，都会有一种难以言喻的悲伤。王熙凤见到的是当今圣上史无前例的隆恩，但她从未料到，那时被元妃晋升的莫大恩宠冲昏头脑的他们都不会料到，贾家会有一天"忽剌剌似大厦倾"，"一损俱损，一荣俱荣"的四大家族也会有一天"接二连三，牵五挂四"地走向灭亡。不想这一点，这一回内容实在是喜气洋洋，而想到后面的结局，那花团锦簇的光彩也变得黯淡起来了。

引起我思考的情节其实并不止这些。当贾府上上下下喜气洋洋地筹备着元妃省亲的相关事宜时，宝玉却由于秦钟之病日重一日而难以乐业。到茗烟传话说秦钟“不中用了”，宝玉去见他最后一面的时候，作者有了比较详细的描写。秦钟那时魂魄将去未去，先因为家中的事务、父亲的钱财、自己的心上人智能儿的着落而央求了很多次，按说都是非常恳切的，鬼判却无论如何也不同意。反倒在听秦钟讲要和“一个好朋友说句话”“就是荣国公的孙子，小名宝玉”的时候，阴间的都判官听到之后“唬慌起来”，对鬼使说“我说你们放了他回去走走罢，你们断不依我的话，如今只等他请出个运旺时盛的人来才罢”。鬼使的反应似乎也有点大惊小怪了，甚至有点像《西游记》里阎王听说“齐天大圣”孙悟空到阴间办事时惊慌失措的态度。而贾宝玉这一兼有“混世魔王”“绛洞花王”“遮天大王”特征的角色，在某种程度上确实与上天入地的孙悟空有点接近。而秦钟被放回阳间时一番“以前你我见识自为高过世人，我今日才知自误了。以后还该立志功名，以荣耀显达为是”的大道理，对于从来不关心仕途经济、用“禄蠹”讽刺儒生的宝玉而言，似乎会有些刺耳。但再仔细想想，与宝玉关系特殊的人中，已经有一位用相似的理论教育过宝玉了，那就是警幻仙姑。在第五回里，警幻仙姑交代宝玉“云雨之事”之前，特意说明自己这样做的原因是“令汝领略此仙闺幻境之风光尚如此……而今后万万解释，改悟前情，留意于孔孟之间，委身于经济之道”。宝玉对宝钗和湘云的说教都曾嗤之以鼻，而对于这两人（或说一人一仙）的教导却没有一句抱怨，这是很特殊的。更特殊的是，在人间秦钟是秦可卿异父异母的弟弟，在仙境警幻仙姑是秦可卿的姊妹，秦可卿又为宝玉“开辟鸿蒙”，这是否说明秦可卿对于贾宝玉的人生“正道”而言非常重要？抑或说秦钟和警幻仙姑有可能是同一个人？想到这里，《红楼梦》一书中有关秦可卿的情节更加神秘了。

再有就是初见秦钟时心中十分欢喜的贾母在秦钟逝世后“帮了几十两银子，外又另备奠仪，宝玉去吊纸。七日后便送殡掩埋了”的行为让我不得不同情秦钟了。当大体的欢喜掩饰过个人的悲痛，不会有再多的人去哀叹秦钟的夭折，鲁迅先生怀念“三·一八”惨案中的烈士时说到的“有限的几个生命，在人们看来实在是不算多的”这样的话语，正可以用来形容盲目庆祝圣上隆恩而忽略个人生死的贾府众人。幸然秦钟的知己宝玉在悲伤，他的悲伤看来也得到了理解。然而在第十七回里，作者“别无述记”四个字却将秦钟在逝世后遭到众人遗忘的情况记述得充满悲凉。或许秦钟与整部书的缘分也只如此了吧。

# 十六、读《红楼梦》第十七回至第十八回：

## 宝玉的“歪才情”

原本认为第十七回宝玉“大显身手”题对额和第十八回元妃省亲这颇有看点的两回是值得分开来大书特书的，可是《红楼梦》原本里第十七回和第十八回似乎就没有分开，至于一些分开了的版本，比如将第十八回的后半个回目写作“助情人林黛玉传诗”等，见其未免有些低俗，觉得倒不如像这样不分开的好。况且《红楼梦》中的各回故事之间往往情节连贯，两回之间不分开的话不会对读者的欣赏产生什么影响。

第十七回应该是宝玉在会芳园（“大观园”这一名字其实是在第十八回中才有的，但作为第十七回的回目已经出现，不过这似乎只是一个小失误）与贾政和众宾客拟定匾额和对联的情节。酸儒贾政身为严父，却“近因闻得塾掌称赞宝玉专能对对联，虽不喜读书，偏倒有些歪才情似的，今日偶然撞见这机会，便命他跟来”。可见贾政虽然时时强调宝玉在读书上要走正道，但对于宝玉真正擅长的不太符合主流价值观的对联，一样因为这是宝玉的专长而能够包容。可见这位酸儒也并不是一般读者所感觉的那样一本正经、思想腐朽。

宝玉自己对拟匾额、对对联也有一套自己的思路，而且句句在理，总结起来可以戏称为“宝玉诗话”。在分析之前，先摘录宝玉评说时的观点如下：

“常闻古人有云：‘编新不如述旧，刻古终胜雕今。’况此处并非主山正景，原无可题之处，不过是探景一进步耳。莫若直书‘曲径通幽处’这句旧诗在上，倒还大方气派。”

“如今追究了去，似乎当日欧阳公题酿泉用一‘泻’字则妥，今日此泉若亦用‘泻’字，则觉不妥。况此处虽云省亲驻跸别墅，亦当入于应制之例，用此等字眼，亦觉粗陋不雅。求再拟较此蕴藉含蓄者。……有用‘泻玉’二字，则莫若‘沁芳’二字，岂不新雅？”

“这是第一处行幸之处，必须颂圣方可。若用四字的匾，又有古人现成的，何必再作。……莫若‘有凤来仪’四字。”

“旧诗有云：‘红杏梢头挂酒旗’。如今莫若‘杏帘在望’四字。……村名若用‘杏花’二字，则俗陋不堪了。又有古人诗云：‘柴门临水稻花香’，何不就用‘稻香村’的妙？”

“（评价稻香村茆堂）不及‘有凤来仪’多矣。……此处置一田庄，分明见得人力穿凿扭捏而成。远无邻村，近不负郭，背山山无脉，临水水无源，高无隐寺之塔，下无通市之桥，峭然孤出，似非大观。争似先处有自然之理，得自然之气，虽种竹引泉，亦不伤于穿凿。古人云‘天然图画’四字，正畏非其地而强为地，非其山而强为山，虽百般精而终不相宜……”

“此处并没有什么‘兰麝’、‘明月’、‘洲渚’之类，若要这样着迹说起来，就题二百联也不能完。”

“此处蕉棠两植，其意暗蓄‘红’‘绿’二字在内。若只说蕉，则棠无着落；若只说棠，蕉亦无着落。固有蕉无棠不可，有棠无蕉更不可。……依我，题‘红香绿玉’四字，方两全其妙。”

宝玉的数次评析其实都是围绕着自然、真实和用典展开的。

在宝玉眼中，“有凤来仪”的潇湘馆梨花芭蕉、翠竹清泉，虽然没有什么特定的含义，只是古代园林一种非常普遍的铺陈（而且很明显具有苏州园林的风格，姑苏恰巧又是林黛玉的家乡，因此作者安排林黛玉喜欢潇湘馆也就顺理成章了），但它们的出现非常自然，因此宝玉非常喜欢。他后来所喜爱、所选择的怡红院，在布局上更是被盛赞为“神妙之极”，也是极其自然的表现。

但是对于恬静淳朴的稻香村，宝玉则无法忍受其人力穿凿之感。可见崇尚自然是宝玉所坚持的美学观念。

为蘅芜苑和怡红院两处轩馆题名时，宝玉不喜欢众清客随意搬用典故、引用一些园中没有的景色作为匾额和对联，也不喜欢在描述园内景物时只说其中的一部分而忽略了其他美丽的部分。虽然在题匾额和对对联的时候确实可以展开联想和想象，甚至有的时候可以天马行空，但宝玉更强调创作时的真实性。这是贾宝玉的第二个重要理念。

按照宝玉的逻辑，凡是能够用古人词句形容得巧妙恰当的，都不必再费力自作。在此基础之上能够生动地化用典故，则是他更加推崇的做法。但是对于“秦人旧舍”这一取材自陶渊明《桃花源记》的典故，宝玉却说是“越发过露了”，指出这一名称“说避乱之意”。当然，为何这一“避乱之意”就是过露的表现，还有待联系作者在文字背后所想表达的内容去理解。不过宝玉对于典故的见解确实要高于常人。

分析了宝玉对创作、对美学的观点，再来看第十八回中宝玉作诗的场景。不得不说，宝玉的“歪才情”似乎只见于对对联，对于起承转合结构井然的诗歌，宝玉却不能驾驭。宝钗指点他修改“绿玉春犹卷”一句时，忘记“绿蜡”之典故的宝玉似乎和前面善于运用各种典故的宝玉判若两人。其实唐代诗人钱珝的《咏芭蕉诗》中原本就有“冷烛无烟绿蜡干，芳心犹卷怯春寒”的说法，“绿蜡”和“犹卷”原本就应该是同时构思的对象，但是曹雪芹为了增添其戏剧性，才安排宝玉先写下了“绿玉”的字眼。



宝玉一人独作元妃指明要作的四首，实在是“大费神思”。这时宝玉的才思也就没有那么敏捷了。由此看来，宝玉的才情确实是“歪”的。在宝玉抓耳挠腮作诗期间，林黛玉却为自己只能题一诗一咏而心存不快。黛玉帮宝玉作诗的情节，与其说是为了宝玉，帮助宝玉渡过难关，不如说是为了自己，借此机会大显身手以展示自己的才华。因此虽然不知道修改回目的学者为谁，但“助情人林黛玉传诗”的回目确实有些经不起推敲。

除了宝玉之外，第十八回元妃省亲的情节还是有很多值得推敲之处的。元妃含泪说“田舍之家，虽齑盐布帛，终能聚天伦之乐；今虽富贵已极，骨肉各方，然终无意趣”，这句话点明了古时秀女进宫的实质：虽然表面上能享尽荣华富贵，一人得道鸡犬升天，但是实际上远离了家人，在宫中的生活又极为险恶，所谓的“步步惊心”的确不是空穴来风。这也是为什么现在关于后宫的电视剧总是充满了尔虞我诈、钩心斗角的意味，而“宫外的人想进宫，宫里的人却只想出去”的说法我基本认同，且已使我联想到小说《围城》的设定了。也许皇宫就是一座围城，元春知道了其中的痛苦；而希望进宫，以充才人、赞善之职的薛宝钗那时却不一定会意识到，因此才会在宝玉说“我今后只叫你师父，再不叫你姐姐了”之后讽刺地说了一句“谁是你姐姐，那上头穿黄袍的才是你姐姐”。据说宝钗选秀女失败在书中是有所暗示的，历来学者说得太多，我似乎已没有什么值得再细说的。

元妃省亲的情节中还有一个非常特殊的小人物就是龄官。龄官唱戏很好自不消说，但当贾蔷命其作《游园》《惊梦》两出时，龄官却因为这不是本角之戏，执意不作，定要作《相约》《相骂》两出。《游园》《惊梦》是《牡丹亭》中杜丽娘的唱段，杜丽娘是正旦的角色，而梨香院十二名小戏子中，芳官唱的是正旦角色而龄官不是，自然有这样的理由不出演。但是《相约》演的是有关男女婚约的故事，《相骂》则是放肆的丫鬟与老妇人顶嘴的故事，在元妃省亲的场合实在不适宜。但元妃因为格外欣赏龄官的唱功，所以还是命贾蔷好生教习。个人认为《相约》一出与后面龄官与贾蔷私订终身的内容非常类似，故《相骂》可能也与龄官后来的命运有关。龄官又被说成眉眼像林黛玉，《相约》的情节也和“二玉”之爱颇有相似之处，因此《相骂》是否会与林黛玉的命运也有关系也有待深究。话说回来，龄官这个角色因其勇敢和不受束缚而可爱。

第十七回和第十八回结束之后，贾家马上又进入了新一轮的鼎盛。后面的故事会有更多精彩的变数，而回望这过去了的前十八回，确实没有感觉到这大不如前的贾家究竟有多困难，这就是传说中的“百足之虫，死而不僵”吧。

## 十七、读《红楼梦》第十九回：

## 从宝玉、黛玉的纯洁友情说起

第十九回的回目“情切切良宵花解语 意绵绵静日玉生香”可谓相当有意境，并且有诗的感觉。突然想起自己的一些同学有背诵古代小说回目的习惯，这样的回目或许就是最值得背诵的。当然，有了这样的回目，想要了解故事内容，还需要根据文本自己体会。

这一回主要写宝玉做了三件事：第一是撞见茗烟和丫头万儿偷情时不但不声张，还关心小丫头的生活；第二是到袭人家去看回家探亲的袭人，回到贾府后答应袭人要改掉各种坏毛病；第三是与黛玉共同嬉戏讲故事。

其中，在第一件事里，作者的描写是“茗烟按着一个女孩子，也干那警幻所训之事”。虽然这样的描写与整部《红楼梦》比起来格调不高，甚至有些下流，但是在当时却是有这样的风俗的（这种令现在的我们难以接受的风俗最盛行于明朝，连《牡丹亭》这样的高雅作品也没能“幸免”，但其中的措辞非常优雅，已经超出了内容本身，才使得它能成为传世经典）。而与其他话本，如《西厢记》《牡丹亭》不同的是，作者没有运用各种比喻对此进行描写，连直接的描写也没有，却说“警幻所训之事”。这无疑又一次强调了贾宝玉的“开辟鸿蒙”是来自于警幻仙姑，整部《红楼梦》的“情事”也全由太虚幻境而来。

第二件事中对袭人进行了更仔细的刻画。听说宝玉来探望，袭人并不惊喜，反而担心他“倘或碰见了人，或是遇见了老爷，街上人挤车碰，马轿纷纷的，若有个闪失，也是顽得的”；袭人的母兄“忙齐齐整整摆上一桌子果品来”，按说作为一个小康之家，能够这样过新年已经很体面，但面对来自四大家族的宝玉，袭人还是觉得“总无可食之物”；当宝玉要走时，袭人执意要给宝玉雇马车的原因是“不为不妨，为的是碰见人”……种种现象都表现了袭人对宝玉无微不至的关心，同时宝玉也是离不开袭人的。所以袭人才会选择在回到贾府后，用假装生气、假装要离开宝玉使宝玉承诺：从此以后再不说胡话，开始好好读书，至少做出爱读书的样子，再不毁僧谤道、调脂弄粉。虽然根据后来的情节看，这些宝玉其实一点都没有做到，但不得不说，宝玉确实是因为害怕袭人离开而下定决心要“痛改前非”的。

第三件事应该是所谓“意绵绵静日玉生香”的情节。有些学者因为要研究《红楼梦》中关于宝黛爱情的蛛丝马迹，会格外着眼于这一部分，因为这段内容描写的宝玉和黛玉可谓亲密无间，容易引起各种无边无际的猜想。但在我看来，这段情节里的宝玉和黛玉之间的关系比后来的关系还要没有距离感，那种因爱而生的羞涩在这里没有体现。由于在太虚幻境神瑛侍者就与绛珠仙草相识的缘故，宝玉和黛玉之间确实有一种特别的感觉，但故事进行到第十九回时，这种特别的感觉还没有发展成爱情。第十九回对宝玉、黛玉关系的描写，应该仍只是两人的“纯洁友情”阶段。

宝玉见到黛玉后，可谓是把答应了袭人的话忘到了九霄云外。不想要枕别人的枕头，说“不知道是哪个脏婆子的”；腮上有“钮扣大小的一块血渍”，却被黛玉发现又是吃了胭脂。但是对这两件事，黛玉没有像袭人或者宝钗一样严厉地进行规劝，而是说“真真你就是我命中的‘天魔星’”“别人看见了，又当奇事新鲜话儿去学舌讨好儿，吹到舅舅耳朵里，又该大家不干净”，完全是站在宝玉的立场上说话，一方面不反对宝玉这些怪诞的行为，一方面却又对他有些担忧。可见两人心意相通，有知己的关系。

接下来由于宝玉闻到黛玉身上的奇香，黛玉用宝钗“冷香丸”的典故讽刺宝玉和宝钗的“金玉”相配。乍一看，这段内容好像是黛玉在吃醋，但是若是吃醋的话，黛玉说这句话的时候就不会如此和颜悦色，宝玉也不会对黛玉的心理毫无回应。而宝玉并不解释，只是“伸手向黛玉膈肢窝内两胁下乱挠”，可见这句看似吃醋的话，其实只是一句玩笑，并没有什么讽刺宝钗的意思。如果黛玉真的在讽刺宝钗，那么此回中宝钗出现之后，她不会没有针对宝钗的心理活动。但一切都风平浪静，可见有的时候确实是读者们考虑复杂了。

然后是宝玉给黛玉讲的“黛山”“林子洞”“香芋”的故事，宝玉说是故典，宝钗却借着“故典”的话题提醒宝玉认真读书：“他肚子里的故典原多。只是可惜一件，凡该用故典之时，他偏就忘了。有今日记得的，前儿夜里的芭蕉诗就该记得。眼面前的倒想不起来。”宝钗在这一回中只出现这一次，而且是一副“一身正气”的面貌，和一直在与宝玉开玩笑的黛玉形成鲜明对比。当然，凭这样的情节，我们没有办法将林黛玉和薛宝钗进行全面比较，得出谁更适合成为宝玉的妻子或者宝玉会爱上谁这样的结论，而且《红楼梦》中宝、黛、钗三人爱情故事的意义也不在这里。

说到宝玉和黛玉之间是纯洁的友情，我突然想起在某个肥皂剧热播后流行一时的“男女之间究竟有没有纯洁的友情”的争论。很多人都在怀疑多少人是在纯洁友情的幌子下进行着非纯洁的交往，而我却觉得男女之间的纯洁友情很可能存在。当时觉得自己是没有什么理由的。现在由于阅历未到的缘故，理由依然不充分，但至少看到宝玉和黛玉的故事，相信这种纯洁的友谊至少会存在一段时间，即使是在古代那个连婚姻都没有爱情可言的时候。



个人还是很喜欢第十九回的。有韵味的回目、生活化而温馨的故事内容，让读者也感受到了一种喜悦。多希望《红楼梦》里的人们可以一直这样安逸地生活下去啊，这可能也是贾宝玉的愿望吧。然而世事无常，悲剧的美却一直隐藏在这花团锦簇的背后。

# 十八、读《红楼梦》第二十回：

## 贾府丫头的众生相

常常有学者强调，读《红楼梦》不仅要注意故事的情节脉络，关注宝、黛、钗的爱情纠葛，也要关注一些细节，关注贾府中那些个性鲜明的丫头。我觉得这样阅读是很有益的，并且我们可以特别关注宝玉身边的丫头们在性格、价值观、与宝玉的情感上的差别。在第二十回中，作者分别写到了袭人、麝月、晴雯三个丫头，她们的形象在这一回中可谓很生动。

首先是袭人。袭人出场一般都是以勤谨服侍、宽厚忍让的一面示人的。但这一回，李嬷嬷和袭人之间发生了矛盾。虽然袭人可能并没有懒惰，但按照李嬷嬷的形容，她却是“大摇大摆地躺在炕上，见我来也不理一理”。李嬷嬷仗着自己是宝玉的乳母，总是在丫头们面前横行霸道，几乎每一个丫头都会被她找到把柄，不过在赶走茜雪一事后宝玉对她的厌恶加深了一层；而袭人由于平时对宝玉悉心照顾，受到宝玉宠爱，甚至已经和宝玉“初试云雨情”，宝玉对袭人的依赖必定是远远高于对李嬷嬷的尊敬的。在这样的情况下，李嬷嬷便无法忍受袭人，偏偏又不从自己身上找原因，才会说袭人“一心只想妆狐媚子哄宝玉，哄得宝玉不理我”，更说出“好不好拉出去配一个小子”这样戳人痛处的话。贾府的丫头们原本就害怕要“拉出去配一个小子”的命运，对于袭人这个希望成为宝玉侍妾的丫头来说，则更是一句充满讽刺的话。一贯逆来顺受的袭人此时便无法忍受了。可是，在李嬷嬷走后，袭人又劝宝玉不要生气，不

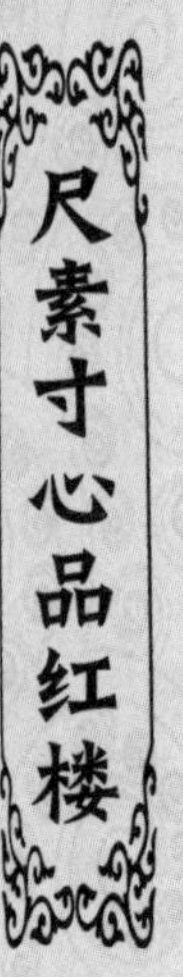

要为她自己而得罪别人。在阅读其他章回的时候，我总觉得袭人是个懂得顾全大局的人，但是在这一回里，她的遭遇却让我不知该怎么说才好了。面对着对自己有偏见的李嬷嬷，为了顾全大局，除了忍，她还能做什么呢？顾全大局是袭人的优点，能让她得到“稳重”“可靠”的正面评价，可这也恰恰是她悲惨命运的一个侧面，“枉自温柔和顺，空云似桂如兰”。这样不免有些虚伪的人格（尤其是在和晴雯对比的情况下）往往也是令现在的很多读者所反感的。我也曾经反感过袭人，但是后来觉得她对宝玉的悉心照料依旧是值得称赞的，所以对她的态度比较辩证。

与袭人恰恰相反的就是晴雯。第二十回里的晴雯实在是可爱：心直口快、爱打抱不平。听到宝玉的埋怨，她只笑道“谁又不疯了，得罪他作什么。便得罪了他，就有本事承认，不犯着带累别人”。这句话不仅表现出她对李嬷嬷的厌恶，还有对宝玉屋里的丫头们忍气吞声、从不把真相说出来的反感，她甚至对宝玉的一番埋怨也有些不满。如果晴雯不是一个丫头，也不生活在封建制度达到顶峰的清朝，她很有可能凭借她的敢想、敢说，投身到一场有意义的事业当中。但是她虽“心比天高”，实际上却“身为下贱”，注定只能成为一个悲剧人物。当宝玉为麝月梳头的时候，晴雯虽然对宝玉并没有什么情意，却也讽刺道“交杯盏还没吃，倒上头了”。我个人非常喜欢晴雯的这句话，能说出这句话的女孩子必定非常灵巧。更可贵的是，曹雪芹不仅善于写这种灵巧的话语，对于不同性格、不同心理状态的人，依然能够用不同的说话风格将她们的区别表现出来。晴雯的言语俏皮，性格自然也出挑。在宝玉的众丫头里，她可谓“万绿丛中一点红”，所以深受宝玉喜爱。而晴雯所遭受的命运又可谓“枪打出头鸟”，越是出挑就越引人注意。虽然宝玉只曾和袭人偷试云雨情，和晴雯之间并无任何不正当关系，但由于袭人的稳重，人们往往对袭人网开一面，而出挑的晴雯却成为了众矢之的。所以当盛怒之下的王夫人想起要撵走几个丫头的时候，“寿夭多因诽谤生”的晴雯肯定难逃厄运。我不知道，这究竟是命运的不公，还是个人性格的好坏？命运的确不公，它对贾府的丫头们都是不公的；《红楼梦》中的女孩子都很可爱，性格上是没有好坏之分的。晴雯和袭人或许只是命运悲剧的两种不同载体罢了。

在其他章回里作者对麝月的描写并不多，而这一回里，作者却对麝月的形象做了两次生动的刻画。在其他丫头都去玩耍的时候，麝月自己在房间里抹骨牌。宝玉问起时，她先以“没有钱”为掩饰，在宝玉的一再询问下，她才道出自己对屋内无人的担忧，“满屋里上头是灯，地下是火”，以及对那些出去玩耍不看着屋子的人的理解，“那些老妈子们，老天拔地，服侍一天，也该叫他们歇歇；小丫头子们也是服侍了一天，这会子还不叫他们顽顽去”。她不仅有责任感、宽容，而且在宝玉面前非常谦虚，起初并不敢表现自己的细心。这样的性格，让宝玉赞叹“公然又是一个袭人”，自然平日里对袭人的尊敬和怜爱如今也体现在了对麝月的态度中。因此便有了第二件事——宝玉为麝月篦头。或许是宝玉和麝月难得有这样一起闲聊、一起做伴的时刻，或许是宝玉和袭人之间所谓“瞒神弄鬼”的事情仍然在宝玉屋内的丫头们心中挥之不去，总之晴雯看到这一幕之后的一番言语让人听不出究竟是嫉妒还是嘲讽。但是，在袭人生病期间，宝玉能够在身边发现麝月这样一位服侍尽心、为人温柔的丫头，确实是令人可喜的事了。而我们又不得不考虑，麝月如此尽心竭力，却又这样低调，和袭人真的就完全相同吗？不难看出袭人是一直希望成为宝玉的妾室的，而麝月没有这样的打算，她愿意做一个丫头服侍宝玉一辈子，这样的心地较袭人又纯洁了不少。

除了对三位丫头的描写，第二十回里还写到了宝玉和黛玉吵架，以及黛玉“俏语谑娇音”。若论宝玉和黛玉吵架，这一回里的内容并不是最经典的，但是它和后面“俏语谑娇音”的情节有关联。听说史湘云来了，林黛玉有些不爽快，对宝玉说史湘云是“横竖如今有人和你顽，比我又会念，又会作，又会写，又会说笑，又怕你生气拉了你去”的人，而在湘云面前所开的玩笑究竟是不是只有玩笑而没有戏谑的意味，则很难说。在说起黛玉和宝钗两人与宝玉的亲疏远近时，黛玉反问“我难道为你疏他？我成了个什么人了”，当湘云问黛玉敢不敢挑宝姐姐的短处的时候，林黛玉却冷笑道“我哪里敢挑他呢”。黛玉对宝钗一直是有些顾虑的，而如今见到湘云又增添了新的顾虑。黛玉爱耍小性子的性格让旁人不欣赏她，也伤害了自己的身体，唯独宝玉愿意每次劝慰。但是这时的宝玉和黛玉之间应该并没有爱情，即使有爱情，也只是停留在心头的一个小小的萌芽阶段。

最后想摘录有关宝玉的两句话。第一句是宝玉和黛玉吵架时宝玉痛诉肺腑，“我为的也是我的心。难道你就知你的心，不知我的心不成？”宝玉和黛玉是知心的朋友，二人可谓知己，这样的话对安慰黛玉不成、反而着急的宝玉而言比较常见，每每读之都能感觉到宝玉的一片真心。第二句是有关宝玉的性格，“他便料定，原来天生人为万物之灵，凡山川日月之精秀，只钟于女儿，须眉男子不过是些渣滓浊沫而已。因有这个呆念在心，把一切男子都堪称混沌浊物，可有可无。只是父亲叔伯兄弟中，因孔子是亘古第一人说下的，不可忤慢，只得要听他这句话。”可见宝玉的奇怪思想是贯穿在全书之中的，也是宝玉“一身兼秉正邪二气”的具体体现。作者或许也希望通过宝玉的想法向全社会传达关爱女子、尊重女子的思想吧。

# 十九、读《红楼梦》第二十一回：

## 宝玉与袭人的关系

承接着第二十回宝玉和黛玉的小摩擦，在第二十一回里，宝玉和袭人之间也发生了不愉快，但是袭人这般与宝玉闹别扭，其目的正如回目所言，是对宝玉进行劝诫。虽然说这一回里的精彩片段远不止这一段，但这一回却将宝玉和袭人之间的关系表现得淋漓尽致。

先来说这一回里宝玉与黛玉、湘云、宝钗之间的故事。往往为人们所称赞的情节是宝玉看见湘云和黛玉两人不同睡态的部分。黛玉“严严密密裹着一幅杏子红绫被，安稳合目而睡”，一副小心谨慎的样子，和黛玉平时的性格很相符。湘云则“一把青丝拖于枕畔，被只齐胸，一弯雪白的膀子撂于被外，又带着两个金镯子”，看起来非常可爱，而且体现了她活泼调皮的性格。宝玉此时的举动更是体贴，替湘云盖上被子，此时黛玉的反应也不似前一回的嘲讽，这个场景俨然一幅三兄妹之间和睦相处的画面，因此我也非常喜爱。

湘云为宝玉梳头的场景让我想起第二十回里宝玉为麝月梳头的情节。但是黛玉看到这一幕之后，并没有对宝玉和湘云两人冷嘲热讽，反而对宝玉的珠子丢了一事做出“也不知是真丢了，也不知是给了人镶什么戴去了”的评论，可见黛玉在那一日与宝玉发生摩擦后虽没有表态，内心深处还是很相信宝玉，但是曾经因为香袋一事和宝玉闹过别扭的她，对宝玉喜欢把东西送给别人的行为总有些耿耿于怀。宝玉常常愿意送人东西、愿意和别人交换东西的习惯后来也给他带来了不小的麻烦，他和蒋玉菡互换汗巾子就引起了误会。

湘云阻止宝玉吃胭脂的行为，是值得关注的。有人说，宝玉爱吃丫头嘴上的胭脂，只是一种委婉的说法，宝玉真正想要的绝非胭脂而已。但此时宝玉吃胭脂，却是“顺手拈了胭脂，意欲要往口边送”。可见正如宝玉一岁时抓阄的结果，他不仅爱女儿，也爱女儿的脂粉钗环，而吃胭脂的行为虽令人难以理解，却不能和宝玉对女孩子的所谓“轻薄”联系起来。

接下来袭人出场，张口便是宝玉不听劝、自己很辛苦的话。宝钗“慢慢的闲言中套问他年纪家乡等语，留神窥察，其言语志量深可敬爱”，因为袭人和宝钗两人在性格上多有相似之处，温柔敦厚而又八面玲珑。宝玉对这两个人的态度，大部分时候也比较相似。

袭人是怎么做的呢？面对自己想要劝谏的宝玉，袭人先是一副爱答不理的神情，继而又讽刺宝玉“你问我么？我哪里知道你们的缘故”，当宝玉安慰时又半带嫉妒地说“我哪里敢动气！只是从今以后别进这屋子了。横竖有人服侍你，再别来支使我。我仍旧还服侍老太太去。”这时的宝玉只好上前劝慰，但袭人依旧不理他。但后文里宝玉因“蕙香”这个名字是袭人起的而改作“四儿”，说“哪一个配比这些花，没的玷辱了好命好姓”，却分明只是开玩笑赌气而已。袭人的魅力究竟在哪里？

表面上看，袭人此时的发脾气、闹别扭，分明是比黛玉还爱使小性。但是黛玉使小性的时候，也只是心地单纯、随性而发，而此时细细想来，袭人的目的实在不单纯。回目里说的已经很准确，此时的袭人是“贤”“娇”合一。因为袭人服侍得好，宝玉屋里的人多尊敬她；因为宝玉早已和袭人“初试云雨情”，她已经控制住了宝玉的欲望，借用马斯洛的需求层次理论来说，袭人对于宝玉的生理和基本的生活需求都能满足，甚至在满足宝玉的情感需求方面也能产生些许影响（不知道此处的分析是不是合理，但袭人确实让我想起了这一点）。所以袭人知道宝玉是离不开她的，宝玉在诸多大事小事上也颇听袭人的话。因此袭人也知道，如果这时她生气，宝玉势必来安慰，自然此时自己若有什么劝诫的话，宝玉无论心底里愿意或否，都必将答应她的。此时的一番言行，很难说是恃宠而骄，但如果不是“恃宠”，她又怎么敢用这样的方式对宝玉很反感的事情进行劝谏呢？

所以，每每读到这里的时候，我觉得虽然第二十回里李嬷嬷说袭人“一心只想妆狐媚子哄宝玉”时是有些情绪化、有些言重的，但的确一针见血地点出了袭人的特点。因此每当说起袭人，我一边会说她的温柔和顺、似桂如兰，一边也会说她城府太深、不值得外人信任。也正因为作者将袭人的形象塑造得非常立体、非常成功，才会给人留下这样的印象。

宝玉续《庄子》一段甚是有趣。《庄子》这部书阐述的玄学理论实在和儿女私情没有关系，但是宝玉所续一段，虽然本意是要提醒自己以后不要受女子们这般“迷眩缠陷”，但“宝钗之仙姿”“黛玉之灵窍”一句一个女儿之名，实在与《庄子》奥义相去甚远。黛玉又气又笑时题下的“无端弄笔是何人？作践南华庄子因。不悔自己无见识，却将丑语怪他人”也是我读到这段的时候想对宝玉说的话。其实宝玉这个人很有慧根，但是在女儿堆里，他的思想离不开女儿，女儿们命运的转变，也是他意识的转变，因此当女儿们“春梦随云散，飞花逐水流”，他才会悬崖撒手。

与宝玉这般尊重女儿相反，贾琏与多姑娘的一段露水之情确实使贾琏丑态毕露。这里面提到，多姑娘生性轻浮，最喜拈花惹草；多姑娘的丈夫多官是极不成器破烂酒头厨子，懦弱无能。而品性如此恶劣的两人在贾府里有没有亲人呢？有。居然是天真烂漫的晴雯。对多姑娘和贾琏偷情的描写不仅体现了贾府“上梁不正下梁歪”、贾府道貌岸然的男主人们道德败坏，而且是从侧面体现了晴雯命运的凄惨，更与后文宝玉探视晴雯时遭遇多姑娘勾引的行为相互照应。果然，就连多姑娘这个只出场两次的人物也有自己的性格逻辑，我不得不再次盛赞曹公的笔力。

虽然读这一回的时候我主要关注的是袭人，但是一定要以平儿这个令书里书外的人们都非常喜欢的人物作为结尾。贾琏偷情，最怕的便是泼辣的妻子

王熙凤。但是一贯顺从王熙凤意思的平儿此时也对贾琏网开一面。与王熙凤相比，平儿更通情达理，处理事情的态度更温和，虽然身为丫头，但这样的性格自然会得到别人的尊敬。身为地位尴尬的通房丫头，平儿已经非常成功。性格的作用有时候就是这样超乎预料。

# 二十、读《红楼梦》第二十二回：

# 大家族的语言规矩与宝玉的慧根

据考证，曹雪芹在写第二十二回时空下了黛玉的灯谜诗没有写，直到他去世，这首灯谜诗还亟待补入。按照《红楼梦》的内容，黛玉的诗才绝对是出类拔萃的，或许作者需要仔细斟酌才能写下最符合黛玉形象的诗句，所以耽搁了。这不用说是这一回的一大遗憾，但同时也为《红楼梦》这部书增添了一丝神秘色彩，使全书具有一种断臂维纳斯般的缺陷美。

在前半回情节里，又是贾宝玉和林黛玉因为一点误会争吵起来。而这一次却是因为史湘云心直口快说唱小旦的龄官“像林姐姐的样儿”后宝玉给湘云使了眼色，这个小动作让黛玉不高兴，“你不比不笑，比人家比了笑了的还利害”。在这里我们且不说黛玉和宝玉之间的纠纷（因为他们的纠纷不能用一般人的逻辑去理解），单是看湘云这句话说得有些不合适，我们也能看出一些有关大家族语言规矩的门道来。

在“明是一盆火，暗是一盆冰，嘴里一抹蜜，脚下便使绊”的现象屡见不鲜的大家族里，有些实话是不能实说的。史湘云心无城府，突然说了出来，且是用林黛玉和小戏子比较。按照现代人的逻辑，如果说一个人长得像某位歌星，通常都是夸赞的意思。可是在古代，戏子的地位是非常低下的，说林黛玉长得像某个戏子，纵使龄官长得“实在可怜见”，也可能被当事人理解为一种侮辱。因此，即使不是林黛玉这种“心较比干多一窍”的人听到这话，这样的类比也不合适。这是第一种规矩，是身份高贵之人与低微之人之间的顾忌。

再比如这一回里提到的猜灯谜。灯谜的内容暗示每一位灯谜创作者的命运，历来的评论家分析得很到位很透彻，我不敢妄加非议。我只是注意到，贾府的小姐公子们写了灯谜让元妃猜。元妃虽然从血缘上讲是贾家的亲骨肉，但现在是当朝圣上的宠妃，便是千金之躯，不可怠慢亦不能轻易反驳。因此元妃猜灯谜的时候有猜中的也有没猜中的，可是出谜题的人却只能说猜中了。这又是第二种规矩，是皇家和平民之间的顾忌。

猜灯谜同样也有自家的亲眷们互相猜测的。贾政猜贾母的灯谜，“已知是荔枝，便故意乱猜别的，罚了许多东西，然后方猜着，也得了贾母的东西”。而贾母猜贾政的灯谜时，贾政“悄悄的说与宝玉，宝玉意会，又悄悄的告诉了贾母”，贾母猜到了是砚台，贾政夸赞“到底是老太太，一猜就是”。这和现代职场上的人们陪领导打麻将故意输几局用来奉承相似，但又有区别。贾政是贾母的儿子，这样奉承贾母不会有什么特别的意图，只是希望在欢乐之际贾母能够高兴，一家人共享天伦之乐。这是第三种规矩，自家人的长辈和晚辈之间的顾忌。

不得不说这样的规矩有些虚假。但这也正是大家族久察世态炎凉、人情冷暖后句句谨慎字字小心的表现。因为稍不留意就可能被抓到把柄，从而引来更大的祸患。但是故事还没有进行到“东窗事发”的部分，所以还没有什么明显的体现。

“听曲文宝玉悟禅机”是我特别喜欢的一段关于宝玉的情节，可以和第二十一回宝玉提笔续《庄子》一段对比来看。第二十一回里，和黛玉吵架后，宝玉希望抛却尘世中的各种繁杂，尤其是女儿们给他带来的种种忧愁，虽也是对《庄子》的一番阐释，却句句不离“宝钗黛玉”“钗麝花晴”一类字眼，难以达到真正彻悟的境界。但是到了第二十二回，同样是和黛玉发生了矛盾，听了宝钗背诵的一支有关鲁智深一生追求的《寄生草》后，被那一句“赤条条来去无牵挂”深深吸引的宝玉却获得了更深一层的顿悟。

据红学家考证，宝玉在全书的最后、贾家败落之时，将悬崖撒手、出家为僧。从参禅的一段情节来看，确实是有可能的。因为宝玉原本就是一个有慧根的人。“赤条条来去无牵挂”的语句是对他的慧根的助长，而与黛玉、湘云发生矛盾，自己闷闷不乐，则为他表现出自己对禅机的兴趣提供了充分条件。《庄子》中“达生”“逍遥”的观点，此时才能够被宝玉所灵活运用，而表现在文字上，也不再只是随意续上一段文字扭曲庄周之意，而是自己立一首偈语：“你证我证，心证意证。是无有证，斯可云证。无可云证，是立足境。”又写下一支《计寄生草》，觉得是把自己此番的彻悟说尽了。谁承想宝玉参禅能力有限，黛玉看过，便觉他的偈语还未尽善，必须加上“无立足境，是方干净”方妙。“至贵者是宝，至坚者是玉，尔有何贵？尔有何坚？”的机锋他更是对不出来。禅师之间斗机锋的环节往往被外人看来是答非所问，是很有趣的，对于禅师而言也很稀松平常，可是宝玉却不知道这样的问题应该如何应答。宝钗则借着黛玉的兴头，给宝玉讲起了六祖慧能的典故，让宝玉自愧不如。可见宝玉虽然此时的参禅已较前日有了很大的进步，但是还是绕不开儿女私情，所以才会遭到黛玉和宝钗的嘲笑。可是宝玉作为一个“痴人”，一个从来多情意者，事事不离情正是他性格的本质特征。何况他少时的生活是何等悠闲惬意，一来他不知道此生终将有悬崖撒手之时，二来“朔风如解意，容易莫摧残”的美好而天真的愿望一直在他的心中，那时的宝玉，还不认为寒风朔雪催梅折枝的日子可能会到来。

还有一处值得对比的，就是黛玉和宝钗听说宝玉参禅后的反应。黛玉只说“彼时不能答，就算输了，这会子答上了也不为出奇。只是以后再不许谈禅了。连我们两个所知所能的，你还不知不能呢，还去参禅呢。”她是站在宝玉参禅水平不如自己的角度讽刺宝玉，并不是真心不想让宝玉参禅。而宝钗却将这个问题上纲上线，说“都是我的不是，都是我昨儿一支曲子惹出来的。这些道书禅机最能移性。明儿认真说起这些疯话来，存了这个意思，都是从我这一只曲子上来，我成了个罪魁了。”一方面，她想劝宝玉要走正路，即所谓的

“仕途经济”，另一方面，她也想自保，不让人给她一个女子不务正业、专以邪门歪道误人子弟的罪名。从这里来看，宝钗和黛玉谁更了解宝玉的心思，答案显而易见。

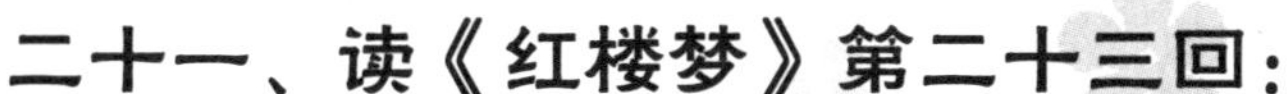

# 二十一、读《红楼梦》第二十三回：

## 宝玉、黛玉爱情的真正开端

经常有同学在总结《红楼梦》第三回情节的时候，说贾宝玉和林黛玉是一见钟情。的确，由于“木石前盟”的存在，两人觉得面善、一见如故是必然的。但是纵观《红楼梦》全书，我们方会发现，宝玉和黛玉的感情也是由两小无猜的兄妹之情、若合一契的知己之情发展到心心相印的爱情的。而第二十三回宝、黛共读《西厢记》的情节，则是两人爱情发展的第一个关键点。

第二十三回已经提到，宝玉同众姊妹搬入大观园，“谁想静中生烦恼，忽一日不自在起来，这也不好，那也不好，出来进去只是闷闷的。园中那些人多半是女孩儿，正在混沌世界，天真烂熳之时，坐卧不避，嬉笑无心”，茗烟是由于这个缘故才把那些描写爱情传奇的小说故事买给了贾宝玉，贾宝玉如获至宝。所以从这里不难推断出，宝玉的烦恼其实和如今的一些少年在青春期时产生的悸动是非常相似的，就好像初中思想品德书上写到的“看到她，我觉得既甜蜜又自责”的心理。宝玉是神瑛侍者下凡，可他在凡世就是一个凡人，正常的青春期少年的心理在他的心中都会出现。从这里开始，贾宝玉和女孩子们之间的感情要慢慢地向爱情的方向发展了。读到后半回，我们便知道了这个女孩子是林黛玉。

在重点关注共读《西厢记》这部分之前，先梳理前面的二十二回中宝玉对他和黛玉的关系的揭示，当然大部分情况下是在聊天甚至吵架的时候向黛玉

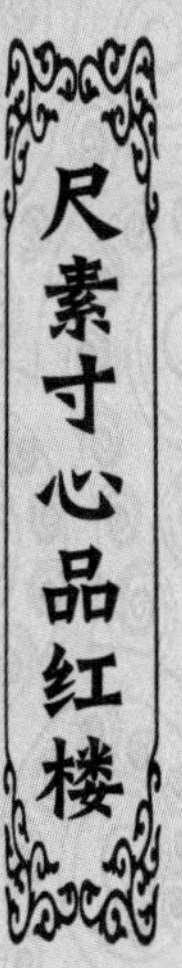

做的解释。

第三回宝玉听说黛玉没有玉的时候，气得要把自己的通灵宝玉摔了，口里说的是“家里姐姐妹妹都没有，单我有，我说没趣；如今来了这么一个神仙似的妹妹也没有，可知这不是个好东西”。可见这时的宝玉虽然觉得林黛玉“曾见过”“神仙似的”，但还是把她和家里的姐姐妹妹看作一类人。

第十七至第十八回，宝玉与众姐妹奉旨赋诗。宝玉诗才有限，却要奉命写四首诗，这让“安心大展其才”却只能作一首诗的林黛玉看到了机会。她帮贾宝玉写下了《杏帘在望》一首，元妃能看出这首“为前三首之冠”，其实也就证明了自己的才华，黛玉帮助贾宝玉，本质上还是为了展现自己。宝钗同样帮助贾宝玉写诗，但只是提醒贾宝玉改了一个字，把元妃不喜欢的“绿玉”两字改为了“绿蜡”，以免宝玉的诗让元妃看了不快。虽然这是宝钗城府很深、观察很细致的表现，但本质上说的确是为了宝玉好。因此细读这里的内容我们很难说黛玉和贾宝玉之间存在爱情关系，两人依然只是好朋友而已。

第十九回，宝玉和黛玉歪在一处说话，黛玉看见宝玉腮上有块胭脂，知道宝玉又去动女孩子们的胭脂了，说“你又干这些事了。干也罢了，必定还要带出幌子来。便是舅舅看不见，别人看见了，又当奇事新鲜话儿去学舌讨好儿，吹到舅舅耳朵里，又该大家不干净惹气”。这时的黛玉也不能完全接受贾宝玉做的每一件事，虽然表示理解，却还是有劝谏的意味在里面，“意绵绵静日玉生香”也只是两小无猜、懵懂无知的兄妹关系的体现。这一处描写可以与第三十四回宝玉挨打后黛玉探视的情节对照阅读，读了那部分内容，或许更容易明白故事进行到第十九回时宝玉和黛玉的关系仍然有待发展。

第二十回，黛玉因觉得宝玉要疏远自己和宝玉吵架，宝玉说“咱们是姑舅姊妹，宝姐姐是两姨姊妹，论亲戚，他比你疏”“你先来，咱们两个一桌吃，一床睡，长的这么大了，他是才来的，岂有个为他疏你的”。宝玉强调的是他和黛玉两个人的血缘更近，两人胜似亲兄妹是不必说的。而宝玉的一句问话“难道你就知你的心，不知我的心不成”，则表明此时的他们已是知己。

为什么他们相处很久之后依然只是这样的感情呢？一来两人年龄都还小，二来他们虽然有前世之约，但在今世，对情是何物并没有一个概念。第二十三回，作者安排宝玉与黛玉共读《西厢记》，让宝玉第一次用《西厢记》里的语言“我就是那‘多愁多病身’，你就是那‘倾国倾城貌’”比较隐晦地表达了自己和林黛玉的关系就如同张生和崔莺莺的关系的意思，其实也就证明，这一段内容才是宝玉和黛玉爱情的真正开端。

而黛玉却没有因为宝玉的这一次不能算告白的告白表现出感动的神情，反而“不觉带腮连耳通红，登时直竖起两道似蹙非蹙的眉，瞪了两只似睁非睁的眼，微腮带怒，薄面含嗔”。或许是第一次听到宝玉这样讲，面子上有些挂不住吧。但林黛玉听到这句话时，内心应该还是有些许微妙的变化的。因为在宝玉又用疯言痴语安慰她，说“若有心欺负你，明儿我掉在池子里，教个癞头鼋吞了去，变个大忘八，等你明儿做了‘一品夫人’病老归西的时候，我往你坟上替你驮一辈子的碑去”（宝玉还小，没有想娶林黛玉为妻的意思，只盼林黛玉有个好前程，作者在这里写得很精妙）时，她一下又笑了，根本没有生气，还引用《西厢记》里的词句调侃贾宝玉，本质上是真的不排斥宝玉用那句话说自己的。林黛玉这种内心高兴、面上生气的心态，用现在形容日本动漫时流行的一个词叫“傲娇”。读了《红楼梦》，我们有理由相信，表现“傲娇”心态的作品在古代时就有了，虽然不一定起源于《红楼梦》，不一定起源于中国，但这个新词出现的时候已经是来形容一个很古老又很自然的心态了。

除了读《西厢记》，这一回还非常少见地写到了宝玉作诗。在父亲率领的一干清客相公面前，他才华横溢，令人叹为观止；在父亲贾政听说了宝玉因“花气袭人知昼暖”一句给丫头起名叫袭人后，他说宝玉“不务正，专在这些浓词艳赋上作工夫”；可是其实与姐妹们相比，他的诗才实在是有限，往往是遭人取笑的。作者评价贾宝玉的诗，是“虽不算好，却倒是真情真景”。这几首诗，与书中人物的命运有没有关联不好说，但作者的一些惯

用词汇出现在这几首即事诗里，可以帮助我们理解这几首诗的内容。比如，《春夜即事》里的“盈盈烛泪因谁泣，点点花愁为我嗔”一句明显有林黛玉的影子在里面，“自是小鬟娇懒惯，拥衾不耐笑言频”是晴雯的写照；《夏夜即事》的颔联和颈联连续出现了“麝月”“檀云”“琥珀”“玻璃”几个丫头的名字，或许和平日里与丫头们的嬉笑玩耍有关系，“倦绣佳人”的表现和林黛玉的“每日家情思睡昏昏”亦是颇为相似；《秋夜即事》里“绛芸轩”“茜纱”都是宝玉身边的意象等。宝玉的感情确实真切，这几首诗的水也比作者评价的要高一点。

另外关于这几首即事诗，有一个问题想问。《秋夜即事》里宝玉写到了一句“抱衾婢至舒金凤”，其中“抱衾婢至”是化用了《西厢记》第四本第一折红娘抱衾而至的故事，但根据后面茗烟为贾宝玉找闲书来读宝玉才读了《西厢记》的情节来看，宝玉写这首诗的时候，应该还不了解《西厢记》的故事，因而不太可能知道这个典故。这是否系作者创作时忽略了时间的问题？抑或是宝玉其实可以通过其他渠道得知这个典故？但即使这真的是作者的失误，对于整部书而言，依旧是瑕不掩瑜。

宝玉因《西厢记》而“开辟鸿蒙”，其实林黛玉也是一样的。听到了梨香院的十二个女孩子演习《牡丹亭》戏文，“良辰美景奈何天，赏心乐事谁家院”给她留下很深的印象，这为第四十回“金鸳鸯三宣牙牌令”的情节埋下伏笔；“则为你如花美眷，似水流年”“你在幽闺自怜”等句子也让她想起了自己的处境，自己是如花美眷，却难耐似水流年，她也渐渐开始对享受好时光、对自己的爱情有了一点模糊的认识。此时的林黛玉“心痛神痴，眼中落泪”，正是对命运的喟叹。

总的来看，这一回是宝黛爱情真正的开端，虽然知道他们之间的爱情终不能长久，依然觉得这一回中表现出的希望还是非常美好的。我记得曾经见到过以贾宝玉和林黛玉的爱情悲剧作为“中学生早恋”的反面教材的文章，虽然说性质、年龄以及结局上都很合适，但说贾宝玉和林黛玉有“木石前盟”为约定的爱情是“早恋”，而且是现在社会上所批判的那种“在春季到来就过早吞下原本属于秋天的果实，导致最后走向了悲剧结局”的爱情，对宝玉和黛玉之间的感情多少有些亵渎。宝玉和黛玉的圣洁之爱，是无法用人们现世的遭际去类比的。可见不论对于什么人而言，解读《红楼梦》都很需要一番工夫。

## 二十二、读《红楼梦》第二十四回：

## 《红楼梦》里的“杜拉拉升职记”

这个关于“杜拉拉升职记”的类比原是《这里是北京》的某期介绍《红楼梦》的节目策划的一个版块。虽然对于那部职场小说的了解仅限于一些职场生活守则，但是我在看到这个类比的时候，首先想到的就是分别攀上了贾宝玉和凤姐两个“高枝”的贾芸和小红。虽然节目的内容并不是关于他们两个，但读到第二十四回，我觉得是有必要写一写他们的“升职履历”和“谋生攻略”的。作为一部“人情小说”，《红楼梦》对生活百态的刻画、对生活的一些理论，都是值得借鉴的。

前半回主要写的是贾芸。在第二十三回里，贾芸就已经通过讨好凤姐得到了在大观园里种树栽花的差使。但是，和职场中许多希望上位的人们相同，贾芸想要在贾府里立足，只有一个差使是不够的。贾府上上下下都知道，最受贾母宠爱的人是宝玉，讨好贾宝玉甚至要比找到一个岗位更重要。因此，在第二十四回里，贾芸便寻找与宝玉照面的机会了。我们可以把这一步概括为“找对思路，创造机会”。

见到宝玉从贾母处出来后，贾芸看准宝玉和贾琏说话的时机出现了，用书中的原话讲，是“只见旁边转出一个人来”。贾芸虽然年纪比宝玉大，但是因为想要讨好宝玉的缘故，见到宝玉之后也是毕恭毕敬，说道“请宝叔安”。宝玉见到贾芸“生得着实斯文清秀”，称赞贾芸“你如今愈发出挑了，倒像我的儿子”。按说贾芸年龄比宝玉大四五岁，被宝玉说像自己的儿子本不是什么恭敬的说法，但是在贾芸看来，这是宝玉肯定自己、愿意和自己有更近的关系的表现。于是又顺着宝玉的意思讨好道：“俗话说的，‘摇车里的爷爷，拄拐的孙孙’。虽然岁数大，山高高不过太阳。只从我父亲没了，这几年也无人照管教导，如果宝叔不嫌侄儿蠢笨，认作儿子，就是我的造化了。”听了这一段话宝玉很高兴，想要改天和贾芸一起在大观园里玩耍。看到这里，我们发现贾芸讨好宝玉算是成功了。而这也就是贾芸的第二步，可以概括为“顺承人意，自谦自嘲”。作者在书中对贾芸的评价“最伶俐乖觉”实在是贴切。

虽然讨好宝玉的内容结束了，但是贾芸在这一回的故事还没有结束。他向自己的舅舅卜世仁（谐音一点没错，这样的舅舅果然“不是人”）借钱遭拒，路上碰到了自己的好朋友醉金刚倪二，虽然倪二是个泼皮无赖，可还是在听说他的遭遇之后真诚地掏出一卷银子来借给贾芸，并说“若说怕利钱重，这银子我是不要利钱的，也不用写文约；若说怕低了你的身份，我就不敢借给你了，各自走开”，完全在为了贾芸着想。这样的行为让贾芸有些疑心，却也很感动，心想即使真要加倍还他也是可以的。这便是贾芸谋生攻略的第三步，“广结朋友，知恩图报”。

第四步，也是非常关键的一步，即贾芸的差事是凤姐帮着求来的，自然应该到凤姐处答谢。他只有一些香料，如果直接送过去，凤姐接受了之后是不会留下什么印象的，因此他说“只孝顺婶子一个人才合适，方不算糟蹋这些东西”，让凤姐着实欢喜。两人又说了几句之后，凤姐不仅准许他领银子开始种花草，又同意以后给他提供别的岗位。这一步可以概括为“厚往薄来，善放长线”。

小红讨好宝玉的策略也大致相同。只是小红虽与秋纹、碧痕两人同为贾宝玉的丫头，但只会计较提水时“你湿了我的裙子”“你踹了我的鞋”的秋纹、碧痕两人，仗着级别比小红高，根本不把小红放在眼里，担心小红“一里一里的，这不上来了”会对自己的地位构成威胁，讽刺小红“你也拿镜子照

照，配递茶递水不配”。三人虽然就同一个问题发生了冲突，但是思想意识是存在差别的。秋纹、碧痕把“递茶递水”当成是最高级的工作，最大的追求就是坐稳二等丫头的位置，而身为三等丫头的小红梦想的不只是当更高级别的丫头那么简单，她的打算是获得更大的发挥才干的空间。读到这里，我不由得想起了“燕雀安知鸿鹄之志”的典故。想必从这一点就可以推测，小红日后的命运一定会好于秋纹、碧痕吧。

小红在这一回里还表现出了与众不同的一点：遇见自己的心上人，并不扭扭捏捏，说起话来也清新爽利。听说贾芸是贾家子弟之后，她“便不似先前那等回避，下死眼把贾芸钉了两眼”。由于白天不小心丢了手帕，当天晚上做梦的时候，她便梦见是贾芸捡到了自己的手帕（事实上的确是贾芸捡到的），还和自己很亲密。这一段情节也为后来她与贾芸相遇相知埋下了伏笔。

贾芸和小红的“升职记”在第二十四回才刚刚开始。与一般的贾氏宗族子弟相比，住在西廊下、接触社会各阶层人士更多的贾芸更懂得人心；与贾府中大部分丫头相比，见过世面的大管家林之孝的女儿小红有更高的眼界。同样是希望以贾宝玉、王熙凤为自己的靠山，同样能够主动把握机会、采取行动，虽然八十回后曹公对他们的命运有何刻画我们早已见不到了，但我们不难推断，这两个相似的人若真能终成眷属，必当有一番作为。看到两个充满希望的人将走到一起，读了他们为了自己更美好的未来而付诸努力的故事，我的笔调不禁轻松了许多。

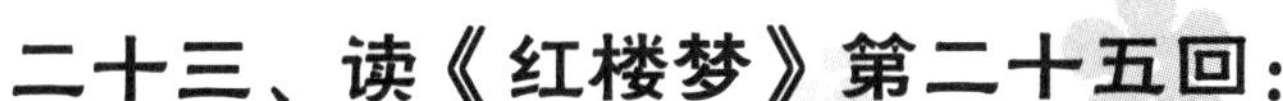

# 二十三、读《红楼梦》第二十五回：

## 最是贾府尴尬人



第二十五回可以说是故事情节非常玄幻的一回。马道婆的“魇魔法”真的起了作用，差点杀死贾宝玉和王熙凤，本就令人有些惊异；而一僧一道再度在危急时刻出现，用通灵宝玉救了二人性命，则令人大呼神奇。而这一回中宝玉和王熙凤惨遭诅咒、性命攸关，与受尽欺负又嫉妒心切的赵姨娘脱不开干系。

说起赵姨娘这个人物，没有一句话比“可怜之人必有可恨之处”更能说明她的性格。从身份上说，她是贾政的妾，是贾环和探春的生母。但从古代的宗族关系上讲，她只不过是个生育工具，贾环和探春名义上要算作王夫人的孩子。女儿探春因为自己是庶出坚决不认她为母。“人物委琐，举止荒疏”的贾环虽然认为自己是她的儿子，却遗传了她的大部分缺点，在这一回中推倒了灯台想烫瞎宝玉的眼睛而未遂，没办法为她增光或达到她的目的。从性格上说，赵姨娘虽心狠手辣、不择手段，城府却不够深，办的坏事也显得实在没有水平，自以为能够算计别人，然而天不助她，也从未得逞过。从与贾府他人的关系上说，她受到别人的冷遇和白眼，甚至以王熙凤为首的一干人的讽刺挖苦，她难以忍受，便开始多行不义，奈何这让别人更加看不起她，导致她陷入毫无回转之地的恶性循环当中。她因可怜而可恨，又因可恨而可怜，归根结底是她的尴尬身份在作怪，妾室只能算“半个主子”，仆人们不觉得自己的地位比她

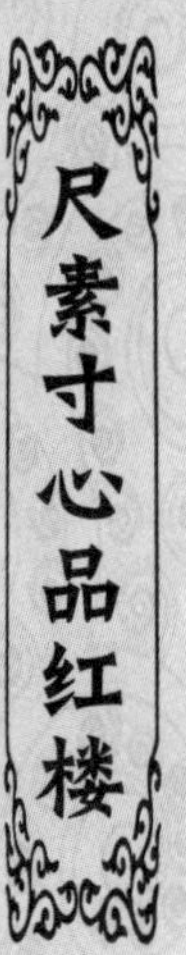


低多少，真正的主子又觉得她身份低微。

作者显然是讨厌赵姨娘的，对赵姨娘正面的性格特征基本没有一点描写。但是在《红楼梦》同情天下所有女子的悲剧命运的主题和贾宝玉“女儿未出嫁时，是光彩晶莹的宝珠，出嫁变老后却慢慢变成鱼眼睛了”的理论下，对于赵姨娘，作者也应该是充满同情的。其实作者对赵姨娘这样的人的同情是通过描写对一些青春少女的同情体现出来的，其中最主要的是晴雯。

虽然很多人对晴雯的印象都是天真烂漫、活泼可爱的少女，但事实上，讨厌晴雯的人也不少。晴雯嚣张跋扈，做事懒惰，听说坠儿偷了平儿的虾须镯后便用锥子刺坠儿的手，动不动就嚷嚷着要把别人轰出去，却能深得宝玉的喜爱。其实晴雯在一定程度上和赵姨娘是有些相似的，同样为人比较粗鄙，同样不招除男主人以外的人喜欢。按照贾宝玉关于女儿由“无价宝珠”到“鱼眼睛”变化的理论，谁能保证如果晴雯没有在十七岁时病故，如果晴雯也能长到赵姨娘的年纪，她年轻时的种种做法不会变得与赵姨娘的手段相似而令人发指呢？然而晴雯死得太早了，在她还是颗无价的宝珠的时候就去世了，对晴雯的死，作者感到非常可怜，甚至对于她的种种缺点最终也未去追究（体现在贾宝玉的《芙蓉女儿诔》当中）。这应该是在暗示，即使是作者非常不喜欢的赵姨娘这一人物，作者也是一定有同情在其中的。毕竟赵姨娘同晴雯一样，是被封建制度摧残了身心的女子。当然这也可以用以解释王夫人讨厌晴雯的原因——晴雯日后可能会变得像赵姨娘一样。

赵姨娘是一个扁平人物，只有缺点，没有优点。而她的性格逻辑却被广泛运用于当代写手创作的宫斗剧当中。在电视剧里，为人心地不纯、城府不深，却因爱子心切、想为自己的孩子博得一分关注的滑稽女子层出不穷，却没有谁得到好下场。仔细想一想，这些女人又和赵姨娘一样有她们自己的无奈，有太多太多的不得已。这可能也算是《红楼梦》对于后世文学创作的影响之一吧。

但历史总归是由胜利者书写的，失败者终将被贬低得粗俗不堪、一无是处，赵姨娘是否真的就是这样可恶，恐怕公道不在书中，甚至不在人心，只会成为读者心中偶然闪过的一丝疑惑吧。

当然，除了赵姨娘，这一回的可圈可点之处还是颇多的。宝玉早上隔着海棠花看见小红的情节，虽然只用了“一抬头，只见西南角上游廊底下栏杆上似有一个人倚在那里，却恨面前有一株海棠花遮着，看不真切”这样寥寥数语描写，但一幅朦胧而充满朝气和喜悦的画面还是在我们眼前展开了。虽然不是小红主动地“犹抱琵琶半遮面”，但是在宝玉眼中，在我们的想象中，小红充满了神秘感和朦胧感，这样想来，确实那些此时“擦胭抹粉，簪花插柳”的丫头们实在不如她吸引人了。而园子的西南角、游廊、栏杆这样的景物在描写中的巧妙应用，“幽僻处可有人行”的幽深、廊檐望过去不到头的神秘，倚栏沉思这一古人约定俗成的经典画面，更让宝玉看见小红时眼中的场景体现出一种秀美、端庄的感觉，才会给书中的宝玉、书外的我们带来“锦屏人忒看的这韶光贱”的游园惊梦般的美学体验。这也是《红楼梦》的又一处美学价值。

还有一个非常有趣的细节。王熙凤说黛玉“你既吃了我们家的茶，怎么还不给我们家作媳妇”，明显说的是宝玉。而宝玉又有话要对黛玉说，宝玉“拉着林黛玉的袖子，只是嘻嘻地笑，心里有话，只是口里说不出来”，而林黛玉与贾宝玉心意相通，“只是禁不住把脸红涨了，挣着要走”。紧接着就出现了贾宝玉顿生魔障的情节。我们可以猜测，贾宝玉要说的话，应该是承接着王熙凤的玩笑的，是与让林黛玉做贾家媳妇有关的，而如果没有“魇魔法姊弟逢五鬼”的情节的话，或许贾宝玉在第二十五回就要向林黛玉告白了。这样写更突出了《红楼梦》一书的戏剧性，体现了作者深厚的文学功底和驾驭情节的能力。

## 二十四、读《红楼梦》第二十六回至第二十七回：“思维定式”的后果

面对第二十六回，我知道前半回小红的故事是令人过目不忘的，因为它写出了大观园中其他丫鬟都得过且过，唯独大观园中的“杜拉拉”、攀上了王熙凤这一高枝的小红能够说出“千里搭长棚，没有个不散的筵席，谁守谁一辈子呢？不过三年五载，各人干各人的去了，那时谁还管谁呢”这样高瞻远瞩的话。可见小红心地与别的丫头不同。且小红和贾芸两人因一块丢失的手帕而相遇相知的情节虽然有点落入了才子佳人小说的俗套，依旧非常美好。

但不得不承认，在初读《红楼梦》的时候，我是基本没有关注这一段内容的，因为小红的故事，最经典的在前面“遗帕惹相思”的内容，而这一回的后半回又是林黛玉和贾宝玉之间的爱情发展。对于小红和坠儿谈话的情节的理解，我也是读了《刘心武揭秘红楼梦》之后才形成的，说起来没有一丝一毫自己的理解，重温的时候，也没有再能想出比这个理论更多的内容来。一方面，当然要称赞刘心武老先生对小红独到而有说服力的见解；另一方面，受思维定式的影响，可借用鲁迅先生的一句话形容重读《红楼梦》第二十六回的我，“当我沉默的时候，我感觉充实，我将开口，同时感到空虚”。



后半部分是宝玉与黛玉的爱情，这段内容一直延续到第二十七回。第二十七回主要讲述的是黛玉葬花和宝钗扑蝶，格外经典，一次班里某位不喜欢读《红楼梦》却又不得不读的同学让我推荐其中经典的几回来读的时候，我便

推荐了第二十七回。这样说来，分析第二十七回的内容就更容易受思维定式的影响了。不过有关第二十七回中林黛玉的一首《葬花吟》，我确实有些自己的看法。

这首诗以“花谢花飞飞满天”开头，落红成阵，看起来很有意境，但在黛玉的心中，它却是“红销香断有谁怜”的凄楚。其中的几句“闺中女儿惜春暮，愁绪满怀无释处”“阶前闷杀葬花人”“独倚花锄泪暗洒，洒上空枝见血痕”，则是对林黛玉生活状态的最佳写照。当然也有一句“青灯照壁人初睡，冷雨敲窗被未温”颇具《春江花月夜》中“玉户帘中卷不去，捣衣砧上拂还来”的风范。这首诗在“天尽头，何处有香丘”一句由写景转为抒情，字字皆血，表明了黛玉伤春感怀的惆怅和“质本洁来还洁去”的气节。这样的诗虽然同林黛玉一贯的诗风一样未免流于伤感和纤巧，但句句皆是黛玉的真情实感，没有隐藏，只有全面的诗意的呈现。对于偷听小红和坠儿说话、嫁祸给黛玉的宝钗来说，自己的诗虽然端庄大气，但在表露真情实感上便不及黛玉多了。

很多人都喜欢《葬花吟》，我也非常喜欢。有不少人认为《葬花吟》是《红楼梦》书中写得最好的一首诗。在刚开始读《红楼梦》的时候，我也是这样认为的。但后来又觉得并不一定。第二十八回贾宝玉唱的《红豆曲》、第四十五回林黛玉的《秋窗风雨夕》其实从感情色彩、用词精妙上都能够超越《葬花吟》。且一位诗人真正的功底并不体现在毫无限制、可以把话说尽的长诗（曾有学者说长诗只是诗人为了炫耀自己的遣词造句能力而创作的），反而越是短的、有限制的诗，越能体现诗人驾驭文字和思想的能力。那么《葬花吟》为什么会被大家认定为众诗之首呢？除了其中有真情实感、能够体现林黛玉多愁善感的性格、咏春悲秋的诗情诗心以外，我认为这是作者有意识或无意识地进行的一次“包装”和后来读者进行的无数次“炒作”。

先看《葬花吟》在书中是如何被“包装”的。首先，它的作者是诗才可以力压众人的林黛玉，不仅是书中写诗最多的女子，更是每一首诗都能够得到书中人物的称赞，尤其是贾宝玉听了《葬花吟》，已“不觉要痴倒”，而且对于写诗这件事，林黛玉愿意表现，乐意被人称赞。其次，《葬花吟》意在葬花时吟诵，对于追求诗意生活的林黛玉来说，不失为一种行为艺术，且它出现的场景是宝玉“登山渡水，过树穿花，一直奔了那日同林黛玉葬桃花的去处来。将已到了花冢，犹未转过山坡”的去处，也充满美感。再次，林黛玉的吟诵是“未见其人，先闻其声”（提到这个手法，我记得初中时老师曾提问《红楼梦》中作者对谁进行描写时用了这一手法，标准答案是王熙凤，但我却想到了警幻仙姑、史湘云等一干人物，可见网络上所谓“毁掉一本好书的方法就是把它纳入考纲”实在并非空穴来风），营造了一种悬念，有一种引人入胜的意境。虽然读到诗中的内容我们便知是林黛玉所作，但这一回还是在吟诵结束后戛然而止，待到第二十八回才解释了她写这首诗的原因——晴雯不开门，林黛玉误会。虽然是普通得不能再普通的儿女情长甚至有些“小心眼”的因素在里面，但如此诗意地发泄和处理这样的儿女情长的方式，依旧值得借鉴。

书外读者对《葬花吟》的“炒作”，我想也是许多代人共同努力的结果。皆说《红楼梦》中最常用的手法是“草蛇灰线，伏延千里”，诗歌则更能够暗示一个人物的遭际和命运，于是人们对《葬花吟》展开分析，无论探佚出的林黛玉的命运是什么，自然都很有道理，当然论家们也在不知不觉间将《葬花吟》进行了一番炒作。“黛玉葬花”被誉为《红楼梦》中最美的几个场景之一，与之相关的一切，包括这首诗，都会被人们所熟知。

突然觉得，我面对二十六和二十七两回的经典故事情节，在写下对这两回的感受的时候完全不知该从何说起。或许真如选修课老师所言，若想品读《红楼梦》、研究《红楼梦》，第一件事便是抛开前人研究的一切成果吧。

# 二十五、读《红楼梦》第二十八回：

# 莫把宝玉的情感世界想得太复杂



细读第二十八回，不难发现这一回主要写的几件事情都是贾宝玉与他人的交往。其中既有常常出现的宝玉和黛玉吵架的情节，也有宝玉到冯紫英家赴宴、与冯紫英和薛蟠的客套，更有常常被人误解的贾宝玉和蒋玉菡交换汗巾子一事，和往往引人注意的元妃赏赐红麝串给宝钗、宝玉指婚的内容。出场人物中既有与宝玉关系最为密切的两位女子林黛玉和薛宝钗，也有被当做贾宝玉众多同性恋对象之一的蒋玉菡。但是在我看来，有时候我们会因为《红楼梦》一书内容的复杂性，而将宝玉的情感世界想得太复杂。

这一回的开头解释了前一回林黛玉朗诵《葬花吟》的原因，紧接着又写了贾宝玉听到“侬今葬花人笑痴，他年葬侬知是谁”“一朝春尽红颜老，花落人亡两不知”之后的感受。从行动上，宝玉“不觉恸倒山坡之上，怀里兜的落花撒了一地”。从心理上，他“试想林黛玉的花颜月貌，将来亦到无可寻觅之时，推之于他人，如宝钗、香菱、袭人等，亦可到无可寻觅之时矣。宝钗等终归无可寻觅之时，则自己又安在哉？且自身尚不知何在何往，则斯处、斯园、斯花、斯柳，又不知当属谁姓矣！——因此一而二，二而三，反复推求了去，真不知此时刺激欲为何等蠢物，杳无所知，逃大造，出尘网，始可解释这段悲伤”。他能够理解黛玉的悲伤，知道胜地不常、盛筵难再，明白终于有一天一切将归于虚无，而此时此刻他们拥有的也终将不再拥有。这就是我之前曾经

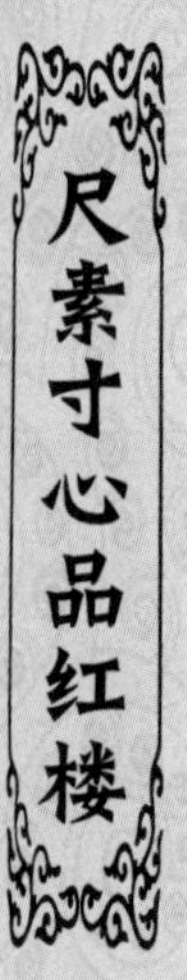

提到过的宝玉的慧根，宝玉是天生就有能力参禅悟道的。虽然他眼中的一切都与“情”有关，但往往在与“情”有关的思考中，他能够想到许多超然“情”外的人生哲理，自然每一次都充满悲戚，这是从一个侧面在向我们昭示《红楼梦》的悲剧性。

而平均每四回出现一次的宝玉与黛玉吵架的情节依然很重要。宝玉虽然还没有直接向林黛玉表白，但已第一次将两人几年以来的情感表露给黛玉，两人的感情更进一步。在这样的基础上，宝玉又向黛玉解释自己那天不开门的原因，两人的矛盾才就此化解。虽然说宝玉和黛玉每次吵架都是这样几个步骤，但通过每一次吵架的内容对比，我们可以看出两人的感情正是在这样的小摩擦中升温。这一回的情节为第三十二回“诉肺腑情迷活宝玉”的情节作了铺垫。

宝玉胡诌药方的情节应该是纯粹幽默的，不过这里面也写到了宝玉与薛蟠的交往。“前儿薛大哥哥求了我一二年，我才给了他这方子”。虽然宝玉的方子纯属胡诌，明眼人都知道不可信，但是薛蟠是“呆霸王”，不仅相信，而且是深信不疑，他愿意求一两年，可见其中对宝玉的信任起了很大的作用。虽然说宝玉这种聪明灵秀的似玉少年和薛蟠那种横行霸道的纨绔子弟在性格上有很大的区别，但四大家族关系亲近，两人毕竟有亲戚关系，而且薛蟠和宝玉一样都不喜欢仕途经济。甚至有些时候，宝玉还能通过薛蟠认识一些有趣的朋友（如这一回中的蒋玉菡）。所以虽然薛蟠粗俗，两人还能保持至少在表面上比较友好的关系。不过同样在这一情节里，凤姐讲因宝玉胡诌药方而拆下珠花上的珠子一事，“凤姐说一句，那宝玉念一句佛，说：‘太阳在屋子里呢！’”宝玉说的这句话让我丈二和尚摸不着头脑，或许这和“镇州萝卜重三斤”一样属于禅家机锋吧，总之它应该是大有深意的，不过我着实没有看懂。

凤姐让宝玉写备忘时，终于向宝玉提出了要将小红收入自己麾下。至此，《红楼梦》中小红版的“杜拉拉升职记”告一段落，前八十回中小红没有再出现。无论真正的结局是如同高鹗所写还是学者探佚，小红和贾芸这一对由小物件撮合的才子佳人定是终成眷属了。不过凤姐让宝玉写的“又不是帐，又不是礼物”的只有王熙凤自己明白的备忘令人生疑。后来平儿提到，凤姐平时用贾府上下人们的月例放高利贷；又据贾府开始走下坡路时贾琏感慨“这会子再发三二百万的财就好了”，可以得知凤姐和贾琏鲸吞了林黛玉应得的林如海的遗产。那么这里的大红妆缎、蟒缎、上用纱、金项圈，也有可能是凤姐赚取的一笔不义之财。她“机关算尽太聪明，反误了卿卿性命”，她的势力同贾府“忽剌剌似大厦倾”可能就与这份备忘被发现有关。

接下来写到冯紫英请宝玉、薛蟠一干人赴宴的故事。粗俗的薛蟠在这场宴会上丑态毕露，但了解他心性的几位都没有在意，毕竟举办一场有唱曲小厮、王府优伶、青楼歌妓作陪的宴会，原本就是为了娱乐，而且是很市井的娱乐。接下来宝玉就认识了蒋玉菡，两人交换了汗巾子。不得不说，交换汗巾子这样的事情听起来虽然十分暧昧，让人不由得怀疑两人是不是同性恋（甚至是双性恋），但是蒋玉菡的为人与一般优伶不同。蒋玉菡受到忠顺王的怜爱，有自己独立的一套住宅紫檀堡，在文化修养方面也不错。说这样两个有修养的人之间有同性恋的关系，即使在流行“龙阳之兴”的清朝，恐怕也有点难以让人信服吧。这又让我想起来前不久看到一位深受“腐”文化影响的红楼梦读者对贾宝玉和秦钟之间的不正常关系进行的阐释，虽然有一定的道理，但是我不敢苟同。

宝玉的这条汗巾子后来给了袭人，“堪羡优伶有福，谁知公子无缘”的袭人后来也将嫁给蒋玉菡，这又是偶然因小物件撮合的一对眷侣。

这一回的最后一组情节是元妃赏赐物件，宝玉和宝钗得到的赏赐一样，级别都高于其他人，有给这两人指婚的可能。笃信宝黛之爱的我在小时候读到这个情节时有点愤愤不平。懂事的宝钗应该是看出了其中的端倪，面子上有些挂不住，“心里越发没意思起来”。而宝钗也不仅是因为害羞才感觉没意思，宝钗和宝玉若是结婚，则四大家族中又有了一次联姻，薛家人在贾家的势力将明显扩大，而又因为薛姨妈王氏是宝钗的母亲，王家在贾家的势力也将间接扩大。元妃成熟，目光长远，所以宝钗能够明白如果她和宝玉结婚也将是政治

联姻，是被利用的婚姻，即使两人之间有真感情，也会因为这种利益争夺而变质。宝钗头脑清醒，因此并不高兴。而宝玉“被一个林黛玉缠绵住了，心心念念只记挂着林黛玉”，希望自己得到的赏赐和黛玉同为最高级的。黛玉却因此而吃了醋，两人又生摩擦。宝玉更是说出了“我心里的事对你也难说，日后自然明白”这样大有深意的话。

读这一回的时候，我很高兴地看到贾宝玉明确地表示自己更记挂林黛玉，并不是真的“见了姐姐忘了妹妹”；也不愿意看到元妃暗中给贾宝玉和薛宝钗指婚，致使贾宝玉没有幸福可言。而贾宝玉和蒋玉菡之间的纯洁友谊是我所笃信的。但是宝玉在这一回的开头想的一番话也在不断提醒着我，在《红楼梦》的世界里，美好的爱情与友情终将破灭，世间万物终必成空。

# 二十六、读《红楼梦》第二十九回：

## 草蛇灰线，伏延千里



“草蛇灰线，伏延千里”原本是脂砚斋形容曹雪芹在《红楼梦》中使用的伏笔时做的比喻，后来被许多人认定是曹雪芹最擅长使用的写作手法。的确，不论是第五回太虚幻境对诸位女子的判词，还是金钏漫不经心的一句“金簪子掉在井里，有你的只是有你的”，编织细密、引人入胜的伏笔都给整部《红楼梦》增色不少。在第二十九回中，作者通过一系列铺陈，对宝玉与黛玉的爱情、贾府后来的命运，都埋下了伏笔，而这些伏笔所暗示的内容，都还远在千里之外。

第一个伏笔是张道士见到宝玉之后说要给宝玉提亲被贾母回绝。虽然张道士是荣国公的替身，是被皇帝器重、称为“大幻仙人”“终了仙人”（其实这两个称呼大有深意），与贾府众人关系密切，但是，一个道士给一个大家族的公子提亲，实属罕见。而贾母是怎样回应的呢？“上回有和尚说了，这孩子命里不该早娶，等大一点儿再定罢。你可如今打听着，不管他根基富贵，只要模样配得上就好，来告诉我。便是那家子穷，不过给他几两银子罢了。只是模样性格难得好的。”这样的回答可谓既回应了张道士“若论这个小姐模样儿，聪明智慧，根基家当，倒也配的过”的说法，更回应了薛家人因一句“金锁是个和尚给的，日后碰见有玉的便可结为婚姻”而在贾府中大肆传播的“金玉良姻”的说法，也就暗中拒绝了元春在第二十八回为宝玉和宝钗指的婚。贾母不在乎根基富贵，不是因为她在给宝玉选妻方面真的没有原则，而是她拒绝别人为宝玉提亲，并且自己心中已经有了人选——虽然家中没有根基，但模样和宝玉配得上。这和凤姐调侃（用现代的流行语可以说是“八卦”）黛玉时说的那句“你瞧瞧，人物儿、门第配不上，根基配不上，家私配不上？那一点还玷辱了谁呢”是极其相似的。也就是说，贾母为宝玉挑选的妻子人选就是黛玉。后文贾母说宝玉、黛玉“不是冤家不聚头”，宝玉、黛玉“如今忽然得了这句话，好似参禅的一般，都低头细嚼这句话的滋味，都不觉潸然泣下。虽不曾会面，然一个在潇湘馆临风洒泪，一个在怡红院对月长吁，却不是人居两地，情发一心”也印证了这一点。

第二个伏笔是关于贾家命运的，而且要与焦大醉骂一段对比着读。贾母与众人准备看戏，贾珍特别交代，这些戏是“神前拈了”的，贾母说“神佛要这样，也只得罢了”。第一出是《白蛇记》，讲的是汉高祖刘邦斩蛇起义的故事，暗合焦大醉骂中的“你祖宗九死一生挣下这家业”一事，其实讲的是贾家的兴旺之路。第二出戏是《满床笏》，讲的是唐代郭子仪“七子八婿，富贵寿考”，暗指贾家兴盛至极，与秦可卿给王熙凤托梦时说出的“如今我们家赫赫扬扬，已将百载”形成对照。然而所谓“陋室空堂，当年笏满床”，在这之后的第三出戏便是《南柯梦》，淳于棼梦至大槐安国，显赫一时，终于失宠见逐，暗示贾家最终还是要没落、要“树倒猢狲散”的。贾母是隐约感觉这里有不祥之兆的，所以“听了便不言语”，这的确就是神佛给他们的命运安排，其实一切不过是一场梦。



第三个伏笔还是关于宝玉婚事的。贾母在道士们给宝玉的贺物里见到一个金麒麟，想起“谁家的孩子也带着这么一个”，宝钗说是湘云的。此时林黛玉便冷笑，我们该注意到此时想奚落宝钗的黛玉并不想掩饰自己的心情，她说：“他在别的上还有限，惟有这些人带的东西上越发留心”。宝玉需要有金的人做配偶，而薛宝钗只希望自己成为唯一一个有金锁的人，所以薛宝钗对其他有金器的人都很敏感。而宝玉什么都不知道，只想着有好的东西就要送给黛玉，黛玉却说“我不稀罕”。可见黛玉的一生终究与金玉良缘无关，在她去世之后宝玉才成亲的说法，我是认同的。而宝钗“在别的上还有限，惟有这些人带的东西上越发留心”，则表示她注定要为自己和宝玉的婚事操心，当然也终究不会幸福。

第四个伏笔是宝玉和黛玉吵架之后。我们可以发现，故事进入正题后，自第二十六回开始，宝玉和黛玉吵架的频率明显提高，而两人的感情也在逐渐升温。他们“两个人原本是一条心，但都多生了枝叶，反弄成两个心了”，直教宝玉摔玉、黛玉气病，贾母说他们“不是冤家不聚头”。这一伏笔我在解释第一个伏笔时已经提过，此处不予赘述。

总结宝玉、黛玉在这回中的表现，似乎就是传统的“一哭二闹”，听上去很俗。但是作者之前的铺垫，无论是客观陈述的“求进之心，反弄成疏远之意”，还是心理描写“难道你就不想我的心里眼里只有你”，还有一语道破天机的“因你也将真心真意瞒了起来，只用假意，我也将真心真意瞒了起来，只用假意。如此两假相逢，终有一真。其间琐琐碎碎，难保不有口角之争”，都告诉我们宝玉和黛玉就算是吵架也是动机高人一筹的吵架，他们之间的感情，本就不该用常人的逻辑去分析。

## 二十七、读《红楼梦》第三十回：

## 宝钗多心，我们不必一起多心

“宝钗借扇机带双敲，龄官划蔷痴及局外”，一个是三角恋爱中的猜忌，一个是自由相恋中的痴情。第三十回为我们展现的是《红楼梦》一主一副两条情感线之间的联系。

第三十回宝钗被宝玉惹怒致使黛玉讥笑的导火索，是宝玉那一句“怪不得他们拿姐姐比杨妃，原来也体丰怯热”。我还记得语文书在把这一回选入教材时，在导读中写上了一句宝玉“讥宝钗”。但事实上，不得不说这样的说法将宝玉的一片单纯的心思误解了七八分。薛宝钗为人温柔敦厚，与贾宝玉又是姨表姐弟，且虽体态丰满，但依旧是非常端庄美丽的。宝玉并不存在讥讽她的动机。且这一回里的原话是，宝玉问宝钗为什么不看戏，宝钗说自己怕热，宝玉此时“自己由不得脸上没意思，只得又搭讪笑道”，可见他后面一句话只是为了给问错了前一个问题的自己一个台阶下。“怪不得他们拿姐姐比杨妃”，一方面这是众人公认的事实，另一方面杨贵妃作为“四大美女”之一，用来类比宝钗也是在赞美宝钗的外貌和气质。可能有人会说，杨贵妃毕竟是红颜祸水，这样类比未免有些不吉利。但既是每个人都这么说，总不至人人心思都不正，想要讽刺宝钗。因此宝玉这句话的确是赞美。“原来也体丰怯热”，按说宝玉与女孩子从来都亲密，这样说宝姐姐想必也不是第一次，况也没有什么对宝钗造成攻击的话。而宝钗“不由的大怒”，也就与宝玉的本心无关了。宝钗在怒什么呢？她怒的是没有好哥哥好兄弟可以做得杨国忠，言外之意，亲哥哥薛蟠、姨表兄弟宝玉都太不学无术，不能为她的下半生博得荣华富贵。宝玉一句用来缓解尴尬的话不小心戳到了宝钗的痛点，不必通过这件事就怀疑宝玉对宝钗的态度。宝玉是绛洞花王，在他的本心中，只可能体贴女孩子，不可能讥讽她们。

宝玉对宝钗没有恶意，早就与宝钗有了些小过节的黛玉对宝钗却是真的讥笑。她“听见宝玉奚落宝钗，心中着实得意”。这里不是说宝玉真的奚落了宝钗，而是在黛玉眼中宝钗被宝玉的话惹恼了，她觉得宝钗就是被奚落了，宝钗是终究不会战胜自己的。这刻画出了林黛玉刻薄的一面。虽然这里的情节看上去很像现在流行的宫斗剧中的“微笑战争”，但绝不可与宫斗剧中的“后宫争宠”相提并论。黛玉对宝钗的态度还没有坏到那个地步，她对宝钗的嫉妒只体现在人缘上。而宝钗想黛玉一定是听了“方才奚落之言”，也是宝钗多心的表现，是宝钗自己的主观感受。黛玉为了宝玉时时使小性子，她的尖酸刻薄让人一时难以接受。但宝钗也会使小性子，她使起小性子来和黛玉简直是从一个模子里出来的，甚至连黛玉也要甘拜下风。可是宝钗少见的多心不应该蒙蔽了读者的眼睛，我们在这一点上千万不要误会宝玉。

后半回中，作者从宝玉这个观察者的角度为我们讲述了龄官“划蔷”的故事。在宝玉的眼中，“眉蹙春山，眼颦秋水，面薄腰纤，袅袅婷婷”的龄官“大有林黛玉之态”。她在一旁哭泣也被宝玉当做是学林黛玉葬花，只是因为又想起自己曾经因说话不周到而使林黛玉生气，什么也没有说。后来宝玉在看到她反反复复写“蔷”字之后，以为她是要作诗填词。这些想法，无不是和林黛玉相关的。可见宝玉心中其实确实只有一个黛玉。

接下来的情节相当有趣。下雨了，宝玉没有想着自己是不是淋到了，反而在想：“这时下雨，他这个身子，如何禁得骤雨一激！”其实这个根本不认识的女孩子身体状况怎么样，宝玉是绝对不知道的。但是因为她长得像黛玉，所以宝玉自然而然地觉得她应该和黛玉一样娇弱。但是龄官早就呆住了，猛然发现下雨了，且有人提醒自己避雨。作者特别提到，“一则宝玉脸面俊秀；二则花叶繁茂，上下俱被枝叶隐住，刚露着半边脸，那女孩子只当是个丫头”，或许是宝玉还没有变声的缘故，说话声音和女孩子极为相似。（由此我不得不联想一下，面对一心望子成龙的父亲贾政，宝玉用这样的声音说话，也无怪乎贾政每次和贾宝玉说话都会气不打一处来。）宝玉自己也呆住了，所以全然不管自己也淋了雨，“一气跑回怡红院去了，心里却还记挂着那女孩子没处避雨”。

怡红院里的女孩子们正在玩游戏，但她们游戏的内容我实在不敢恭维。“大家把沟堵了，水积在院内，把些绿头鸭、花鸂鶒、彩鸳鸯，捉的捉，赶的赶，缝了翅膀（！），放在院内玩耍，将院门关了。”由于《红楼梦》中对女孩子们的描写都是非常正面的，甚至写出了就连小丫鬟们也值得尊重，但是这样没有品味甚至残害了生灵的游戏，实在是刻画出了她们的缺点——素质不够，即使同样身为贾宝玉所敬爱的女孩子，从境界上也完全比不上连落花都要爱惜几分的黛玉。下一句让我更为惊讶，“袭人等都在游廊上嘻笑”。按说袭人的优点非常多，她善良稳重，顾全大局，却也为如此不人道的游戏而嬉笑，这就是袭人的缺点。虽然她身为丫头是个“业务骨干”，也一心想争取姨娘的位置，可是从价值取向来说，她依旧无法摆脱丫头们没见过世面的局根性。可惜宝玉似乎也一直没有认识到这一点。

没有人给急着回怡红院避雨的宝玉开门，宝玉在门外听见里面女孩子们玩得不亦乐乎，心里自然生气，于是误伤了袭人。袭人却还是一贯的温柔体贴、逆来顺受，在宝玉面前丝毫不显示出自己的病态，只是独处时才黯然神伤。这又向我们展现了袭人的可爱之处。所以，正如《红楼梦》中绝大部分人物一样，袭人也是一个立体人物。这就是作者塑造人物形象的绝妙之处。

# 二十八、读《红楼梦》第三十一回：

# 再论宝玉的感情问题



起完这个标题，觉得自己对宝玉有点八卦。但被称为“中国历史上第一位青春偶像”的宝玉的感情问题的确不是三言两语就能说清楚的。特别是第三十一回，在这一回中，袭人已经被林黛玉戏称为“嫂子”，晴雯和宝玉拌嘴后两人的友谊变得愈为明显，在他们的对话中晴雯又暗示宝玉和碧痕之间关系也有些暧昧，后半回回目“因麒麟伏白首双星”则很可能暗示了宝玉与湘云之间有一段姻缘（之所以说“很可能”，是因为大部分红学家都持这一观点，当然这也存在着一些争议）。这一回中宝玉和黛玉非常少见的没有吵架，与宝钗也没有直接描写的对话，可以说作者为表现宝玉与其他女子之间的友好关系，展现宝玉“情不情”的性格，开辟了一整回的写作空间。我们可以暂时从“三角恋”的感情主线中跳出来，看一看宝玉与其他女孩子关系怎样。

承接上一回的内容，作者先写到袭人见自己吐血后“冷了半截”，“不觉将素日想着后来争荣夸耀之心尽皆灰了”。袭人是有些见识的，希望自己日后成为宝玉的姨娘。而且后来黛玉说出“我只拿你当嫂子待”，往往让支持宝玉娶黛玉的人摸不着头脑。黛玉无心，觉得有袭人在宝玉身边不会妨碍自己什么。但袭人绝不像黛玉想得这么单纯。很多人凭借这一点以及袭人在王夫人面前给黛玉“告黑状”一事非常讨厌袭人。虽然喜欢或讨厌全凭个人感觉来决定，但是在反感袭人妄图上位的缺点过后，我却觉得，如果换了其他人在袭人的位置上，或许会作出和袭人一样的选择。袭人早在第六回就与宝玉“初试云雨情”，在宝玉心中袭人早就是自己的妾室了。即使袭人没有成为宝玉姨娘的打算，她显然也是要回到她母家的。回到母家，家中虽已小康，但她必不会习惯，给她安排的亲事也不一定能合她的心意，无论她是否喜欢，出于对自己前途的考虑，通过努力成为宝玉的姨娘其实是最好的选择。同样是《红楼梦》中有血有肉的角色，我们不能因为只期盼宝玉的幸福而忽视了袭人这样原本就低人一等的女孩子对生活的追求。因此，我一方面不喜欢袭人的虚伪，一方面却又能够理解袭人的行为。平心而论，若袭人成为了宝玉的妾室，至少宝玉在衣食起居上还是不必担忧的。

端午节的情节被作者一笔带过，呼应了第二十九回宝玉说话致使黛玉、宝钗伤心的上文。写众人没意思，又提到了林黛玉天生“喜散不喜聚”的性格。说完这一段内容，便写到晴雯跌坏了扇子。虽然后来晴雯急了，但宝玉其实并未生气，而且他的一番言辞还颇为有趣：“将来怎么样？明日你自己当家立事，难道也是这么顾前不顾后的？”鉴于晴雯的懒惰和泼辣，其实她是不太可能当家立事的。宝玉把晴雯当做能一直陪伴自己的好朋友，让晴雯觉得自己可得过且过，他在衣食住行上不太依赖晴雯，也不会想让她当家立事的。说这样的一段话，并不是真的针对晴雯的性格而言。我读起来，觉得像是父母或宝钗教育宝玉时说的话。因此宝玉这样一段话，其实主要还是在开玩笑。但是晴雯的性格是点火就着的，又因为宝玉踢袭人的事和宝玉置气，更说出“要嫌我们就打发我们，再挑好的使。好离好散的，倒不好？”这样的话。贾府里的丫头们最不希望的就是被打发出去，不仅没有脸面，而且再也无法享受在贾府中当丫头做“二层主子”的乐趣。晴雯一句气话，想来是什么也没有想。

晴雯和宝玉拌嘴，偏生袭人就出现了。袭人一句“一时我不到，就有事故儿”把晴雯的恼怒又抬升了一个等级。袭人这么说，无疑是体现自己的重要，而这样自认为重要的人尚且被宝玉误伤，怎么能不让和宝玉置气的晴雯恼怒？晴雯这才说“因为你服侍的好，昨日才挨窝心脚；我们不会服侍的，到明儿还不知是个什么罪呢”。一贯隐忍的袭人劝解晴雯说“原是我们的不是”，谁知又被晴雯找到了话柄。“明公正道，连个姑娘还没挣上去呢，也不过和我似的，那里就称上‘我们’了！”袭人和晴雯相比的确是笨嘴拙舌，连着被晴雯找到了第三个话柄。“他一个糊涂人，你和他分证什么”让晴雯把愤怒转嫁到了袭人身上。

这时候宝玉终于想起回应晴雯之前的气话了。他自认为顺着晴雯的意思，要把晴雯打发出去。可晴雯心里却不肯。这让宝玉甚是为难。到这一段为止，晴雯已经使了两回小性子，一次和宝玉生气，一次和袭人生气。接下来便是第三次——撕扇子。

宝玉对晴雯甚是了解，消了气后见到晴雯的第一句话便是“你的性子越发惯娇了”，这不仅表示原谅了晴雯，还是主动向晴雯示好。谁知晴雯还在生气宝玉与袭人的事情，对宝玉说：“怪热的，拉拉扯扯做什么！叫人来看见像什么！我这身子也不配坐在这里。”又提到了碧痕伺候宝玉洗澡，洗了两三个时辰，连席子上都汪着水。晴雯说这些，表明她并不想当宝玉的姨娘。但是她这样想不是因为她高尚，而是因为她没有远见，觉得自己可以一辈子任性地当宝玉的丫头，只要宝玉同意了“那扇子原是扇的，你要撕着玩也可以使得”，她便可以由着性子把扇匣子里的所有扇子都拿出来撕了。但是“撕扇子”为的是晴雯“千金一笑”，“千金一笑”的终究是红颜祸水。从这个回目，我们就能看出作者对晴雯结局的暗示，她将被作为红颜祸水受到迫害。

在这里还想再说一句。记得读刘心武先生《揭秘红楼梦》时，书中提到刘先生刚刚读第四十二回宝钗说黛玉“我要审你”时，觉得如果两人就应不应该恪守封建礼教的问题大吵一架，其场面必定火爆，但两人是为了和好，因此没有吵架。数年来人们都认同袭人温柔敦厚似宝钗、晴雯爱使小性子似黛玉。袭人和晴雯吵的一架，虽然内容略显低俗，没有闺阁的气质，但是根本上与应不应该由着自己的性子活着相关，当然可以看做是宝钗和黛玉相争的影子。

最后是湘云和宝玉“因麒麟伏白首双星”的故事。作者只提到了湘云和

宝玉有一雄一雌两只金麒麟，并没有展开暗示“白首双星”究竟是什么内容。按周汝昌先生的观点来说，薛宝钗的金锁是“假金”，如果按照宝钗家里造这个金锁的目的来看的确是这样；史湘云的金麒麟是“真金”，如果说真的存在“金玉良姻”，也只能是贾宝玉和史湘云的婚姻。“空对着，山中高士晶莹雪；终不忘，世外仙姝寂寞林”终究是宝玉无法得到的，他能得到的是与史湘云的婚姻，与史湘云白头偕老。当然我也见到过考证出“白首双星”意即牛郎织女，暗指宝玉、湘云虽为夫妻却天各一方聚少离多的说法。每一种说法都有其道理，不过两人的真正归宿究竟如何，可能也只有曹雪芹心中有知了。

# 二十九、读《红楼梦》第三十二回：

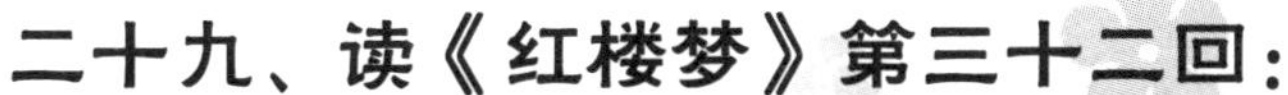

# 当宝黛的爱情形势终于明朗

我似乎已经很多次在读书笔记中八卦宝玉了。的确，和宝玉关系好的女孩子很多，而且从伦理上看她们都有可能成为宝玉的妻子。而宝玉真正爱的，只是黛玉一个人。从第三回两人认识到第三十二回宝玉对黛玉表白，从一般的玩伴到密不可分的兄妹，从纯粹的心灵上的知己到真正的爱人，他们之间的爱情形势终于明朗了。但是这个过程也夹杂着多次的误解和争吵，也有“金玉良姻”的舆论和张道士提亲等旁人的阻碍。到了第三十二回，我们终于不必再为他们是否相爱而纠结了，只不过，一早就知道他们的爱情不可能修成正果的我们，恐怕读到这里也不会为他们而开心吧。

我们都知道，喜欢宝玉的女孩子其实很多。在第三十二回里，袭人又交代了史湘云曾经的故事，似乎也和宝玉有关。“你还记得十年前，咱们在西边暖阁住着，晚上你同我说的话儿？”小女孩说想当新娘、想嫁给身边的那位哥哥，都是很正常的，或许湘云当时就说过想嫁给贾宝玉的话。但是无论她当时的玩笑话是什么，如今都不可能应验了。袭人祝贺湘云“大喜了”，也就是订了亲了，而且这句祝贺的话听起来不像是自家人之间祝贺的话，想必湘云已许配给了一位贾家以外的公子。根据第五回湘云的判词，她“厮配得才貌仙郎，博得个地久天长”，将会拥有一段很美好的婚姻生活。可她后来是如何嫁给宝玉的，作者没有暗示，我们不难想象这其中或许有极大的波折。

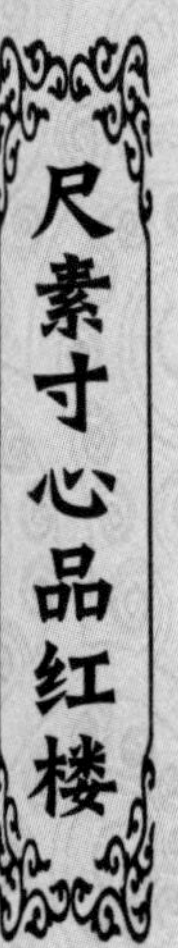


史湘云的确是“小孩儿家口没遮拦”，在第三十二回里一针见血地指出了宝玉对宝钗和黛玉的复杂心理。“这些姐姐们再没一个比宝姐姐好的”，这句话也是一个伏笔，因为所伏内容在后面，所以我在此按下不提。虽然宝钗性情比黛玉温和，大家都觉得宝钗比黛玉好，作者也在前面提到过小丫头们“都爱和宝钗去顽”，但这句话也只有单纯的史湘云能说出来，别人因为害怕黛玉知道后不高兴，是绝不敢多说的。宝玉听了这话便觉得不妥，但有了上一次给史湘云使眼色反倒让林黛玉更伤心、史湘云也不痛快的“惨痛教训”，宝玉也并不敢多说什么。可心直口快的湘云又把真相说出来了：“我知道你的心病，恐怕你的林妹妹听见，又怪嗔我赞了宝姐姐。”这时的袭人只是笑，如果我是袭人，我定会借用一句流行语对她说：“云姑娘，你知道得太多了！”

史湘云的确是知道得太多了。贾雨村来见宝玉，宝玉不想同这样的人往来，史湘云便说了一段让无数人上纲上线说她“封建”的话——“还是这个情性不改。如今大了，你就不愿读书去考举人进士的，也该常常的会会这些为官作宰的人们，谈谈讲讲些仕途经济的学问，也好将来应酬世务，日后也有个朋友。没见你成年家只在我们队里搅些什么！”宝玉此时便生气了。按照袭人的性格，她自然是要劝宝玉几句的。但是此时的袭人又犯了她在上一回中的毛病——不善言辞，越帮越忙（她只在这两回里有过这样的表现，后来她就自知“不会与人拌嘴”，在吵架中不出头了），她不了解宝玉的心思，说了一句“那林姑娘见你赌气不理他，你得赔多少不是呢！”宝玉便说“林姑娘从来说过这些混帐话不曾？若他也说过这些混帐话，我早和他生分了。”



宝玉这句话的确是发自肺腑的，更没有刻意地想让谁听见，可是黛玉偏巧就真的听见了，而且被宝玉感动了。当然在阐述感动之前，作者也通过阐述黛玉先前的疑虑间接揭示了在当时那个时代读“禁书”的危害——“多半才子佳人都因小巧玩物上撮合，或有鸳鸯，或有凤凰，或玉环金珮，或鲛帕鸾绦，皆由小物而遂终身。今忽见宝玉亦有麒麟，便恐借此生隙，同史湘云也做出那些风流佳事来”。原本黛玉喜欢宝玉是没什么的，两人即使是闹别扭也很快就能和好。但是年纪越小，就越有可能把书里的内容当真，再把自己想象成里面的人物（这样的人我见过很多，细想想他们和黛玉倒是一样的），导致自己心中不愉快。幸好宝玉和湘云此时和才子佳人小说中的描写并不相同（“因麒麟伏白首双星”也是后话，此时的黛玉怎么可能想到），黛玉“又喜又惊，又悲又叹”。作者细细解释了她这样想的原因，总结起来无非是最后那一句话：“你纵为我知己，奈我薄命何！”

接下来宝玉终于对黛玉表白了。可是宝玉这个生活很诗意的人，面对自己所爱的黛玉，却突然变成了“俗中又俗的一个俗人”，没有说什么风花雪月的辞藻，没有“我欲与君相知，长命无绝衰”的海誓山盟，只有冥思苦想才憋出来的三个字“你放心”。然而这“你放心”却是令任何浪漫的诗句都比不了的。黛玉“怔了半天”，显然是对宝玉的行为感到无比惊讶，两人都是“有万句言语，满心要说，只是半个字也不能吐”。

这样过后，林黛玉的确了解了贾宝玉的心意，可是宝玉却因此痴了，甚至把袭人当做黛玉，说出了“睡里梦里也忘不了你”这样的话。袭人“自思方才之言，一定是因黛玉而起，如此看来，将来难免不才之事”“心下暗度如何处治方免此丑祸”，虽然袭人是宝玉的“准姨娘”，一直非常关心宝玉，但是这样忖度黛玉，未免有些以小人之心度君子之腹。

然后作者通过宝钗和袭人的对话透露出史湘云在家的生活状况——“在家里做活做到三更天”。可见宝钗和湘云之间的关系是非常好的，否则湘云不会只把她在家的这些情况告诉宝钗，当然我不排斥宝钗有笼络了湘云的因素。而宝钗又向袭人笼络人心，提出要帮袭人做针线活。加上刚才的事情，袭人对于宝玉的婚事，自己心中的天平肯定又向宝钗倾斜了一截。宝钗在接下来的情节中笼络的便是王夫人，这件事便和宝玉曾经“滥情”的恶果有关——金钏投井。宝钗的评价“纵然有这样大气，也不过是个糊涂人，也不为可惜”让人不禁感到心寒。虽然她表面上对下人们很好，其实却是最不把丫头们的死当一回事的（莺儿应该除外，不过看到宝钗这般冷漠，如果是莺儿出事了她可能也会

很冷淡吧），这样说能让王夫人听着顺心一些，不让王夫人更内疚，自己的目的便达到了。王夫人的想法让人更觉得可怕，她想过要用林黛玉过生日的新衣服给金钏当装裹，可见黛玉在王夫人心中的地位并不怎么高，只是因为林黛玉素日有心，怕她给家里带来更大的麻烦才不这么做。这等于又给了宝钗一次笼络人心的机会。于是，宝钗主动提出拿自己的新衣服给金钏，这样一来王夫人便会更加喜欢她，而她做宝玉未来的妻子的胜算也便大了许多。

说起来，宝玉和黛玉之间的爱情是终于明朗了，但作者却把他们的爱情之间的种种阻隔都在这一回中提到了，而且每一方面的“势力”都正中黛玉的要害处。用《葬花吟》里的一句诗形容宝玉和黛玉的爱情，特别是形容在宝玉婚事上受到通力排挤的黛玉的生活，便是：“一年三百六十日，风刀霜剑严相逼。”

# 三十、读《红楼梦》第三十三回：

# 从宝玉挨打窥探贾府内外的明争暗斗



记得小时候看87版《红楼梦》电视剧，看到的第一集便是宝玉挨打。当时也并不懂究竟是为什么，只觉得宝玉很可怜。后来阅读《红楼梦》原著时，也一直不愿意看第三十三回。不知道这算不算“童年阴影”的一个症状。但当童年结束之后，再读这一回（虽然也是在极为不情愿的情况下），发现这一回虽然非常短，但也不只是宝玉很可怜地挨了打那么简单，贾府内外的明争暗斗，其实已经隐藏在第三十三回中了。

虽然书中没有提及，但贾府与忠顺王府之间想必是有隔阂的。贾府与忠顺王府之间的冲突，是宝玉挨打的间接原因。贾政听到“忠顺亲王府里有人来，要见老爷”时，虽然非常疑惑“素日并不和忠顺府来往，为什么今日打发人来”，却也“一面想，一面令‘快请’”，“急走出来”，“忙接进厅上坐了献茶”。忠顺王是亲王，地位比在朝为官的贾家要高很多，而且有“忠顺”之号，可见此人与当朝皇帝之间关系密切，能称得上是皇帝的“特别发言人”。非亲非故且不能得罪的忠顺王突然来访，贾政便会觉得是有什么重要的事情要协助圣上宣布，是福还是祸，他便不敢揣测了。可偏偏长史官说的不是什么事关他为官之路的大事，而是令人摸不着头脑的一件说大不大、说小不小的事——忠顺王府豢养的戏子琪官与宝玉交好，此时却不知在何处。

长史官用词甚是有深意，先说“十停人倒有八停人都说，他近日和衔玉的那位令郎相与甚厚”，其实他到底是不是听到很多人都说过这话，我们不得而知。如果忠顺王府想抓住宝玉“与王府戏子过密交往”的把柄不放，只要有一个人这样揣测过，甚至说在捕风捉影后能够指使一个人把这话说出来，那便可以添油加醋给贾家施压；接着又说一句“尊府不比别家，可以擅入索取”，话外的意思就是说，忠顺王府是看得起贾府的，若是别的人的府邸，那可就要不分青红皂白地闯进府中找人了，这样说更加刺激了贾政，告诉贾政宝玉干了一件这么令人丢脸的事情；最后还引用了一句忠顺王自己的话，“若是别的戏子呢，一百个也罢了，只是这琪官随机应答，谨慎老诚，甚合我老人家的心，竟断断少不得此人”，这句话大概并不是长史官杜撰，只是忠顺王府的长史官知道贾政不敢得罪忠顺王府，便借“王爷亦云”的帽子来压制人，表明琪官对忠顺王很重要，如果再有藏匿之事便会得罪王爷。虽然表面上客客气气的，听上去只是寻常的有人找不到了要到贾府寻找线索，但每一句话都经过了精心的安排，每一句都直戳贾政痛处。忠顺王府这么做，为的是在贾家内部挑起事端。

贾政当然是什么都明白的，“听了这话，又惊又气，即命唤宝玉来”。贾政骂宝玉“你是何等草芥，无故引逗他出来，如今祸及于我”，这便是后面贾政说“明日酿到他弑君杀父，你们才不劝不成”时所对应的“杀父”一说。宝玉听到琪官的名字“唬了一跳”，不是因为父亲生气才吓到了，而是因为他既知道琪官，又知道琪官是忠顺王府的人，他对私自出去和琪官交往的事情自认为没有让别人知道，可是俗话说“要想人不知，除非己莫为”，他不知道自己的事情是怎么“败露”（倒也说不上是“败露”，因为宝玉并不觉得自己做了坏事）的，又看父亲这样生气，便像小孩子一样，一面不敢承认错误，一面哭了。作者特别写了长史官接下来的表情——冷笑。一般有了“冷笑”就没有什么好事。“公子也不必掩饰，或隐藏在家，或知其下落，早说了出来，我们也少受些辛苦，岂不念公子之德”，其中最后这一句话说得实在狠。刚才贾政已经多次表现出对忠顺王府的毕恭毕敬，如今说一句我们“岂不念公子之德”

则表明，如果宝玉不说，便是有与忠顺王府作对之心，贾政免不得对宝玉生气；如果宝玉说了，感恩戴德的是忠顺王府的人，贾府对忠顺王府的毕恭毕敬也不过是贾政的一面之词，贾政依然要对宝玉生气。而宝玉想来是不太明白情况的，一来自己有点亏心，二来完全被吓怕了，“连说不知”。长史官又冷笑了一次，这一次说的话更可怕，“现有据证，何必还赖？必定当着老大人说了出来，公子岂不吃亏？既云不知此人，那红汗巾子怎么到了公子腰里？”宝玉“不觉轰去魂魄，目瞪口呆”，不知道这种事是怎么让旁人知道的。其实我一开始也并不知道。无奈之下宝玉只好说出了真相，长史官离去。

谁知一波未平，一波又起。如果说忠顺王府长史官此次前来就是为了给府内挑起事端的话，其实贾府内早就已经有利益冲突了，正是赵姨娘、贾环一派因家产争夺对宝玉的伤害。贾环虽然人物委琐，举止荒疏，但也是有些小聪明在心里的。想要在父亲面前告宝玉的状，他一定要创造一个父亲已经生气、告状后能让父亲更生气的条件，还要选择在宝玉处于不利境地的时候。于是他“带着几个小厮一阵乱跑”，惹得贾政生气。贾环“见他父亲盛怒，便乘机说”，还加上一句貌似安慰的“父亲不用生气”，最后添油加醋、歪曲事实地说“宝玉哥哥前日在太太屋里，拉着太太的丫头金钏儿强奸不遂，打了一顿，那金钏儿便赌气投井死了”。终于贾政忍无可忍，觉得宝玉日后会到“弑君杀父”的境地，才有了痛打宝玉这让我们不愿意看到的一段情节。

现在我想就“究竟是谁给宝玉告密”的问题谈一谈自己的看法。我认为冯紫英设宴这一天，宴会上的众人里应该是有内奸的，而且整个“琪官丢失事件”是忠顺王府给贾家做的局。后文中提到，宝钗和薛姨妈都认为是薛蟠告密，但事实上不是薛蟠。请客的冯紫英和贾家交往甚厚，秦可卿病重期间，他还给贾珍推荐了儒医张友士，由于秦可卿的发病与死亡都带着极强的神秘色彩，冯紫英能这么做很有可能是里应外合，可见贾家对冯紫英有多信任。与宝玉共同赴宴的人还有蒋玉菡和云儿，周围还有许多唱曲儿的小断，内奸可能出在这些人中间。

云儿是我第一个排除的对象。虽然她是娼妓，和各路人来往都很频繁，但冯紫英既与贾家关系密切，能为贾府派去自己信任的太医，找来云儿的时候必定对云儿知根知底，信任云儿。而且从第二十八回云儿和薛蟠的对话能看出来，薛蟠是云儿的常客。云儿应该和宝玉、薛蟠、冯紫英等人属于一党。

蒋玉菡虽然是忠顺王府的人，遭到利用的可能性很大，但不见得就是他自己告了密。关于蒋玉菡的名字，我很认同刘心武先生的解释：古人常常用玉做成围棋子，在棋子上常雕刻莲花（菡萏）图案，“紫檀堡”正是放棋子的紫檀盒子的暗喻，蒋玉菡艺名“琪官”，正是“棋”的谐音。在忠顺王府的圈套中，蒋玉菡正是一枚棋子。忠顺王可能是布下了内奸，通过捕风捉影的方式，偷窥并散播贾宝玉和蒋玉菡之间的亲近关系，为嫁祸给宝玉创造条件——这和贾环说宝玉强奸未遂的行为是如出一辙的；再随便找一个原因把蒋玉菡打发到他自己的居所紫檀堡去——我之所以敢这样认为，是因为《红楼梦》里本身就有这样做事的例子，王熙凤买通算命人，让算命人说要赶走属兔的，恰恰只有秋桐属兔，王熙凤赶走秋桐的目的就得逞了，忠顺王的权力比王熙凤大得多，干起这种事自然容易得多；然后一口咬定自己不知道蒋玉菡的去向，此时栽赃宝玉、诬陷贾府便顺理成章。这样做至少能惹得贾府内部人心不和、一派混乱，甚至可以为日后端掉整个贾府打下基础。

在此想要多说一句，忠顺王府端掉贾府，有没有动机呢？当然有。当年秦可卿棺椁出殡时，东平王府、南安郡王府、西宁郡王府、北静郡王府都搭出了祭棚，这里先不说秦可卿去世能不能享受到这样的待遇，只是唯独忠顺王府没有搭祭棚一事令人生疑，秦可卿很可能就是忠顺王府和贾府相争、贾府处于劣势时的牺牲品。书里提到北静王府和贾府之间关系甚好，可忠顺王府与贾府却是“交往不多”。因此，虽然秦可卿是不是康熙朝废太子胤礽的女儿还有待进一步考证，但忠顺王府和贾府之间的矛盾可见一斑。

剩下的人就是连名字都不知道的唱曲的小厮们。我认为忠顺王府的眼线最有可能出现在他们中间。因为唱曲小厮是从班子里找来的，很容易混进不知底细的人，即使是冯紫英那样仔细的人，由于这只是一次没有政治目的的聚会，可能会在这种并不重要的人的方面难免疏忽。

从动机到所利用的人和事，忠顺王府对贾府做的局可谓滴水不漏。但是，这应该只是忠顺王府与贾府斗争当中的一个小环节。忠顺亲王既忠又顺，势力相当大，贾府虽然与之周旋了许久，但也没有比以卵击石好多少。我对忠顺王府每一步做法的猜测，虽然有《红楼梦》中其他人设局的例子作为支撑，但未免穿凿，或许有想得太复杂的地方。

但是，如此分析之后，我觉得《红楼梦》里包含的阴谋和城府实在是藏得太深了。再读《红楼梦》，我忽然觉得假期看到的一些宫斗剧和它相比真是小巫见大巫了。再仔细一想，那些宫斗剧是模仿《红楼梦》而来的。可见《红楼梦》对现代流行文学的表现形式有很大的影响。

## 三十一、读《红楼梦》第三十四回：

## 宝玉挨打，只有宝玉“不疼”

其实宝玉挨打的情节在第三十三回就已经结束了。不过，无论从生活常识上讲，还是从情节铺陈上讲，挨完了打，宝玉自然是要养伤的。一养伤，便牵扯到了他人探望的问题。一探望，这一回的故事就有了。袭人、宝钗、黛玉、王熙凤对宝玉都是很关心的，但是她们由于身份不同、对宝玉的感情不同，所以态度也不一样。其中王熙凤因为和宝玉是叔嫂关系，她探望宝玉纯粹是因为客气，故而没有必要进行分析。但另外三个人的表现则可圈可点。

袭人是作者写到的第一个关心宝玉的人。袭人一贯是很关心宝玉的身体状况的，所以会含泪问宝玉“怎么就打到这般田地”。宝玉却像是别人挨了打一样，轻描淡写地说“不过为那些事，问他做什么！只是下半截疼的很”，不想让袭人担心，也不为自己担心。袭人帮他查看身上的伤，不觉触目惊心，说出一句话：“你但凡听我一句话，也不得到这步地位。”其实袭人平时告诉宝玉的都是些什么呢？无非是要关心仕途经济、不要整天在女孩堆里厮混这样的话，可是这并不是宝玉挨打的真正原因。袭人只从她自己的角度分析宝玉，对宝玉的内心世界完全不了解。

作者的安排是非常巧妙的，点到袭人对宝玉的不了解之后，便安排宝钗出场了。宝钗出场的第一件事是给宝玉送药。寒暄两句之后，宝钗便开始劝诫宝玉，她的话可谓是句句有深意。第一句话便是“早听人一句话，也不至今日”。这句话和袭人的那句话竟是惊人的相似。同样，宝钗也是不了解宝玉的。下一句话未免就有过分之嫌了：“别说老太太、太太心疼，就是我们看着，心里也疼。”这句话把“我们”放在强调的位置，是宝钗内心的真实想法，但如果上纲上线地讲，就是目无尊卑，甚至还能让善于捕风捉影的人说成是和宝玉早有感情，被当做“行为不轨”之人蒙受委屈。所以作者特别写到她“刚说了半句又忙咽住，自悔说的话急了，不觉的就红了脸，低下头来”，她自己也知道自己说错了。

虽然宝钗城府一向很深，宝玉一向很天真，可这一次宝玉看出了宝钗的慌乱。“宝玉听得这话如此亲切稠密，竟大有深意”，不过他真正关心的不是宝姐姐喜欢自己，而是宝姐姐能如此关心他，她们都因为自己受了伤而感到悲伤，用现在的话说，他在女孩子们的心目中充满存在感，这令他“不觉心中大畅，将疼痛早丢在九霄云外”。

宝钗对宝玉这么好，当然有以后想嫁给宝玉的因素，也有讨好袭人的因素。袭人“心内着实感谢宝钗”，从此以后，在宝玉该娶宝钗还是该娶黛玉的问题上，她便更加坚定地站在宝钗一方了。

作者提到，宝玉独处的时候“只见蒋玉菡走了进来……又见金钏儿进来哭说为他投井之情”，虽然我曾经认为这是一种有关“灵魂”的问题，但在分析过忠顺王府可能通过利用蒋玉菡来陷害贾宝玉以至整个贾府之后，又觉得这应该只是不明真相的宝玉自己“日有所思、夜有所梦”而已。他心地太单纯，所以才会把所有问题都归结于自己。

紧接着出现了第三个来探望宝玉的人——“忽又觉有人推他，恍恍忽忽听得有人悲泣之声”，一看到有人哭了，我们都能想到，自然是林黛玉。作者在这里用到了“未见其人，先闻其声”的写作手法，这也是作者为塑造人物形象常用的方法，并不是只有描写王熙凤的时候用过。这时刚才已经睡着了、还有些迷糊的宝玉“犹恐是梦”，起身看黛玉，黛玉“两个眼睛肿的桃儿一般，满眼泪光”。这时宝玉对黛玉的态度就和刚才对待袭人和宝钗的态度不同了。

刚才只是让她们不要担心，这时却是纯粹地心疼黛玉，一面嗔怪林黛玉不怕自己中暑硬要跑来，一面又说自己挨打一点不疼，说自己疼都是假的，只是为了“好在外头布散与老爷听”。而黛玉的回话更是和前面三个人不一样了：“你从此可都改了罢！”她不怪宝玉做错了什么事或不听谁的话，只害怕日后宝玉再受到伤害，所以这样对宝玉说。

原本接下来还有一段很重要的情节，但为了分析宝玉和黛玉的感情，我们先跳到宝玉送黛玉手帕的部分。宝玉要送黛玉“半新不旧的两条手帕子”，还告诉不解的晴雯“你放心，他肯定知道”。而林黛玉见到这两条手帕之后“越发闷住，着实细心搜求，思忖一时，方大悟过来”，说明两条手帕是有典故的，或者证明两人之间感情已深；她“体贴出手帕子的意思来，不觉神魂驰荡：宝玉这番苦心，能领会我这番苦意，又令我可喜；我这番苦意，不知将来如何，又令我可悲；忽然好好的送两块旧帕子来，若不是领我深意，单看了这帕子，又令我可笑；再想令人私相传递于我，又可惧；我自己每每好哭，想来也无味，又令我可愧”。“可喜，可悲，可笑，可愧”，这样五味杂陈的心理或许此时除了黛玉别人不可能感受到。于是黛玉写下三首直截了当地表露感情的诗，让我不禁觉得她和从前相比简直是长大了不少。但是她“自羡压倒桃花，却不知病由此萌”，自己感觉与宝玉之间的感情很美好，但是不知道在这样美好的感情背后蕴藏着自己的危险，她不管是不是不合时宜就这样写下来，会被人抓到把柄。



现在回过头来看袭人向王夫人汇报宝玉“生活状况”的内容，这段内容给我的感受无非就是两点：宝钗的“笼络人心”计划得逞了，黛玉对宝玉的情感成为把柄了。而袭人自己，却是此时最大的赢家，她选择正确的时间（金钏投井、宝玉挨打后）说出了正确的事情（宝玉平时与女孩子如何如何），使得王夫人“如雷轰电掣的一般，正触了金钏儿之事，心内越发感爱袭人不尽”，感谢袭人“成全我娘儿两个声名体面”，把宝玉托付给了她。由此可见袭人的城府之深，但我不觉得因此便要讨厌袭人，因为对于袭人自己而言，这是所谓的“理性最优解”，换了别的有理性的人在袭人的位置上，自然也要如此。

这一回还有一个伏笔，是木樨清露和玫瑰清露出现，日后会引来贾府仆人间的风波；又有一个照应，是宝钗误以为薛蟠告密使得宝玉挨打；还有开启下一回内容的黛玉讽刺宝钗“就是哭出两缸眼泪来，也医不好棒疮”，这些内容都被红学家评论了很多次，想来我是没有什么可说的了。虽然明白了一位老师说的“研究红楼梦，就要把前人的研究成果都屏蔽掉”，但同时也要向曾经对红学研究做出过贡献的学者致敬。

## 三十二、读《红楼梦》第三十五回：

## 贾府的精致生活与《红楼梦》一书语言风格的影响

第三十五回名曰“白玉钏亲尝莲叶羹 黄金莺巧结梅花络”，无非是金钏投井、宝玉挨打之后的一些事情，还涉及了贾母夸宝钗、宝玉对傅秋芳“遐思遥爱”等内容，算得上是“过场戏”的部分了。从这一回里，我看到的是贾府作为封建大家族享受的精致生活。

元妃晋升、风光省亲之后，此时的贾府“富贵已极”，吃穿用度都堪称奢华。这一回中出现的最典型的东西便是宝玉要吃的莲叶羹，用宝玉的话说是“小荷叶儿小莲蓬儿的汤”。这汤实在是精致，精致到连一贯管理贾府上下的王熙凤都说宝玉“口味不算高贵，只是太磨牙了。巴巴的想这个吃了”。“小荷叶”“小莲蓬”是用什么做的呢？是用小银模子印出来的。“一尺多长，一寸见方，上面凿着有豆子大小，也有菊花的，也有梅花的，也有莲蓬的，也有菱角的，共有三四十样，打的十分精巧。”为什么他们能“研发”出这样一道菜呢？凤姐回答了，“这是旧年备膳，他们想的法儿。不知弄些什么面印出来，借点新荷叶的香，全仗着好汤，究竟没意思，谁家常吃他了。那一回呈样的作了一回，他今日怎么想起来了。”那道菜纯粹是贾府的“形象工程”，或者说是为了迎合元妃等皇室贵胄的需要而设计的，如果说都是用面来制作，用现在的话来形容宝玉，就是“想起一出是一出”，受伤的时候他整日卧床没事干，可以胡思乱想，突然想到了这道菜，所以就说出来了。

由这道菜，我们可以看出贾府要“精致”，便会有极端的精致，这莲叶羹只是其中一个，作为官宦人家，平时在吃穿用度上要“应制”的东西只会多不会少。况且即使是他们所谓的不精致，例如上一回中出现的“木樨清露”“玫瑰清露”，也令如今的我们望尘莫及。看到这样的生活，谁会想到第二回里冷子兴说的贾家已经大不如前、家底都倾上来了呢？又安知元妃省亲，不会是贾府的一次“回光返照”呢？

以前读第三十五回的时候，经常因为内容比较简单而跳过去。这次却想在《红楼梦》的措辞方面多说几句了。这一回里王熙凤说了一句“巴巴的想这个吃了”，想起“巴巴的”这个句型在最近甚是走红的电视剧《后宫·甄嬛传》里出现过好几次。不过这句话在《红楼梦》里是王熙凤对宝玉说的，注意，说话的主体是贾府的“泼皮破落户”，说话的对象是与自己平辈又比自己小几岁的宝玉，而《后宫·甄嬛传》里这个句型用在了甄嬛对皇上说的话里，未免显得有点目无尊卑，套用得太生硬了。

说起来《后宫·甄嬛传》的语言有太多都是模仿《红楼梦》的。其中在甄剧刚刚开始播出时，有一类经典台词，被称为“甄嬛体”，在网络上广为流传，其特点是：评价某样东西“是极好的”——《红楼梦》里出现过很多次，例如第二回中贾雨村做官的应天府里有位门子说“小人已想了一个极好的主意在此”；做了某件事要强调“看得真真的”、“听得真真的”——第三十六回宝玉说那些劝他读书上进的女孩“真真有负钟灵毓秀之德”；巧用“虽……倒（也就是现在我们所说的‘虽然……但是’）”句式，让自己说的话变得非常婉转——这个例子几乎整部《红楼梦》里都有，当然最经典的在我看来莫过于黛玉对邢夫人说“舅母爱惜赐饭，原不应辞，只是还要过去拜见二舅舅，恐领了赐迟去不恭，异日再领，未为不可。望舅母容谅”，从而婉言谢绝了邢夫人目的不一定单纯的邀请。一切都带着古风，带着清朝人说话那将“白”不“白”的味道，这样的句子没有因为《红楼梦》的传世而受到广泛关注，却在

《后宫·甄嬛传》作为一部被搬上电视荧屏的网络小说出现后终于走红。归根结底，它不应该叫“甄嬛体”，而应该叫“红楼体”才对，当然这里的模仿并无水平高低之说，个人认为还是不错的。

说到这里，我觉得不得不提《后宫·甄嬛传》曾对《红楼梦》进行的大量引用了。第三十五回莺儿打过攒心梅花络子，《后宫·甄嬛传》中便提到“我手指绞着裙上坠着的攒心梅花络子”。第四十一回“拢翠庵茶品梅花雪”，妙玉介绍自己的茶水“这是五年前我在玄墓蟠香寺住着，收的梅花上的雪，共得了那一鬼脸青的花瓮一瓮，总舍不得吃，埋在地下，今年夏天才开了”，而甄嬛向皇上介绍自己的茶水时，“那水是夏日日出前荷叶上的露珠，才能有如斯清新”“臣妾去岁自己收了两瓮舍不得喝，特意带了一瓮进宫一直埋在堂后梨树下，前两日才叫人挖了出来的”的句子竟与其高度一致！单看故事情节，这段引用和模仿没什么高下之分，但若说是《红楼梦》对这部小说的影响，似乎就无法体现《后宫·甄嬛传》作者流潋紫对《红楼梦》的真正了解了。

说是读第三十五回，实则因为有很多东西要说，把第三十五回都忘到一边去了。也许第三十五回既是作者写完宝玉挨打这段高潮情节后的一段“平台调整期”，也是读者阅读乃至研究《红楼梦》的一个平台调整期吧。

## 三十三、读《红楼梦》第三十六回：

## 一切归于无声

宝玉挨打的风波终于平静下来了。而宝玉的爱情问题，在宝玉心里终于也不再是个问题。无论第三十六回是不是原版《红楼梦》的三分之一处，这一回都是对前面情节的收束，对整部书有着重要意义。

最有尘埃落定之感的，便是宝玉的婚事。当然宝玉并没有定亲，但袭人成为宝玉之妾的事，却在这一回被提上了议程。王夫人提出从自己的月例银子里每月拨出二两银子一吊钱给袭人，还说“以后凡事有赵姨娘周姨娘的，也有袭人的”。这不是暗示，是明示。于是后来黛玉、湘云等人都去给她道喜。袭人自己呢，虽然面上没有表现出来，内心想必是非常开心的。不过她也并非一味地喜怒不形于色，对自己以后将托付一生的宝玉，她还是说明了实情，“宝玉……问起缘故，袭人且含糊答应，至夜间人静，袭人方告诉”。脂砚斋在这里有一句批语，“夜深人静时，不减长生殿风味。何等告法？何等听法？人生不遇此等景况，实辜负此一生！”虽然这样说显得有些过分好奇，但是经脂砚斋这句话一指点，我便情不自禁地开始揣测袭人又在这里温柔敦厚地说了什么体己话，能引出宝玉后文又说出“比如我此时若果有造化，该死于此时的，趁你们在，我就死了，再能够你们哭我的眼泪流成大河，把我的尸首漂起来，送到那鸦雀不到的幽僻之处，随风化了，自此不要再托生为人，就是我死的得时了”这样的疯话。如果有人有兴趣从这里出发写一段《红楼梦》别传的话，应

该会非常精彩。但这种“犹抱琵琶半遮面”的朦胧，可见宝玉一生最担心的就是与女孩子们别离，当然也是担心和袭人别离。就算我们会因为袭人偏袒宝钗歪曲黛玉而对袭人有再多的反感，我们也不能否认袭人对宝玉忠心耿耿，而宝玉也离不开袭人。袭人从此成为宝玉的妾室，对宝玉而言自然是好事。

另一件事是龄官和贾蔷的爱情，同时也是宝玉悟出“人生情缘，各有分定”道理的问题。第三十回中有“龄官划蔷痴及局外”的内容，但那一段故事里没有说“划蔷”的女孩子是龄官，也没有说她划“蔷”是因为思念贾蔷。在这一回里，那个伏笔终于有了照应。但作者没有直接去写，那样显得太突兀，作者是通过宝玉的行踪串联起了这个故事和整回的主线。宝玉去找龄官，首先碰到的是宝官和玉官，两人“都笑嘻嘻地让座”，我觉得这一处很有趣，宝官、玉官在后文出场很少，或许在这里只因名字里有“宝”“玉”二字，作者才必定要她们对宝玉客客气气的。而宝玉见到的龄官却是完全不同的形象——“见他进来，文风不动”。宝玉却不知情，“只当龄官也同别人一样”。龄官此时却“忙抬身起来躲避”，又说自己嗓子哑了不能唱，宝玉才“讪讪的红了脸，只得出来了”。基本是宝玉一步一步接近，龄官一步一步后退，这样的动作在话剧表演里是非常有发挥空间的，作者也有独到的眼光塑造这样的画面感，仅从这一处，就可看出作者驾驭文字的功力。但只是这样还没有结束，宝官告诉宝玉，“蔷二爷来了叫他唱，是必唱的”，于是，宝玉便亲自见证了龄官与贾蔷之间的爱情，见到龄官像黛玉一样要小性说“你们家把好好的人弄了来，关在这牢坑里学这个劳什子还不算，你这会子又弄个雀儿来，也偏生干这个。你分明是弄了他来打趣形容我们，还问我好不好”，见到了贾蔷像自己迁就黛玉一样迁就龄官、赌咒发誓，又听闻了龄官有和黛玉一样的“咳嗽出两口血来”的病，见到龄官像黛玉关心自己一样关心贾蔷说“这会子大毒日头地下，你赌气自去请了来我也不瞧”……脂砚斋在这一回的回末有一句批语说，“梨香院是明写大家蓄戏不免奸淫之陋可”，认为他们之间还存在着包养与被包养的关系，但我觉得这就是封建思想使然了。贾蔷与龄官的爱情，正是宝玉与黛玉的爱情的影子。宝玉在他们的身上看到了自己，因此“不觉痴了”，“自此深悟人生情缘，各有分定”。这是宝玉的成长，也是宝玉明白了自己对黛玉的爱的重要标志。从此以后，他没有再和黛玉闹过别扭，只是我们都知道，他们的爱情没有一个美丽的结局。而贾蔷和龄官的爱情作为他们的爱情的影子，由于龄官的体弱多病、门第不配这些和黛玉相似的特征，或许也只能凄美地告终吧。

“绣鸳鸯梦兆绛芸轩，识分定情悟梨香院”，两段重场戏其实都对前三十五回起了收束的作用。宝玉在梦话里说到“和尚道士的话，如何信得！什么金玉姻缘，我偏说是木石姻缘”的情节，无论是认为宝玉当时是故意的还是无意的，红学大家们都有过非常精彩的论证，我在这里也没有什么要说的。但最后还是想说，有了宝玉对龄官格外热情一事，就不得不思考宝玉对她是不是有“莞莞类卿”的情感。“莞莞类卿”本是《后宫·甄嬛传》中皇上评价甄嬛长相酷似已故的纯元皇后时用的词语，后来被广大网友借用来形容那些由于长相酷似旧情人、只能当“影子”的女人，有讽刺对旧情人念念不忘的男子之意。龄官长得像黛玉，这是史湘云口无遮拦地说龄官“像林姐姐的样”之后，贾府上下都知道了的事实。而宝玉或许是因为这一点才对龄官念念不忘，以为自己可以像亲近黛玉一样亲近龄官。但话又说回来，宝玉终究是没有伤害龄官的，因此他为什么关注龄官，我们又何必太追究呢？

## 三十四、读《红楼梦》第三十七回至第三十八回：

## 从两次“起诗社”看文科学习

第三十七回和第三十八回的看点还是很多的。有贾芸对宝玉的毕恭毕敬奋力讨好，有史湘云虽然家中生活艰苦却依然表现出的乐观坚强，有诗社众人妙趣横生的别号和各有千秋的诗作……但既然连续两回都讲到了写诗的事情，由这两回的诗歌入手，借几人作诗的高下并结合我的生活谈一谈有关文科学习的感受，自认为还是合理的。

先不说情节，只说起诗社一事。既然是起诗社，就必定有诗社发起人，这个发起人是谁呢？看过了第十七回至第十八回元妃省亲时林黛玉替贾宝玉作《杏帘在望》一诗的情节，我们有理由相信《红楼梦》里最出色的诗人是林黛玉，所以读者有可能猜测，起诗社是林黛玉的主意，但并不是她；我们都知道贾宝玉平时喜欢和女孩子一起玩，所以也会有人猜测是贾宝玉，而事实上也不是贾宝玉。是谁呢？前三十六回都不曾着意刻画过的探春。可能第一遍读《红楼梦》的读者读到这里已经连探春是谁都记不太清了，但这样写正是作者的有意安排。脂砚斋在这一回的回前有这样一句批语：“结社出自探春意，作者已伏下回‘兴利除弊’之文也。”这句批语告诉我们，这是一个伏笔，在此以后，作者将浓墨重彩地刻画她的领导才能。

探春就起诗社一事下了帖子，每个人都很感兴趣。宝玉一贯是最积极的，于是说了一句：“可惜迟了，早该起个社的。”紧接着黛玉就说了一句话，“你们只管起社，可别算上我，我是不敢的”。未免有些轻狂的意味。脂砚斋非常喜欢这一段的写法，批语道：“必得如此方是妙文。若也如宝玉说兴头说，则不是黛玉矣。”可见脂砚斋知道，林黛玉这一句轻狂的话正是符合了林黛玉的性格逻辑。其他人可能已经习惯了林黛玉的轻狂，没人接过话头，只有“温柔沉默，观之可亲”的迎春回应了一句“你不敢谁还敢呢”。这一段里，宝玉、黛玉、迎春说的话都完全符合他们的性格逻辑，给不同的人以不同的性格逻辑，这是曹雪芹写作的一大特色。

起别号这一段，各人有个人特色，关于“潇湘妃子”暗示黛玉命运的部分，红学家们都有非常精彩的论证，我觉得自己已没有什么要说的。然后李纨、迎春、惜春三位不会作诗的当了诗社的“行政人员”，这里能看出李纨的才干，也为后面她协助探春理家埋下伏笔。再往下，才终于到作诗的情节。

作诗时的宝玉和黛玉是相当有趣的。迎春刚让小丫头拿了韵牌，宝玉便说了一句“这‘盆’‘门’两个字不大好作呢”，想必他这时是真的没有灵感。黛玉可能是觉得这个题目和限韵都很简单，所以当他人“悄然各自思索起来”的时候，“独黛玉或抚梧桐，或看秋色，或又和丫鬟们嘲笑”。“独”这个字用得很妙，体现了林黛玉难以抹去的一种纯真和轻狂。结果宝玉不为自己写不出诗着急，却为黛玉迟迟不写着急，一会儿说“你听，他们都有了”，一会儿又问“香就完了，只管蹲在那潮地下作什么”，最后终于万般无奈地说“可顾不得你了，好歹也写出来罢”。在宝玉的诗后，看到“独倚画栏如有意，清砧怨笛送黄昏”这还算不错的一句的脂砚斋说了句实话：“宝玉再细心作，只怕还有好的。只是一心挂着黛玉，故手妥不警也。”黛玉呢，却依然没有理会他，直到李纨“要推宝钗这诗有身分”，终于催她写出，她才“提笔一挥而就，掷与众人”，且写出的诗令宝玉喝彩，众人也“都道是这首为上”，唯独李纨评价说“若论风流别致，自是这首；若论含蓄浑厚，终让蘅稿。”其实，在宝钗和黛玉的咏白海棠诗中，我个人更偏爱黛玉的，不知为什么总觉得宝钗的诗中“珍重芳姿”“不语婷婷”有些初学者的青涩，初学者喜欢把好的词语堆积在一起，多爱用叠词，这些在这首诗里都有体现。当然，这个问题仁者见仁智者见智，且无论是黛玉之作还是宝钗之作，其实都是曹雪芹的作品，所以究竟谁的诗更好的讨论价值并不是很大。但李纨的观点，也就是阅卷者的观点很值得思考。因为她比其他人都要大几岁，处处要做出表率，不仅在文学上希望大家能有大气的语言风格，更要教导女孩子们端庄温柔，于是夸赞宝钗的“含蓄浑厚”而不太推崇黛玉的“风流别致”。这让我想起初中时语文老师在讲作文的时候提到的“保险作文”和“冒险作文”的区别，同样是这样两篇文章，“保险作文”虽然不太吸引眼球，但分数绝对不会低（特别要提一句，这里的“保险”指的不是旧作文照搬或者所谓作文通用套路，而是观点并不犀利却大方敦厚、同时作者本身也有很高水平的文章），而“冒险作文”（相比之下或许更像带刺的玫瑰）就有可能遭受大起大落。这一次林黛玉自然是“落”了，而在第三十八回，她的“风流别致”终于让她大放异彩。

第三十八回的诗社内容是咏菊花诗，不过与诗社同时进行的也有贾府上下吃螃蟹这一雅俗共赏的活动。除了提到黛玉吃螃蟹“只吃了一点夹子肉就下来了”之后感觉不舒服，说“我吃了一点子螃蟹，觉得心口微微的疼”，也没怎么写众小辈吃螃蟹的事情，可见他们的心思根本不在吃螃蟹上。写到这儿我突然想到，我自己也是很喜欢写诗的人，可是如果让我在同一个时段既可以吃螃蟹又可以写诗的话，我大概早就把写诗这件事忘到九霄云外去了，果然现实中的人还是有些俗套。

按照作者的叙述，黛玉一共勾了两个标题，《问菊》和《菊梦》。但再看下去，我们便会知道黛玉实际写了三首诗，还有一首《咏菊》不知是作者脱漏还是出于别的什么原因没有在前面交代，但这也无伤大雅。虽然有文学家称《红楼梦》中的诗词水平并不高（当然我对此不敢苟同，我认为《红楼梦》中的诗歌和偶然透露出的诗歌理论都很有水平，对此我也将有相应的分析），但是因为一句不按常理出牌的“无赖诗魔昏晓侵”，《咏菊》成为了整部《红楼梦》中我最喜欢的诗。“无赖诗魔”这一看似不应该在诗歌中出现的词眼出现了，却毫无不妥之感，起笔非常新颖。这样的写法更能显示出作者的功底，和其他人的诗形成鲜明对照。最后这首《咏菊》自然是让林黛玉夺魁，而她的《问菊》和《菊梦》同时位列第二、第三位。事实上这两首诗的水平与《咏菊》相比也有差距，但是能写出这么多水平不错且风格各异的诗歌来，曹雪芹非常不易。

终于能够大展其才的黛玉此时却没有了她在三十七回中表现出的情况，反而很谦虚地说“我那首也不好，到底伤于纤巧些”。与上一回一样是纤巧、不敦厚，这时李纨的评论是什么呢？“巧的却好，不露堆砌生硬。”从这一点我们不难看出，文科学习，尤其是作文，之所以常常被和“感性”联系起来，正是因为评审的主观性很强，同样的风格，同样的评判人，今日可能是“题目新，诗也新，立意更新”（本回中李纨评价黛玉的诗时如是说），明日或许又变成“不够含蓄浑厚”的逊色之作了。那么产生这一现象的原因是什么呢？总不能说李纨这个判卷人的欣赏水平就像变色龙，今天是一个颜色，明天又是另一个颜色。虽然对此我不曾有过分析，但是从第三十七回和第三十八回众人起诗社的情节中，我们还是可以初见端倪的。第三十七回咏白海棠诗，宝钗将含蓄浑厚发挥得淋漓尽致，黛玉将风流别致展现得无懈可击，有了端庄的，自然要立这端庄的榜样。而第三十八回中十二首咏菊诗，除了宝玉的两首诗因为水平不高而看不出是风流还是端庄以外，其余十首都是风流别致之作，就连此前因浑厚夺魁的宝钗，也写下了“怅望西风抱闷思，蓼红苇白断肠时”这样哀伤的句子，“纤巧”是咏菊诗的主流，因此李纨也改变了评判标准。说起来，这便是一句俗话“人比人，气死人”可以解释得通的了。现实生活不会像咏菊花诗这样极端，所有人都是“冒险”的风格，为了防止“冒险”的被“保险”的比下去，有的时候，我们还是稳妥一点为好。

书归正传。李纨评出的其他人的佳作还有《簪菊》《对菊》《供菊》《画菊》《忆菊》，有探春的一首，宝钗、湘云各两首，唯独没有宝玉的。然而宝玉却“喜的拍手叫‘极是，极公道’”。我想注意到这一点的读者都能明白是怎么一回事了：宝玉心里头只有黛玉，只觉得黛玉的诗最好，今见黛玉夺魁，自然连自己又落第也不在乎了。

虽然林黛玉一人独占头甲是作者的有意安排，但是从诗歌的角度来讲，是不是真的是这三首为最好呢？作者在文中借林黛玉之口告诉我们，不是的。林黛玉评价“头一句好的是‘圃冷斜阳忆旧游’，这句背面傅粉。‘抛书人对一枝秋’已经妙绝，将供菊说完，没处再说，故翻回来想到未折未供之先，意思深透”。也就是说，虽然李纨将史湘云的《供菊》排在第六名，但它在黛玉眼中是水平非常高的。在黛玉之后，其他几个人又对别人的诗做了做点评，倒是宝玉很实在地说了一句：“我又落第。”但他也不清楚为什么自己虽然意思都表达明白了，文字功夫上却还是比不过女孩子们。李纨告诉他：“你的也好，只是不及这几句新巧就是了。”可见宝玉在作诗上的水平是不如大观园里的这些女孩子的。细想想，宝玉应该就是当代学生玩笑中所说的“文科男”了，他也和那些被用来当做经典案例分析的“文科男”有着相似的特点——生活在女多男少的圈子里，在文科学习上常常不如女生（当然我认识的“文科男”中也有文科学习非常好的同学，只是“文科男”现在似乎已经快要演变成一种标签了）。可是我依旧很喜欢宝玉。我觉得宝玉身上的很多性格，诸如关心每一个女孩子、不受世俗名利的沾染、虽然似傻如狂但也让人感觉天真可爱（用一句动漫语言来形容就是“天然呆”）之类，是现代人无法学来的，即使能学来也只是能学到皮毛，让外人看了会觉得矫情做作，让所谓“被关心”的女孩子看了更会感到恶心。无论是现实还是虚拟的世界，都有且只有一个宝玉（第五十八回提到的甄宝玉要另说，他和贾宝玉只不过互为影子，其实两人皆是一样的），而我也只会喜欢这个我所读到的宝玉。

写过菊花诗，第三十八回里还有诗，不过已经是吃螃蟹时的调侃了。宝玉的“泼醋擂姜兴欲狂”虽然被黛玉嘲笑“这样的诗，要一百首也有”，但其实并不错，尤其是“原为世人美口腹，坡仙曾笑一生忙”，其中的清闲调侃堪称经典。我也曾经模仿这一风格写过一首诗，被同学一眼就看出了调侃之意，看来效果不错。黛玉和宝钗的诗倒是和宝玉接近，个人认为不用再多分析。

到了第三十八回末尾，再回头想想这两回的内容，我不知道该用什么样的词去概括。说是“诗意”的确合适，但这两回也不仅仅是围绕诗意展开的；说是“欢乐”的确欢乐，但这样的词又显得有些单薄，不足以形容他们的才华。但是或许这就是他们的一种生活状态吧，生活在这个无忧无虑的“烟柳繁华地、温柔富贵乡”，虽然各自都有各自的小情绪，虽然不知道灭顶之灾终将到来，但是能够因诗歌相聚到一起，未尝不是一种人生至乐。

## 三十五、读《红楼梦》第三十九回至第四十一回：

## 由刘姥姥二进大观园再看贾府的经济状况

在第六回中出场一次、到贾家寻求经济资助的刘姥姥，在第三十九回再度出场了。从第三十九回到第四十二回的开头，都是关于刘姥姥的故事。但是关于刘姥姥的故事不仅仅是刻画刘姥姥的形象，作者还提到了王熙凤用贾府众人的月钱放贷、行酒令时宝钗发现黛玉说了两句《西厢记》和《牡丹亭》的戏文等事，还写到了一个新出场的人物妙玉。这些事情的背后，都是以贾家鼎盛时期的经济状况为基础的。在这一点上，我非常赞同此前的诸多红学家达成的共识，即作者是有意通过描写刘姥姥进大观园反映贾府经济状况的变化，且八十回后还会有刘姥姥“三进大观园”的情节，那时的贾府已然衰败了。

在读《红楼梦》第六回的时候，我曾提到，那时的贾府，虽然其经济状况具有“外面的架子虽未甚倒，内囊却也尽上来了”的特点，虽然王熙凤也说“大有大的艰难去处”，但是给刘姥姥二十两银子，对他们的经济实力不会造成任何影响。那么到了第三十九回，当平儿“忽见上回来打抽丰的那刘姥姥和板儿又来了，坐在那边屋里，还有张材家的、周瑞家的陪着，又有两三个丫头在地下倒口袋里的枣子、倭瓜并些野菜”时，刘姥姥没有上赶着说自己家中穷困，贾府上下也没有人再向刘姥姥抱怨贾府经济上难处多。可见刘姥姥家因为上次受到了贾府接济的二十两银子而能够维持生计了，而贾府在经济上的难处也少了。作者没有直接说贾府究竟是如何获得了一大笔财富，但我们从前面的阅读中能看出来，元春“晋升凤藻宫尚书，加封贤德妃”，贾府在宫中有了靠山，获得了相当可观的财富；还有另一件事，作者写得更隐晦，也只是我的个人推测，王熙凤用贾府众人的月钱在外面放高利贷，“这几年拿着这一项银子，翻出有几百来了。他的公费月例又使不着，十两八两零碎攒了放出去，只他这梯己利钱，一年不到，上千的银子呢”，一个管事的孙媳妇尚可如此，那些常常在外操持家族诸事的男主人们，是否也有类似的“生财之道”？如果说贾家最后的确是要走向衰败的话，那么这有可能也是贾家“忽剌剌大厦倾”的导火索之一，且如此赚钱风险极大，一旦有借贷者拖欠贷款，资金一时周转不到位，那么放贷者自身的经济也将崩溃（在这里并不排除有些借贷者有恶意拖欠的行为，但是从书中我们找不到证据，虽然贾府和朝廷、忠顺王府之间的关系是微妙的，但是我们不能臆造这样的结论）。如果事实的确是这样，似乎可以解释为什么现在这么富有的贾家在探春理家推行节省之法后景况依然越来越差了（第七十五回提到的庄稼歉收固然是一方面，可是“赫赫扬扬已将百载”的贾家遇到的庄稼歉收的现象肯定不止一次，如果没有这种经济崩溃的现象推波助澜的话，仅靠庄稼歉收是不会给贾家带来太大的影响的）。此时贾家的富足，固然有元春的晋升给他们带来的福佑，但他们正身处于“泡沫经济”之中，且整个家族总体而言其实是在走下坡路，因此那也只不过是外强中干的“非理性繁荣”罢了。

贾府众人身处“非理性繁荣”却毫不知情。不用痛斥他们对于金钱的漠视，因为不仅是富贵人家如此，现在的许多人都是这样，看着股票持续高涨便疯狂买入，而到了金融危机时，依然在享受着烟柳繁华地、温柔富贵乡中的脂粉香浓。这似乎是这几回中更大的看点。例如第三十九回回目“村姥姥是信口开合（也有写作‘开河’的，意思上没有什么区别）情哥哥偏寻根究底”告诉我们，第三十九回最有趣的一点在于刘姥姥给宝玉讲了一个“十七八岁的极标致的一个小姑娘，梳着溜油光的头，穿着大红袄儿，白绫裙子”（《红楼梦》中提到的穿红袄、白绫裙的女孩子不止刘姥姥杜撰出的茗玉一个，第二十六回中袭人就穿着“银红袄儿，青缎背心，白绫细折裙”，除了青缎背心因为鸳鸯、紫鹃都穿过，知道是丫头的“制服”外，我的确不知红袄、白绫裙有什么样的含义，说不定是因为作者见得比较多吧）在雪地里抽柴的故事。这个故事显然是刘姥姥编的，但一贯爱惜世上所有女孩子的宝玉却信以为真，不顾“南院马棚走了水”的避讳，还必定要听完，背地里让刘姥姥接着讲。刘姥姥都提到了什么呢？这个小姑娘“名叫茗玉。小姐知书识字，老爷太太爱如珍宝。可惜这茗玉小姐生到十七岁，一病死了……因为老爷太太思念不尽，便盖了这祠堂，塑了这茗玉小姐的像，派了人烧香拨火”。这下把宝玉所有的好奇心都勾起来了，让茗烟按刘姥姥胡诌的方向地名去找，结果茗烟找到的庙里供着的，“竟是一位青脸红发的瘟神爷”！读到这里，我实在觉得好笑，宝玉这种把关于女儿的故事全部当真的特点，说好听了，能看出他是有真性情的，而说不好听些，他有点死性不改。他只找到了瘟神爷的经历，也似乎在印证近两年网络上非常流行的一句话——“认真你就输了”。我也曾经在网上看到有《红楼梦》读者根据茗玉和黛玉名字相似、都知书识字、都被爱若珍宝的相似之处，以及黛玉开玩笑“还不如弄一捆柴火，雪下抽柴，还更有趣儿呢”时宝玉“瞅了他一眼，也不答话”的反常反应推测出，黛玉的结局其实和茗玉一样，都是“生到十七岁一病死了”，我此前没有想到过这一点，觉得还是很有道理。

接下来故事就进入了第四十回。贾母带着刘姥姥逛大观园，家宴上众人拿刘姥姥开玩笑，是这一回里为人所津津乐道的情节。不过，作者在描写贾母带刘姥姥逛大观园时，也描写了宝玉连同众姊妹一些之前没有提到的性格。



比如惜春。前文几乎没有提到她，但是在这里，当刘姥姥说大观园“竟比那画儿还强十倍，怎么得有人也照着这个园子画一张，我带了家去，给他们见见，死了也得好处”时，贾母便推荐了惜春，“你瞧我这个小孙女儿，他就会画”。这样我们就知道了，惜春不仅仅是一个“身量未足，形容尚小”而且不会作诗的女孩子，她是会作画的，并且从贾母只推荐她一人来看，她画得比其他所有人都好。

再比如黛玉。按说前面已经把她的性格写得很全面了，特别是诗才出众这一点，作者已经通过元妃省亲时应制作诗、与宝玉闹别扭写就《葬花吟》、两次诗社都有不俗表现体现了她的才学，在这里，作者还必要再写一句“窗下案上设着笔砚，又见书架上磊着满满的书”，刘姥姥便以为“这必定是那位哥儿的书房了”，觉得“这那象个小姐的绣房，竟比那上等的书房还好”，这和后面刘姥姥误打误撞走进宝玉房间以为宝玉房间是小姐绣房一事形成有趣的对比，同时也是在暗示读者，黛玉虽然在性格上有十足的女性特征，但是她的行为举止还有兴趣爱好都和一般的女孩子不一样。

还有探春。第三十七回中刚刚写到她起诗社的事情，但她的诗似乎并不突出。而这次作者却通过描写探春的住处对她的性格有了更深层的描绘。作者以“探春素喜阔朗”为这段描写的总起句，后面写到：“当地放着一张花梨大理石大案，案上磊着各种名人法帖，并数十方宝砚，各色笔筒，笔海内插的笔如树林一般……右边洋漆架上悬着一个白玉比目磬，旁边挂着小锤。”这一段描写非常长，但每一句都是围绕“阔朗”展开的。用“阔朗”二字形容探春的性格是很合适的，探春在大气豪迈这一点上并不逊于男子。

最后说的是宝钗的蘅芜苑，这里的景象和探春的屋里就大不一样了。“雪洞一般，一色玩器全无，案上只有一个土定瓶中供着数枝菊花，并两部书，茶奁茶杯而已。床上只吊着青纱帐缦，衾褥也十分朴素”，这是宝钗低调作风在居室风格中的体现，贾母却不太喜欢，“虽然他省事，倘或来一个亲戚，看着不象；二则年轻的姑娘们，房里这样素净，也忌讳。我们这老婆子，越发该往马圈去了”。然后告诉鸳鸯给宝钗拿些自己珍藏的摆设过来。贾母是一个乐于享受生活的老人，对居室装潢也有自己的想法，第四十回中还有贾母建议潇湘馆该糊什么颜色的窗纱的情节，可以与此对看。

第四十回剩下的情节是行酒令，黛玉说出了不该看的戏文中的话惹得宝钗注意，刘姥姥滑稽之态令人捧腹，这些也是被红学家们说得很多的内容，我不觉得自己有什么特别的观点想说。但是第四十回的结尾处一句“只听外面乱嚷”并没有在第四十一回的开头出现，究竟“乱嚷”的是什么内容我们不得而知，可能是作者原本想在这里写出一段故事，但后来又觉得没有必要，所以没有写，而又忘记了前面已经有了铺垫吧，即便是这样也是瑕不掩瑜的，何况连瑕疵都还算不上。这样的一个小失误不会影响我们阅读《红楼梦》，也不会让我们对曹雪芹的文学功底有任何质疑。

第四十一回的前半回是我非常喜欢的部分，因为里面出现了在整部《红楼梦》中我最喜欢的人物——妙玉。在开始分章回撰写《红楼梦》读书笔记之前，我曾经写过一篇文章《红楼心语：透过言行看妙玉》。虽然我个人认为我对《红楼梦》的研读还算不上是研究吧，但对妙玉的评析的确标志着我研究《红楼梦》的开始。而如今再读第四十一回，觉得妙玉这个人给我留下的印象绝不止才华横溢、孤高自诩，妙玉“太高人愈妒，过洁世同嫌”的人生背后有太多令人扼腕叹息的细节。而我主要想说的是，她不爱与人来往，身为佛门弟子却不体悯受苦之人，并不应该得到怪罪，因为她本就属于自己心中的那个孤独的世界。

我们无论从影视作品还是佛家禅语中都能听到这样一句话：出家人以慈悲为怀。但是从第四十一回里妙玉对刘姥姥的态度，刘姥姥用过的茶杯她不想要了，要扔掉，又说“若是我用过的，便砸碎了也不能给她”，我们不会觉得她像是慈悲为怀的佛门中人，反而会觉得她更像是一个有洁癖的娇小姐在嫌弃一个乡下人不够干净。她对刘姥姥的贫穷没有任何悲悯之心，反而觉得这样一个穷人出现在她的圣洁之地令她生厌。书中的李纨便不喜欢妙玉，“可恨妙玉为人，我不喜他”，或许读者中间也会有人和李纨有相似的想法。但我个人认为，妙玉这样的选择并没有错。第十七至第十八回中林之孝家的交代，妙玉“祖上也是读书仕宦之家”，她的人生本来应该是和宝钗、探春等大家闺秀一样的，只是她如黛玉一样多病，因此才出了家带发修行，她原有的人生轨迹完全改变了。而这一变还不够，按照第五回描写妙玉命运的《世难容》一曲，妙玉“到头来，依旧是风尘肮脏违心愿”，她的人生轨迹还要有巨大的变化。面对这种变化，当自己再也不能过自己想过的生活时，选择什么样的人生态度，本质上能有什么区别？正如鲁迅先生在《故乡》中表达过这样一个愿望，“然而我又不愿意他们因为要一气，都如我的辛苦展转而生活，也不愿意他们都如闰土的辛苦麻木而生活，也不愿意都如别人的辛苦恣睢而生活。他们应该有新的生活，为我们所未经生活过的”，尔后又觉得，“现在我所谓希望，不也是我自己手制的偶像么？”如果那个时代不能让自己的人生遂愿，那么其实怎么活着，是像黛玉一样终日以泪洗面地活着，还是像妙玉一样清心寡欲、冷漠无情地活着，抑或是像所有一生秉正邪二气而生的人一样不合群地活着，都是可以接受的吧，只因“岁月静好，现世安稳”于她的一生中是再也回不来了。想到这里，我突然发现自己受妙玉的影响很大，只是在现实生活中想像妙玉那样活着，实在是不可能。

第四十一回的后半回还有刘姥姥误入宝玉房间的故事。作者借刘姥姥的眼光突出了宝玉卧室的华美精致，其实这也是从侧面反映贾府经济状况的。这时的刘姥姥必定是感觉贾府和自己家是一个天上、一个地下的，但是她会想到，在贾府彻底败落之后，她会成为贾家一干人（包括但不限于巧姐）的救星吗？用第五回中评价王熙凤一生的一句“叹人世，终难定”来形容《红楼梦》中所有人的人生轨迹，实在是恰当不过了。

## 三十六、读《红楼梦》第四十二回：

## 关于宝钗、黛玉的和好

继前面三回刘姥姥进大观园的故事后，从第四十二回开始，大观园终于恢复了昔日的平静。其实此时的贾府，元气依旧，富贵依旧，只是因为没有与刘姥姥的对比，所以显得平静了许多。但也正是在这样平静的格调下，作者才能减少对大家族倾巢出动的描写，关注大观园众姊妹与宝玉的生活故事。在这一回，原本互为情敌的宝钗和黛玉终于和好，惜春的作画天赋又一次得到了旁证，黛玉讽刺刘姥姥是“母蝗虫”……总体而言，第四十二回让我们又见到了他们自在相处的温馨画面。

本回前半部分交代刘姥姥接受了贾府从老祖宗贾母到丫头鸳鸯、平儿给的财物，还描写了巧姐（此时还叫“大姐儿”）生病、刘姥姥给她取名“巧”字的故事，“这叫作‘以毒攻毒，以火攻火’的法子……必然是遇难成祥，逢凶化吉，却从这‘巧’字上来”。王熙凤答了一句“只保佑他应了你的话就好了”。对于王熙凤的这句答语，脂砚斋有这样一句批注：“批书人焉能不心伤？狱庙相逢之日始知‘遇难成祥，逢凶化吉’实伏线于千里，哀哉伤哉！此后文字不忍卒读。”这句批注透露给我们很多信息。首先，贾府衰败后王熙凤会入狱，而且会在刘姥姥探监时与刘姥姥相见；其次，王熙凤“偶因济刘氏，巧得遇恩人”，刘姥姥最终拯救了巧姐；最后，作者的现实生活中可能发生过类似的事情，或许是作者的亲戚，至少是作者和批书人都非常熟悉的家庭的故事，不然的话脂砚斋是不会多次强调“心伤”“哀哉伤哉”的。想来刘姥姥正是在此次回家之后，让自己原本揭不开锅的家获得了温饱。不过用“温饱”一词形容是否恰当还有待斟酌，因为妙玉赌气不要而赏给了刘姥姥的成窑五彩小盖钟是相当值钱的，如果刘姥姥把它卖掉的话，家中生活应该能达到小康水平了。不过这样的细枝末节对整部《红楼梦》中刘姥姥的故事不会有影响，她最终将作为贾家的大救星，探望王熙凤、拯救巧姐。文学作品中，小人物的力量是不可忽视的。

接下来是宝钗借行酒令时黛玉说了《牡丹亭》《西厢记》词曲一事，与黛玉和解并告诫黛玉要专心女红针黹的情节。初看这段情节，当宝钗说了一句“你跪下，我要审你”时，我突然觉得紧张了，因为即使是初读《红楼梦》的人也曾听说过宝玉钟情黛玉、黛玉依恋宝玉、宝钗暗恋宝玉的三角关系，知道黛玉和宝钗从故事的一开始、从“都道是金玉良姻，俺只念木石前盟”的曲子暗示的内容开始就是情敌。在这样的想法的引导下，或许不只是当时的我，有一部分人都会觉得宝钗在这里会和黛玉爆发一场正面冲突。但作者构思情节的巧妙之处就在这里，如果不是他想用伏笔给予提示的情节，他必定不会让你猜到下一秒发生了什么。黛玉和宝钗在这一回和好了。宝钗教黛玉那个时代做女人的道理，“咱们女孩儿家不认得字的倒好……你我只该做些针黹纺织的事才是，偏又认得了字，既认得了字，不过拣那正经的看也罢了，最怕见了些杂书，移了性情，就不可救了”，黛玉“心下暗伏”。对黛玉的这一心理描写很有意思。“伏”有承认错误的意思，看似是被宝钗说服了。但读后面的情节，似乎黛玉还是一点未改，因此，此处的“暗伏”不好直接用字面意思理解，用现在的话来说，黛玉心中可能想的是，“好吧，你赢了，我不再跟你吵了”，但两人在该不该读书的问题上还不必达成共识。

其实如果只从这一段内容来说，我是不喜欢宝钗的。一方面觉得她的价值观受了男尊女卑思想的腐蚀，以至自己都不希望身为女性的自己还能有什么作为，不能为现代女性所认同；另一方面觉得她明明是爱好文学、颇有诗才

的人，却告诉黛玉不认字对女性来说才是最好的选择，或多或少有点虚伪。但这一段内容毕竟属于整部《红楼梦》的，整部《红楼梦》揭示的是普天下所有女子“千红一哭”“万艳同悲”的悲剧，不同的人是有不同的悲剧的，史湘云“云散高唐，水涸湘江”是一种悲剧；探春“一番风雨路三千，把骨肉家园齐来抛闪”是一种悲剧；而宝钗的悲剧中，则有太多的不得已，第四十二回中她说出的一番话正是她“不得已”的体现。她是个女孩子，理应有黛玉那样的小脾气，但她却一贯端庄，不能把那样的小脾气发泄出来；她是很有才，原本可以像黛玉一样，心情不好想要一诉衷肠的时候便写一首哀婉缠绵的诗，但她不能悲戚。为什么呢？因为她注定要做“三从四德”的大家闺秀，只有这样才能嫁入富贵家族，为薛家带来财富和荣耀。她不得不伪装，不得不以世俗的、自己不喜欢的标准要求自己，她的无奈可以和第三十五回提到的二十三岁依然未定亲的傅秋芳相比。因此，虽然不太欣赏她有时的虚伪，我还是非常钦佩她为了家族的荣耀和世人的赞美默默忍受着的孤寂，并因为宝玉始终没有爱上她而为她可惜。

第四十二回的最后提到了惜春作画。惜春的画技虽好，但绘画工具实在不讲究，“不过随手写字的笔画画罢了。就是颜色，只有赭石、广花、藤黄、胭脂这四样。再有，不过是两支着色笔就完了”。按我曾经学习中国画的经验，写字的笔是不可用来画画的，而颜料只有这几样，想画出颜色的浓淡深浅也是不太可能的，贾母只知道惜春会画画，但不知道以惜春现有的工具是画不出大观园图景的。这里又体现了宝钗的才干，唯独她知道想把画画好该用什么工具、每样用多少，而这也是宝钗在这一回中展现的值得肯定的特点。

在第四十二回中，大观园里的生活终于又回到了昔日的平静，而在下一回里，这样的平静又将因凤姐的生日而变得热闹起来。想想八十回后的悲惨结局，或许我们会觉得这一回的平静纯粹是虚假的吧，但世间万物，哪一个不是终必成空的呢？

# 三十七、读《红楼梦》第四十三回：

## 关于尤氏

个人认为第四十三回略微有点平淡无奇。第四十二回和第四十四回虽然都不是重头戏，但都比这一回精彩得多。但是，如果第四十三回也是格外精彩的一回，读者这样一回一回读下去，不能让自己的头脑“休息”一下，或许会造成审美疲劳。作者可能正是注意到了这样的一点，因此在《红楼梦》叙事节奏上掌握得很到位，给读者带来一种极佳的阅读体验。

第四十三回围绕凤姐过生日展开，主要由两部分构成：过生日前尤氏收份子钱和过生日时宝玉悄悄离席祭奠金钏。宝玉离席祭奠金钏的情节，不用说，进一步刻画了宝玉情痴情种的性格，以及小厮茗烟对宝玉的了解。而前半部分对尤氏的刻画则值得关注。在此之前，尤氏只出场一次，而且写的是在第十三回中秦可卿逝世时，她以旧疾复发为由推脱了平时料理的家事。因此到目前为止，人们对她的印象只保留在贾珍名义上的妻子、因秦可卿与她的丈夫私通而不肯协助料理秦可卿后事的妇人。未读到这里的读者不由得会猜测了：为什么她不能管好她的丈夫、不让她的丈夫和儿媳私通？抑或是为什么她的丈夫毫不在乎她的态度？这里先不说秦可卿究竟是什么身份，或许很多读者在读第十三回的时候对尤氏的人品还是很好奇的。在第四十三回，作者终于做了正面描写，尤氏是个很会理事的人，细心妥帖，而且体恤丫头姨娘等生活比较拮据的人。

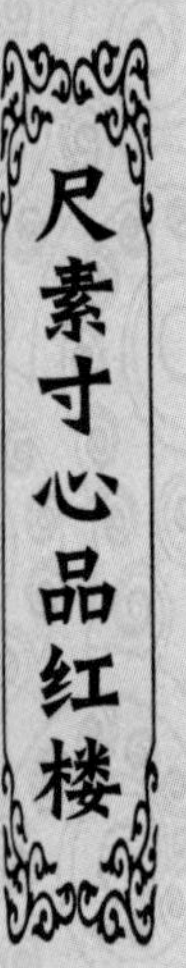


仔细看，尤氏在这一回中一共干了这样几件事：在凤姐住处和凤姐平儿说话，笑凤姐“弄这些钱那里使去”；把原本向鸳鸯、彩云、周姨娘、赵姨娘收取的份子钱退还给她们；把王熙凤的生日“办的十分热闹”。其中有这样几个细节我认为还是值得关注的：

第一，尤氏是非常宽容的。凤姐原本说要帮李纨交上份子钱，实际并没有交，尤氏笑骂了王熙凤几句（那个词我绝对不会重复的，很难相信尤氏作为大家庭的成员，特别是作为一个女性，能够说出这样的词汇。但是作者就是这样毫不避讳地写上去了，却既没有显得尤氏粗俗，也没有显得作者连同《红楼梦》的行文粗俗），但并没有真的生气，也没有说要王熙凤一定要把钱补上，还让平儿把她的钱拿回去，说“只许你那主子作弊，就不许我作情儿”。

第二，尤氏体恤下人，这一点超出凶悍的凤姐许多倍。她与贾母说话，顺便还了鸳鸯的钱；与王夫人说话，顺便还了彩云的钱。其实只从这一点就说她体恤下人，我觉得是有点说不通的。鸳鸯和彩云都是贾府位高权重的女主人的大丫头，日子理应比其他丫头包括晴雯、紫鹃等好过很多（袭人当然不包括在内，每月二两银子一吊钱的待遇是超过其他所有丫头的），手头也理应比她们宽裕。只从这一点来看，与其说她是体恤丫头们，倒不如说是顺便讨好一下荣国府的女主人，当然也不能就这样说她居心叵测，这种顺水人情的事情在从古至今的现实生活中屡见不鲜，这样的事王熙凤自然也能干出来。而对赵姨娘、周姨娘依然能那么客气，让她们二人“千恩万谢”，这就是王熙凤比不上的了。至于为什么，我想，尤氏在宁国府理家并不跋扈，且由于秦可卿和贾珍私通的缘故，她和贾珍之间的夫妻关系比较微妙，虽然不至于像姨娘那样受人欺凌，但是隐忍的经历是相似的，所以，她可能比王熙凤更能够理解姨娘们的尴尬处境。因此，她对赵姨娘、周姨娘的体恤是可见一斑的。

第三，尤氏有做大事的才干。“园中人都打听得尤氏办得十分热闹，不但有戏，连耍百戏并说书的男女先儿全有，都打点取乐顽耍。”虽然作者没有具体描写，但只从这一句话，我们便已经能看出尤氏处理得有多周全。

说完尤氏，其实这一回最大的看点就说完了。宝玉祭奠金钏的故事其实在第四十四回开头才进入正题，茗烟的表现倒是可圈可点。他帮宝玉说了一番话，连宝玉都笑他“休胡说，看人听见笑话”，但可谓是道出了宝玉的心声，而且也表现出了茗烟多年以来对宝玉秉性的格外了解。这段话非常有意思，值得细细品味，在此摘录如下：“我茗烟跟二爷这几年，二爷的心事，我没有不知道的，只有今儿这一祭祀没有告诉我，我也不敢问。只是这受祭的阴魂虽不知名姓，想来自然是那人间有一、天上无双，极聪明极俊雅的一位姐姐妹妹了。二爷心事不能出口，让我代祝：若芳魂有感，香魄多情，虽然阴阳间隔，既是知己之间，时常来望候二爷，未尝不可。你在阴间保佑二爷来生也变个女孩儿，和你们一处相伴，再不可又托生这须眉浊物了。”

此回似乎还有一个写得很仔细的地方。王熙凤生日这天是九月初二，李纨对姊妹们说“今儿是正经社日，可别忘了”，这照应的正是第三十七回的“从此后我定于每月初二、十六这两日开社”，意在提醒读者，他们起诗社的故事还没有完，虽然作者在第七十回之前都没有写，但不代表他们的诗社是没有活动的。这样的写法非缜密之人不能驾驭。

第四十三回并不甚有意思，但这样起过渡作用的一回的地位是不可忽视的。作者让我们在这一回的阅读中稍事休息，以便期待更精彩的篇章。

## 三十八、读《红楼梦》第四十四回：

## 贾府主仆的微妙关系

我不得不一边感叹第四十四回是很精彩的一回，一边感叹我实在不知道第四十四回应该写什么。可以说这一回是以王熙凤为主角的。“变生不测凤姐泼醋”的故事把她的专横和霸道描写得淋漓尽致，而不知道写什么，一方面是因为只从这一回就看出凤姐的性格不免有些操之过急，另一方面凤姐在听说贾琏与鲍二家的偷情之后的表现不过是寻常的哭闹而已，无论是和前面第十一回至第十二回“毒设相思局”逼死贾瑞相比，还是和后面第六十五回到第六十九回计除尤二姐相比，都没有把王熙凤的性格刻画得那么完整。因此，这一回还谈不上分析凤姐的性格，若想分析她的性格，还要把整部《红楼梦》都读透才好。

凤姐泼醋一共直接伤害了几个人呢？第一个是她房里的一位小丫头，第二个是鲍二家的，第三个是平儿。其中鲍二家的是贾琏偷情的对象，所以倒是不冤（只是她就这样在凤姐和平儿的一通厮打后屈辱自尽了，读者未免也要责怪王熙凤的心太狠，以及事后鲍二要告状，凤姐又用自己的强权周旋了下来，这不免让我们想到后面的事：如果东窗事发，凤姐该怎么办）；通风报信的小丫头自然也是有责骂的理由，不过也有人认为贾琏即使是三妻四妾，客观上也是有理的，只不过是王熙凤心胸太狭窄。所以作者对这两个人的描写实在不多。唯独平儿是的的确确地受了委屈，作者用了整整后半回描写她的心理活动和后来的事情。虽然主要是关于平儿的，但作者也捎带着描写了一下宝玉对平儿、引申至对其他女性的关心。这样写在平时的作文里可能算是跑题，但是在小说里，处处不忘对“第一男主角”的形象进行刻画则是可行的。

关于鲍二家的与贾琏偷情后屈辱自尽的事情，这其中王熙凤说过的一些话实在太狠也实在不文明，所以我绝对不会在这里重复。我关注到的，是通风报信的小丫头在王熙凤的严刑拷打下说出的“二爷就开了箱子，拿了两块银子，还有两根簪子，两匹缎子，叫我悄悄的送与鲍二的老婆去，叫他进来”这样一句话，以及贾琏给了鲍二银两并许他另日再给他挑个媳妇之后鲍二“又有体面，又有银子，有何不依，便仍然奉承贾琏”的表现。虽然贾琏与府里的仆人偷情已经不是第一次（此前他曾经和多姑娘有过一段故事，只是平儿帮他掩饰得好，才没闹出这么大的风波），但是这样给鲍二家的传话，则不得不让人生疑。主要疑点在于，贾琏为什么要给鲍二家的这几样东西？为什么鲍二家的和贾琏有这样的默契？为什么贾琏有把握鲍二家的一定会招之即来？为什么鲍二会有这样的态度？

关于这“十万个为什么”，我有一个目前还非常不成熟也并不是很积极向上的想法，但是我觉得可能还是有点道理的。那就是贾琏和鲍二家的偷情已经不止一次了，而且鲍二对此是知情的，但是由于要奉承贾琏、保住自己在贾府的一席之地，他只能睁一只眼闭一只眼，心甘情愿地被扣了一顶绿帽子。虽然没有在文中找到什么直接的证据证明这一点，但是用其他内容分析这个观点好像还是说得通的。

在分析这个想法之前要明确的一点，就是贾府仆人的婚配“制度”，如第二十回李嬷嬷骂袭人时说到的那样，把丫头“好不好拉出去配一个小子”，只要有一男一女，便让他们结为夫妻，不管双方是否有感情、是否能一起过日子，在这样的婚配“制度”下，贾府仆人的夫妻中间是很难有感情的。

根据这个信息，我们可以做一个大胆的假设，鲍二对他的媳妇可能并没有感情，这时，鲍二家的想要勾搭贾琏，而鲍二也可以因此奉承贾琏（不是说鲍二把自己的媳妇献给了贾琏，而是如果不这样做的话，贾琏肯定会对鲍二产生恶感）。这样的关系对三方的利益都不构成损害（前提是不被阻断），因此他们构成一种微妙的平衡，并且在第四十四回之前，这种微妙的平衡看来是没有打破的。因此，在鲍二家的自尽之后，鲍二一开始先是觉得很不平衡，想要打官司，但是在贾琏的抚慰下，他意识到如果自己真的去告发，那无疑又是和贾琏对着干，自己之前辛辛苦苦讨好贾琏的努力，包括自己戴绿帽子忍气吞声，就都白费了。所以鲍二只能这样活下去。

根据我的这个观点，我想我们可以总结出贾府主仆之间的关系了。即由于地位的差异，仆人们是非常仰仗主人的垂怜的，在有些事情上仆人只能一味顺应主人，否则便可能没有好下场。而主人的胡作非为有时也不会受到阻拦，压榨仆人从某种程度上说是可以毫无限度地进行的。这和许多文学作品中批判封建制度对人民的压迫的主旨很相近。读过这一回，从人文关怀的角度来讲，我对那个时代的人深表同情，并庆幸那样的时代不会再出现；而从文学作品的角度来讲，我发现，想要探究《红楼梦》的主旨，不一定只探究主要人物的活动，在一些看似很次要的人物身上，也有着《红楼梦》主旨的体现。这是因为，《红楼梦》的主旨是关于一个大时代的主旨，作为构成这个大时代的每一个部分，无论是主要人物还是次要人物，都符合这个主旨的内涵。

# 三十九、读《红楼梦》第四十五回：

## 问世间情是何物

虽然人们一直在强调《红楼梦》是一部“人情小说”而非“爱情小说”、读《红楼梦》不能只关注宝玉和黛玉的爱情悲剧，但是我觉得，在第四十五回中，宝玉、黛玉爱情故事的比例是特别高的，所以我个人愿意把这一回当做爱情故事的一部分来读。当然，对于宝玉、黛玉爱情以外的内容，也可以关注一下。

这一回的前半部分是“金兰契互剖金兰语”，描写的是李纨和王熙凤之间的一次小小的拌嘴。这次拌嘴的起因是诗社的几位成员邀请王熙凤做“监社御史”，这当然一听就知道是玩笑话，有一个正经的官名叫巡城御史，监社御史自然是其翻版，而且是个空职，由王熙凤这样“不会做什么湿的干的，要我吃东西去不成”的人来担任，这个目的可以说人尽皆知。王熙凤能明白他们的意思，所以说了一段带点辛辣意味的话：“你们别哄我，我猜着了：那里是请我作监社御史，分明是叫我作个进钱的铜商。”李纨回了一句“真真你是个水晶心肝玻璃人”，她便把李纨一同编排上，说了很多话。根据其他情节来看，王熙凤说话的时候，由于口才太好，所以无论是不是真怕她的人，都不愿意回敬她几句。唯独这里李纨敢说她，而且一句比一句狠，“若是生在贫寒小户人家，作个小子，还不知怎么下作贫嘴恶舌的呢”“给平儿拾鞋也不要，你们两个只该换一个过子才是”。这话让王熙凤只能服软了，忙同意替诗社的人们开楼房找东西，帮惜春买绘画用的材料。从这里不难总结出王熙凤和李纨的关系——两人之间是有真情谊的。对王熙凤的缺点，李纨敢于仗义执言，两人之间不必藏着掖着。虽然王熙凤为人“机关算尽太聪明”，而李纨又是如“槁木死灰一般”，但她们两个人之间的关系让人感觉很温暖。紧接着这段拌嘴，作者又写到王熙凤和李纨共同接待赖大家的，充分体现了二人关系的融洽。

“风雨夕闷制风雨词”是宝玉和黛玉之间真情流露的一个体现。其中黛玉写了一首诗《秋窗风雨夕》，借鉴的是《春江花月夜》的格调。黛玉的诗歌创作水平被许多读者认定为《红楼梦》中最高的，但我总觉得这首《秋窗风雨夕》写得实在是差强人意，刻意模仿的痕迹很明显，例如“助秋风雨来何速，惊破秋窗秋梦绿”一句，读起来有些拗口，甚至句意也有一点牵强；再例如“罗衾不奈秋风力，残漏声催秋雨急。连宵脉脉复飕飕，灯前似伴离人泣”和后面“不知风雨几时休，已教泪洒窗纱湿”这三句应该就是白居易《琵琶行》最后三句“感我此言良久立，却坐促弦弦转急。凄凄不似向前声，满座重闻皆掩泣。座中泣下谁最多，江州司马青衫湿”的重新编排，连韵脚都是一模一样的，其中“灯前似伴离人泣”一句并不符合七言诗前面四字一顿的节奏。我也曾经模仿《春江花月夜》写过一首诗，取名为《春蹊花雨暮》，虽然也并不好，比如模仿“江流宛转绕芳甸”的那句比较穿凿，甚至后半部分某些地方有“胡扯”的嫌疑，但是个人认为没有像《秋窗风雨夕》中那样的“硬伤”，故在此摘录如下：



春蹊草长褪素霜，庭前细雨复沾窗。
霏霏入风初长夜，几处春蹊雨茫茫？
蹊承薜荔粉争渡，雨沁桃花香入户。
行人伞笠湿未察，船家灯火不知处。
蹊径通幽留花魂，纷纷檐上落雨痕。
蹊边谁人倦听雨？蹊雨何时倦泽人？

人世茫茫不得已，蹊雨潇潇无尽意。
不知蹊雨润何人，但闻花蹊香百里。
梧桐木静苔斑斑，藤萝架下落红残。
几家秉烛宴酣趣？谁人廊下意兴阑？
忽闻帘外雨声骤，或侵孤人含露眸。
红绡帐底独落泪，锦瑟弦端枉凝愁。
对景伤春亦伤情，千遍《阳关》离恨生。
水月碎波荡青荇，镜花尘雾拂流萤。
暮里画桥流花泉，伤逝离人更难圆。
蹊雨润春芳华去，蹊桥落雨暗黄昏。
疏雨斜飞丝万缕，风箫默演伤春曲。
日暮谁人遣雅趣，故园燕子潇湘雨。

值得一提的是，曹雪芹似乎格外喜欢《春江花月夜》，不仅是这首《秋窗风雨夕》，第二十七回黛玉的《葬花吟》和第七十回黛玉的《桃花行》都或多或少受到了《春江花月夜》的影响。有些人觉得这些诗很好，有人觉得不好，也有人喜欢其中的某一两首，但我不得不说，这三首模仿《春江花月夜》的作品，再加上我自己模仿的一首，都比不上《春江花月夜》原作中浑然天成的用词和格调。因此，虽然我本人非常喜欢《红楼梦》，也非常喜欢古诗词，但是对这些还是必须辩证地看待。

书归正传。虽然我不喜欢这首《秋窗风雨夕》，但读者们都能看出来宝玉是喜欢的。甚至在黛玉把这首诗放在灯上烧了的时候，他也表示自己“已背熟了，烧也无碍”。这一小段情节写出了宝玉和黛玉前所未有的默契。这时，宝钗和黛玉已经和好，黛玉不再把宝钗当做自己的情敌，所以也不会对宝玉有所猜忌。在此基础上，两人之间的爱情能够顺利发展下去，没有任何顾虑，正如张爱玲说过的一句话那样，“岁月静好，现世安稳”。

但是我们都知道，这样一直为他们所追求、所依赖的生活，最后却根本没有追求到，这当然是个悲剧。有人曾经说，只有悲剧才有真正震撼人心的艺术效果，并且是以《红楼梦》为例子的。但是我相信，作者不是为了追求所谓的艺术效果、追求悲剧本身给人带来的震撼，而将宝玉和黛玉之间的爱情故事写成悲剧，这两个主人公身上都有作者倾注的心血，作者主观上必然不愿意这样写。记得小时候读过一篇结局是大团圆的童话，作者在童话后却写到自己原本是想写一个悲剧结局的，但是和靠悲剧赚取眼泪相比，他觉得自己“下不了手”。那个童话尚且是与那个作者的生活没有什么联系的短篇，像《红楼梦》这样的“满纸荒唐言，一把辛酸泪”，作者写宝玉、黛玉的爱情悲剧，必然也不是只为了赚取读者的眼泪，以使《红楼梦》具有感染力，而是真的蕴含了作者的人生履历在其中。

关于宝玉和黛玉的爱情，作者在这一回还刻画了一个细节，就是“渔翁渔婆”的笑话，从这一段能看出，黛玉和宝玉其实已经默许了对方在自己心中的位置，虽然偶然把这话说出来会让他们觉得有些不好意思，但他们之间的关心、默契却无需多言。元好问的一首《摸鱼儿》可以作为这一段的注解，“问世间情是何物，直教生死相许……欢乐聚，离别苦，就中更有痴儿女”。至少我读到这里的时候，是非常感动的。所以我一直愿意把第四十五回当做爱情故事读，第四十五回的宝玉和黛玉之间的故事，真的让人很温暖。

# 四十、读《红楼梦》第四十六回：

## 反抗精神

突然想起一个与我自己有关的故事。

鲁迅先生在《再论雷峰塔的倒掉》中说过，“我们中国的许多人……大抵患有一种‘十景病’……凡看一部县志，这一县往往有十景或八景……点心有十样锦，菜有十碗，音乐有十番，阎罗有十殿，药有十全大补，猜拳有全福手福手全，连人的劣迹或罪状，宣布起来也大抵是十条，仿佛犯了九条的时候总不肯歇手。”而到了研究《红楼梦》的领域，“十二”就成了部分人逃不开的字眼了。书中有“金陵十二钗”，戏子们有“红楼十二官”，宝钗吃的冷香丸的药方里“十二钱”“十二两”比比皆是，这些是实际上有的，研究倒也无妨。但我曾经莫名其妙地决定写一篇文章，细数《红楼梦》中令人印象深刻的十二个丫头，最后因为实在凑不齐十二个人而导致那篇文章流产。这里且不说我的这种“十二”情结究竟出于何种原因，我很高兴地看到自己当时还是写了一部分，并且已经把第四十六回做了简要的分析，关注的就是第四十六回的主人公鸳鸯。

鸳鸯是贾母的大丫头，而且父母、哥嫂都是贾府的下人。她在贾府众下人中地位算是比较高的，王熙凤要叫她“鸳鸯姐姐”，她在家宴时可以和王熙凤开玩笑，可见她的体面。但她也终究是个丫头，“好不好拉出去配一个小子”的命运依旧有可能发生在她身上。可第四十六回里的她便得到了这样一个摆脱丫头命运的机会——嫁给贾赦作妾。在外人看来，没有比这更好的去处了。王熙凤说“别说是鸳鸯，凭他是谁，那一个不想巴高望上，不想出头的？这半个主子不做，倒愿意做个丫头，将来配个小子就完了”，邢夫人说“若果然不愿意，可真是个傻丫头了。放着主子奶奶不作，倒愿意作丫头！三年二年，不过配上个小子，还是奴才……现成主子不做去，错过这个机会，后悔就迟了”。她们二人都抓住了一个细节：给贾赦做姨娘，便可以成为主子，摆脱身为丫头的命运。这个观点意在说明，地位是最重要的，有了地位，其他的一切，诸如精神追求、旁人议论都可以不顾，除了“妇人之见”，我找不到别的词来形容这个观点了。邢夫人，也就是本回回目所提及的“尴尬人”，的确是持这个观点的，而王熙凤应该不是，王熙凤聪明，知道贾母必定不愿意让鸳鸯嫁给贾赦，并且自己要讨好贾母，必然会站在贾母的立场上，而八面玲珑的她一方面能猜出邢夫人的心思、另一方面又不愿意得罪邢夫人，所以说出这样一番符合邢夫人心中想法的话。对此，鸳鸯的反应是什么呢？“不发一言”“不动身”“不语”。这时的鸳鸯依然保持着女子该有的端庄娴静的品格。

而让鸳鸯开始发怒的，则是她的嫂子来和她说，嫁给贾赦做妾是个“天大的喜事”。鸳鸯发怒这一段话很长，而且不是很文明，所以我不在此处引用，但里面有一句话，则让我觉得鸳鸯是个很有见地的人：“我若得脸呢，你们外头横行霸道，自己就封自己是舅爷了。我若不得脸败了时，你们把忘八脖子一缩，生死由我。”原本看书的时候直接把这句话略过了，后来看电视剧的时候，正是从这一句台词认识了鸳鸯。她是有自我意识和反抗精神的。她愿意谋求自己的幸福，不愿意只追求一个所谓的体面；愿意用不符合封建社会对女子的要求的方式进行反抗，不愿意一直端庄下去以至白白遭人伤害。

但是，一波未平一波又起。贾赦得知这件事后，把鸳鸯定性为“‘自古嫦娥爱少年’，他必定嫌我老了，大约他恋着少爷们，多半是看上了宝玉，只怕也有贾琏……凭他嫁到谁家去，也难出我的手心”。这一次鸳鸯觉得自尊心受到了很大的伤害，终于在贾母面前大吵大闹，同样说了一大通赌咒发誓的话，让贾母真的生气了，直说“我通共剩了这么一个可靠的人，他们还要来算计”。贾母是贾府地位最高的家长，如此一说，贾赦便也不敢再娶鸳鸯了。至于鸳鸯发怒时的心理，我想可以用后面第六十五回贾琏问尤三姐是不是喜欢宝玉时尤三姐回应的一句话来概括：“难道除了你家，天下就没了好男子了不成！”鸳鸯虽然对宝玉很好，但是从感情上她并不爱宝玉，贾赦的一番言辞对她是一种折辱，她宁愿只做丫头，宁愿死或出家，也不希望只图当主子而嫁与贾赦做妾。

刚才我在分析的时候，一直在使用邢夫人的这样一个观点，即当了小老婆就是主子，就一定比当丫头强。但真的是这样吗？《红楼梦》中没有直接描述过丫头们是怎样看待被男主人纳妾这回事的，我们只看见袭人一直想成为宝玉的妾，而鸳鸯不愿意成为贾赦的妾，更多的丫头则对这件事没有一点想法。但是从别的小说中，我们可以找到一些旁证。例如，巴金先生的“激流三部曲”《家》《春》《秋》，被不少人认为是模仿《红楼梦》而创作，其中就有与第四十六回鸳鸯的举动非常相似的情节。第一部《家》中，高家有一个丫鬟鸣凤，被冯家老太爷看中，要她去做妾。鸣凤自然是不愿意，而且巴老特别写到，这高府的几个丫鬟之间，平时如果相互开玩笑，也常常说别人要去给某某人做妾，在丫鬟们看来，做妾并不一定真的是“当主子”这么风光的事情。我想，在《红楼梦》里，这个道理应该是同样适用的。

鸳鸯不愿意嫁给贾赦，以死相逼，是在与她不幸的命运做斗争，具有反抗精神。而我却又突然想到了那些与鸳鸯并不一样的人。难道袭人努力想要嫁给宝玉，不也是在与被父母卖到贾府做丫头的命运做斗争吗？而晴雯虽然不为自己的生活打算，总是得过且过，但是她时时事事将自己天真烂漫的性格展现出来，同样是在与她“心比天高，身为下贱”的命运做斗争。类似的丫头数不胜数。贾府的许多丫头都有强烈的反抗精神，这与宝玉对女孩子们的偏爱无关，与她们自己有关。正因如此，《红楼梦》中尊重女子的主旨才不因为只有宝玉一个人尊重而显得单薄，她们身上的确存在着非常值得我们尊重的地方。

## 四十一、读《红楼梦》第四十七回：

## 《红楼梦》中的写作套路初探

原本想借用几年前网络上曾经流行的一句话作为标题——“人不能无耻到这种地步”，觉得第四十七回里薛蟠被柳湘莲痛打一顿实在是活该。后来又觉得这样实在不合适。即使是对故事中虚构的人物，以这样的方式说长道短终究也不厚道。但第四十七回里薛蟠调戏柳湘莲未遂这件事，却又是不可不提的。作者重点在这一回刻画了薛蟠的丑态，让我们看到，在四大家族世代簪缨、钟鸣鼎食的光鲜背后，其实丑恶的事物是大量存在的。

若说薛蟠喜好“龙阳之兴”，第四十七回中提到的已经不是第一次。第九回中贾府学堂里就有几个男学生想和薛蟠交好。大概是因为从来没有被拒绝过，薛蟠才会觉得柳湘莲也可以成为自己的男伴。况且柳湘莲为人“不拘细事，酷好耍枪舞剑，赌博吃酒，以至眠花卧柳，吹笛弹筝，无所不为。因他年纪又轻，生得又美，不知他身分的人，却误认作优伶一类”，本来也是容易被误认为可以随便调笑的人的，所以薛蟠就起了歪心思。

接下来宝玉和柳湘莲单独说了一会儿话，大意是要把秦钟的坟好好修一修，柳湘莲又说自己近来有心事，紧接着就是薛蟠“在那里乱嚷”，因为自己找不到“小柳儿”，也就是柳湘莲。后面两人的对手戏，我认为和前面王熙凤“毒设相思局”之前和贾瑞的对手戏如出一辙。因此不妨将这两个故事对比分析，看看柳湘莲给薛蟠设的局是什么样的。

这里有一点虽然与计谋无关，却依然值得关注。柳湘莲说自己有心事——我们不得而知，而第十一回里王熙凤撞见贾瑞之前，心中也有心事——秦可卿的病。作者这样写，我想是意在说明贾瑞、薛蟠一干人是撞在了枪口上，给王熙凤、柳湘莲设局陷害提供了情感上的条件。

在两人“交锋”正式开始之前，必有这样一件事——正义的一方要生气，却又不得不忍住。在第四十七回里，听薛蟠那么一叫，柳湘莲已经开始生气了，“火星乱迸，恨不得一拳打死，复思酒后挥拳，又碍着赖尚荣的脸面，只得忍了又忍”。这是“相思局”中的第一步，我把它概括为“按兵不动，静观其变”。

薛蟠一点看不出他是在忍，还和他一味调笑，中间说了些比较不堪的话，我在此不予重复。这时柳湘莲是怎么做的呢？第十二回里王熙凤是怎么做的，第四十七回里柳湘莲便怎么做。柳湘莲开始给薛蟠下套，表现自己愿意和薛蟠交好，还说了一句“你真心和我好，假心和我好呢”，使人想起第十一回里王熙凤对贾瑞说的那句“你哄我呢，你那里肯往我这里来”。当时贾瑞回答的是，“我嫂子跟前，若有一点谎话，天打雷劈”，此时的薛蟠便和那时的贾瑞一样，也立刻赌咒发誓，“我要是假心，立刻死在眼前”。这是第二步，我把它概括为“故意示好，诱敌上钩”。

眼见薛蟠上钩，柳湘莲便更进一步，假意要约薛蟠去私会，“既如此，这里不便。等坐一坐，我先走，你随后出来，跟到我下处，咱们替另喝一夜酒。我那里还有两个绝好的孩子，从没出门。你可连一个跟的人也不用带，到了那里，伏侍的人都是现成的”。对比王熙凤在第十二回里说的“大天白日，人来人往，你就在这里也不方便。你且去，等着晚上起了更你来，悄悄的在西边穿堂儿等我……我把上夜的小厮们都放了假，两边门一关，再没别人了”。不难发现，两人透露的信息是完全一致的！至少我发现这一点的时候是很惊奇的。而薛蟠的反应又和“喜之不尽，忙忙的告辞而去，心内以为得手”的贾瑞相似，心里难熬，“只拿眼看湘莲，心内越想越乐，左一壶右一壶，并不用人

让”。这是第三步，也是非常关键的一步，我把它概括为“假意邀约，套牢敌人”。

然后发生的事情，我想我就不必说什么了：薛蟠上当，遭到柳湘莲毒打。这是最后一步，可以概括为“抖开包袱，暴打一顿”。到这里为止，第四十七回里柳湘莲和薛蟠之间的故事与第十二回里王熙凤和贾瑞之间的故事真的是太相似了。不过，和王熙凤害死贾瑞不同的是，柳湘莲没有步步紧逼，薛蟠没有被柳湘莲害死。这其中的原因在于，王熙凤害贾瑞时，王熙凤处于强势地位，贾瑞处于弱势地位，且王熙凤是个心狠手辣的人，所以一定要让贾瑞去死；而柳湘莲打薛蟠时，柳湘莲处于弱势地位，薛蟠处于强势地位，柳湘莲也并不真想造成什么过失，所以才会有“惧祸走他乡”的交代，而让两个过程相似的故事结局不同了。

《红楼梦》里写一方勾引另一方遭到陷害的情节只在这一回和前面第十二回两处，但只从这两处就可以总结出曹雪芹在《红楼梦》中叙述这样的事情的套路：按兵不动，静观其变—故意示好，诱敌上钩—假意邀约，套牢敌人—抖开包袱，暴打一顿。这样的写作套路不仅适用于描写两个人之间的纠葛，我想，在描述两个家族之间的恩怨的时候，应该是同样适用的。只是到目前为止还不确定哪一回里有这样的内容，此后如果真的能发现这样的情节，那便是我的假设得到了印证，如果真的没有，那也只能说是我想多了。

第四十七回真正讲薛蟠和柳湘莲故事的部分只有半回。前面有一大篇的内容都在收束第四十六回“鸳鸯女誓绝鸳鸯偶”的情节，但没有什么突出的地方，唯一值得说两句的是贾赦娶鸳鸯不成，又花八百两银子买了一个名叫嫣红的丫头收在房里，贾赦的这番心思，除了“死性不改”以外找不到更合适的词可以形容。四大家族在光鲜背后实在有不少污点，正所谓“千里之堤，毁于蚁穴”，看似偶然的贾府衰败，实际早已是必然了。

# 四十二、读《红楼梦》第四十八回：

## 香菱的“雅”与“痴”

说到第四十八回香菱学诗，就不得不说个笑话。初三的语文课本里节选了这段内容作为课文，它产生的连锁反应就是与《红楼梦》有关的文学常识被编进了教辅书中。据我的一位同学说，她见到一本教辅书对“《红楼梦》一书的主人公是谁”这个问题给出的答案是“贾宝玉、林黛玉、香菱”。如果这个同学当时的确没有犯错误，那么这个标准答案就真的令我无语了。或许这样做是为了照顾那些没有读过《红楼梦》的同学吧，但是这件事还是印证了一句话：“想要毁掉一本名著，就把它纳入考试大纲里。”

不论那个笑话能不能引人发笑，第四十八回最重要的故事，我认为便是“慕雅女”香菱“雅集苦吟诗”了。这一回的香菱，分别展现出了“雅”和“痴”的一面。香菱虽然身世凄惨，只能做呆霸王薛蟠的妾室，但她是“慕雅女”，这个特点非常值得我们注意。《红楼梦》中雅致的女子很多，如黛玉、宝钗、妙玉等。但黛玉是绛珠仙草下凡，天生就具备卓尔不群的气质；宝钗家底深厚，从小就被教导做一个出众的大家闺秀；妙玉则更不是世俗中人，孤高自诩，不能用常人的眼光去评判。那些女子所拥有的，香菱都无法拥有。但是，不论是与宝钗亲近，还是对薛家的大家风范耳濡目染，自她接触到高雅的事物，她的心中就有变化发生了。这与其他女子，比如在贾府当差的要么如袭人般想要攀龙附凤、要么如晴雯般游戏人生的丫头们，或后面提到的行为不甚

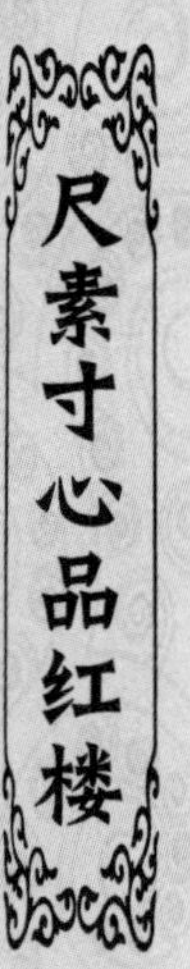

检点、只在见到心爱男子之后才醒悟的尤氏姐妹的表现是不同的。这说明什么呢？我想，这与香菱最初的身份有密切的联系。

第一回中就已提到，香菱原名英莲，是乡宦甄士隐的女儿。甄家“家中虽不甚富贵，然本地便也推他为望族了”。香菱是个小康之家的千金，她自然应该流露出书香门第所赋予的气质。如果不是小时候被拐跑，她的气质应该很早就能体现出来，但由于儿时落难，在故事开始时，她还只是连自己的姓名都不记得的可怜人，那种与生俱来的气质是无法显露的。但当她嫁给薛蟠做妾，生活趋于稳定、有机会接触各种事物时，她便会自然而然地追求那些天赋里本应该拥有的事情。因此，她会展现出小家碧玉应有的气质，展现出“雅”的一面，才会如此喜好诗歌。

香菱身边的宝钗原本就是很懂诗歌的才女，而香菱却不去找宝钗求助。这个原因当然不用想也能明白，如果香菱向宝钗求教，那么宝钗肯定会像在第四十二回教导黛玉那样，告诉香菱女子应该以女红针凿为业。因此香菱便去找了黛玉。黛玉很欢喜香菱能拜她为师，却并不觉得诗歌创作是何难事。“什么难事，也值得去学！不过是起承转合，当中承转是两幅对子，平声对仄声，虚的对实的，实的对虚的，若是果有了奇句，连平仄虚实不对都使得的……词句究竟还是末事，第一立意要紧。若意趣真了，连词句不用修饰，自是好的，这叫做‘不以辞害意’”。这是林黛玉对诗歌创作的理解，可以戏赠一个题目叫“黛玉诗话”（可以与第十七回至第十八回中的“宝玉诗话”对看），这看似非常简单，实则要到了很高的造诣才能够驾驭。所以香菱喜欢的诗“重帘不卷留香久，古砚微凹聚墨多”会被林黛玉评为“浅近”，而林黛玉会要香菱读一百首王维的五言律，一二百首杜甫的七言律和一二百首李白的七言绝句。那些诗既是基础，又不简单，是学诗的人可用的“教材”，并且我们也能从这里看出黛玉对香菱的期望值是很高的，她希望香菱不要只写出浅显的诗句。

后来作者特别提到，香菱喜欢这样两句诗：一句是“大漠孤烟直，长河落日圆”，另一句是“渡头余落日，墟里上孤烟”。这两句诗我在初中时代都有接触，由于知道是被《红楼梦》中的人物鉴赏过的，所以格外关注，觉得很好，但从来也没有像香菱一样感同身受。各人有各人的看法，可能有人读到香菱的感受会觉得有共鸣，那自然也是好的。

接下来说说香菱写的那三首诗。第一首诗很明显就是初学者的作品，因为它具备初学者诗作的两个特点。第一个便是“清光皎皎影团团”这一句。初学者是最爱用“皎皎”“团团”这样的叠字作诗的。我在开始写诗的时候，也特别喜欢用叠字，原因是什么呢？其实只是因为这样可以减少构思的时间。第二个则是看不出一首诗中间的起承转合，好像最后一句放到第二句也使得，第一句放到最后一句也使得，比如收尾的“晴彩辉煌映画栏”，给我的第一印象就是这首诗还没有写完。黛玉的评价非常简略，“意思却有，只是措词不雅。皆因你看的诗少，被他缚住了”，个人认为比我前面一番冗长的评价到位多了。

一诗不成，香菱便再读、再写。此后，她的诗是逐渐进步的，而她也逐渐展示出“痴”的一面。她这时已经是“茶饭无心，坐卧不定”。她愿意“在池边树下，或坐在山石上出神，或蹲在地下抠土”，别人提醒她“菱姑娘，你闲闲罢”时，她会张口就说“‘闲’字是‘十五删’的，你错了韵了”。在别人看起来，都觉得她走火入魔了，但宝玉却评价她是“老天生人再不虚赋情性”“到底有今日，可见天地至公”。宝玉是个“无故寻愁觅恨，有时似傻如狂”的痴人，而学诗的香菱也“痴”了。痴人之间如此惺惺相惜的感情是宝贵的，同时也是很多人难以理解的。从这一点看来，香菱天真的性格使然，她的精神境界也是很高的。

在这一回的最后，作者透露说香菱在梦中写出了一首好诗，而这首诗的内容则到了第四十九回开头才出现。“梦”在《红楼梦》中有着非常特殊的意义，是奇妙的，也是神圣的。宝玉神游太虚，凤姐诀别可卿，许多虚幻缥缈的故事都在书中人物的梦里展开，到这一回香菱在梦中偶成佳句，则为《红楼梦》中的“梦”增添了一丝高雅的色彩。

在本回的最后，脂砚斋有一句批语，和我的想法相近：“一部大书起是梦，宝玉情是梦，贾瑞淫又是梦，秦之家计长策又是梦，今作诗也是梦，一并‘风月鉴’亦从梦中所有，故‘红楼梦’也。余今批评亦在梦中，特为梦中之人做此一大梦也。”如果能将《红楼梦》与“梦”的关系参透，或许就能真的看懂《红楼梦》这部书了吧。

# 四十三、读《红楼梦》第四十九回至第五十回：

## 诗意的生活与灯谜新解



历史课本上介绍《红楼梦》时，说过这样一句话：“《红楼梦》艺术地再现了当时的政治、经济、文化、社会生活等方面的情形。”这当然是对《红楼梦》做了一次具有“扫盲”性质的介绍，当然不会使人产生误解。但是，我总觉得，这个介绍在有些方面说得不是很准确，对于《红楼梦》中人们的生活，作者应该是经过高度的诗意化之后，加上了丰富的联想，才能达到我们现在所读到的效果。试想古代官宦人家的兄弟姐妹，真的能够日日一起吟诗作对的有多少？然而每每说起诗意的生活，或许有相当一部分人都会联想到林黛玉。黛玉的确是生活最诗意的人，作者也常常刻意描写她生活的诗意，但仔细读，我们会发现，不仅是黛玉，大观园里的姐妹加上宝玉，都有诗意的一面，不仅体现在写诗上，而且已经渗透到了游玩、饮食等好几个方面。而第四十九回至第五十回，就是众人诗意生活的集中体现。

作者描写这些人的诗意生活，必然不是让他们在毫无缘由的情况下突然做一些有诗意的事情。因此作者为他们设置了起因——四个亲戚家的女孩子的来访。作者首先写到的是贾母非常欢喜，说“怪道昨日晚上灯花爆了又爆，结了又结，原来应到今日”。现在需要点蜡烛的情况越来越少，或许人们对于“灯花爆了”没有什么概念，但是有一句俗语“灯花爆，喜事到”或许能够让人明白贾母这句话的意思。脂砚斋评价这句话“何等扯淡”，或许是明贬暗褒吧。然后写凤姐“自不必说，忙上加忙”，因为这原本就是她生活的常态。再然后写“李纨宝钗自然和婶母姊妹叙离别之情”，好像在作者看来也没有什么要说的。紧接着是黛玉，“先是欢喜”，表现黛玉友善的一面，然后“想起众人皆有亲眷，独自己孤单，无个亲眷，不免又去垂泪”。看到这里，暂且不往下看，如果让读者猜接下来作者会写什么，或许十个人有八九个能猜对。接下来是每次黛玉哭都会有的情节——宝玉劝慰。这个细节让我莫名其妙地觉得很有趣，也很温馨。然后是宝玉告诉袭人、晴雯等人家中有客人来的事情，宝玉的一番话“老天，老天，你有多少精华灵秀，生出这些人上之人来！可知我井底之蛙，成日家自说现在的这几个人是有一无二的，谁知不必远寻，就是本地风光，一个赛似一个，如今我又长了一层学问了”，也是对宝玉欣赏女孩子的性格的体现。

通过这些人物最典型的生活状态，作者为他们一干人写诗、烤鹿肉的行为做了铺垫。而中间的过渡则是探春。作者安排她说了一句“咱们的诗社可兴旺了”，就巧妙地将话题从亲戚来了的喜悦转到了写诗上。而在正式起诗社之前，作者又写到湘云、宝琴、李纹、李绮、邢岫烟都在大观园住了下来，交代了这一次起诗社的可行性。

已经将起诗社的事情交代了这么多，原本以为后文便是他们这一次作诗的盛况，可作者偏又写了这样几件事：香菱和宝琴大谈特谈作诗之事，宝钗笑他们“失了本分”；贾母赏宝琴一件野鸭头上的毛做的斗篷，宝钗有些吃醋，嘲笑说“我就不信我哪些儿不如你”；黛玉对宝琴极好，宝琴与黛玉“亲敬异常”，宝玉诧异，黛玉告诉宝玉自己是误会了宝钗。这些与写诗无关，但是是在交代黛玉和宝钗的性格——黛玉并不是永远刻薄爱妒忌，她也有对人很友善的时候；而宝钗也不是永远对所有人都友善，有的时候也爱妒忌别人。作者这样写，意在告诉我们不要把书中人物脸谱化，不要给他们贴标签。

终于到了真正写烤鹿肉、写诗的场景，第四十九回已经过去大约四分之三了。我读的时候很着急，但宝玉似乎更着急，“因心里记挂着这事，一夜没好生得睡，天亮了就爬起来”。我想，如果把这段情节放在现代情景喜剧中，一定会为宝玉安排这样一句台词：“我不急读者都急了。”但宝玉却没有认认真真听李纨出题限韵，反而和湘云一起要了一块鹿肉去吃。结果李婶误传他们要“吃生肉”，实在是很缺乏生活情趣的表现。吃完鹿肉，说宝玉和湘云看到“墙上已贴出诗题、韵脚、格式来了”“即景联句，五言排律一首，限‘二萧’韵”，就结束了第四十九回，到第五十回再正式描写他们联诗的场景。中间还提到平儿的镯子少了一个，这是一处伏笔，会引起一场很大的风波。

第五十回众人联诗，与第三十七回和第三十八回写诗有所不同。这一次联诗的人多了，不仅有新来贾府的几位少女，还有不大会作诗的李纨，甚至连字都认不全的王熙凤也去凑热闹，说了一句“一夜北风紧”，被评价为“这句虽粗，不见底下的，这正是会作诗的起法”。其实，也并非每个会作诗的人都用这种写法，譬如李白敢在《将进酒》首句就高调地写出气势恢宏的千古名句“君不见黄河之水天上来，奔流到海不复回”。但是，众人这么说，可以说是在开玩笑，也可以说是夸奖王熙凤敢于在他们联诗时去凑热闹，敢于写一句，当然即使夸奖也离不开开玩笑的成分，把“不会作什么湿的干的”的王熙凤和“会作诗”扯在一起，的确足以令人发一大笑。

不知为何，我总觉得《红楼梦》里的联诗有一个特点，就是不停地写景，而且什么样的景色都有。譬如第五十回这首，从雪地写到村庄，从门外寒山写到屋里器皿，从江上渔人写到深院寒雀，最后都统一到“雪景”上去。这样写的确能够展现不同的人在写诗时不同的性格，而且展现了大雪天里一家人其乐融融的生活场景，但是，这首诗真的是好诗吗？回到第十七回至第十八回，宝玉在为蘅芜苑和怡红院题名时，曾经对吟出“麝兰芳霭斜阳院，杜若香飘明月洲”的清客做出过这样的评价：“此处并没有什么‘兰麝’‘明月’‘洲渚’之类，若要这样着迹说起来，就题二百联也不能完。”他喜欢丰富的联想，所以愿意说出“绿窗棋罢指犹凉”这样的句子，但他不喜欢随意套用典故，说出许多根本见不到的东西。但是，这一回的这首诗呢？我看随意卖弄典故的句子不少。看来驾驭一首长诗的确有难度，甚至对曹雪芹也是一样的。

之后众人便让刚才联句少的几位写诗，让宝玉到拢翠庵向妙玉讨红梅。说到妙玉，李纨表示“可恨妙玉为人，我不喜他”，李纨是个贤良的女子，对妙玉这个性格孤僻的人不满，可以理解。但是贾宝玉和妙玉之间的关系还是不错的，至少从他讨到梅花并且梅花还惹得人人观赏来看，两人交情的确不错。“只有二尺来高，一横枝纵横而出，约有五六尺长，其间小枝分歧，或如蟠螭、僵蚓，或孤削如笔，或密聚如林，花吐胭脂，香欺兰蕙”，梅花有一种脱俗的美，而且和妙玉那些茶具一样奇怪，或许作者是在暗中进一步表现了妙玉为人的孤僻怪异。这还说明，虽然李纨不喜欢这种人，但对于这样形态怪异的梅花，人们却都是喜爱的。

宝玉写完一首诗，还没有人评论，就写到贾母来凑热闹了：要他们写灯谜，又要惜春快快把画画完，再又看到“宝琴雪下折梅比画儿上还好”，问宝琴年庚八字，让薛姨妈以为是要给宝玉提亲，又要惜春把宝琴折梅花的样子“一笔别错，快快添上”，突然一下就显得俗了起来。但是想一想真正的生活，尤其是我们现在过的生活，那样活着的确是很诗意的。

众人的灯谜，李纨的简单，湘云的诙谐，宝玉、黛玉、宝钗的却颇令人费解。似乎读《红楼梦》读到这里便开始猜测灯谜谜底的人不在少数，我也很想试一试自己能不能猜出一个答案，于是在这里附上我对这三个灯谜的谜底的猜测，不一定正确，仅代表个人观点：

首先是宝钗的灯谜。“镂檀锲梓一层层，岂系良工堆砌成？虽是半天风雨过，何曾闻得梵铃声？”我见到过很多种猜测，有松果、围棋等，但我总觉得，既然是贾母要他们写灯谜，谜底应该是贾母特别熟悉的事物；且“岂系良工堆砌成”一句表明，这个事物的“一层层”是天然形成的。我的猜测是竹子，而且是品种很好的、看上去如同高等木料般的竹子。风雨来时，竹子会发出声响，郑板桥诗云“衙斋卧听萧萧竹，疑是民间疾苦声”，描写的就是这样的声音，而它毕竟还是入世的声响，那梵铃一般出世高洁的声音则是听不到的。这个灯谜意在表明，宝玉和黛玉的“木石前盟”是超越世俗的爱情，即使宝钗最终嫁给了宝玉，得到了世俗生活中的姻缘，宝玉也依旧爱着黛玉，宝钗是不可能幸福的。

其次是宝玉的灯谜。“天上人间两渺茫，琅玕节过谨隄防。鸾音鹤信须凝睇，好把唏嘘答上苍。”应该是一种会飞到天上的事物。而“琅玕”指的是竹子，因此对这个谜语，我的猜测和很多人是一样的——风筝。风筝骨是用竹子制作而成，古人有用风筝向上天传达自己心意的习俗，因此我觉得这个猜测还算是站得住脚。这个谜语表明宝玉原是天界的神瑛侍者，与天界是有感应的。到了与尘世缘尽的时候，他会受到天界的感召而回归。

最后是黛玉的灯谜。“騄駬何劳缚紫绳？驰城逐堑势狰狞。主人指示风雷动，鳌背三山独立名。”大部分人都认为是走马灯，但我不觉得这首灯谜写出了走马灯一圈又一圈旋转、其实毫无意义的特点。我反而觉得，这首灯谜的谜底应该是空竹。一方面是与绳子有关，另一方面又是在人的驱动下才会动起来，高速旋转恰如作战，发出的声音如同起了风雷。这首灯谜的内在含义是，黛玉虽与宝玉相爱，但是在支持“金玉良姻”的势力压迫下，她是无法与宝玉成亲的，他们的爱情注定只是悲剧而已。

猜完灯谜后，我发现，不知为什么，我想到的三个谜底都和竹子有关，或许只是巧合吧，也或许是思维定式的缘故。但是，它们共同表达的意思就是，此时眼前的一切，在故事的最后终将变成空虚。

## 四十四、读《红楼梦》第五十一回：

## 袭人探母是元妃省亲的缩影

第五十回以宝玉黛玉宝钗的灯谜为结束，第五十一回以宝琴的十首灯谜诗为开头。姊妹之间其乐融融的生活还在继续。到这一回的上半回，作者对大观园众人诗意生活的集中描写将告一段落，作者回过头来继续描写那些生活中的琐事。袭人回家探望母亲一段，与元妃省亲特别相似；而晴雯生病一段，则又为她后来久病不治埋下了伏笔。

我在分析《红楼梦》第五十回的时候，曾经试着猜了猜宝玉、黛玉、宝钗三人灯谜的谜底，虽然猜得牵强附会，但是毕竟也有了自己的心得。到了宝琴的十首灯谜诗，我虽然依然很想猜猜看，但是却觉得什么也猜不出来。或许是因为谜底涉及的事物在现代已经很少用到，孤陋寡闻的我对这类事物毫不知情；或许是因为作者写这些灯谜诗最主要的目的是展现宝琴不让黛玉、宝钗的才华，同时突显她自小游历四方、因此见识广博的特点，因此并不好猜。为了理解这些灯谜，我专门查了一下红学家对这些灯谜的解释，其中多看到的是祭祀先人时烧纸用的匣子、团扇等事物（来自刘心武先生的推测），有些东西是我在生活中根本没见过的，有些则是见过，但由于很少使用，所以看到谜语也很难想起来的。这十首灯谜应该是有深刻含义的，但我实在猜不出，因而也只能暂时留下一个遗憾了。唯一让我能稍稍振奋的是，在宝琴的诗后，作者交代了一句话——“大家猜了一回，皆不是”。作者可能刻意要把这十首灯谜诗设计成不好猜的文字，增加一些悬念。

虽然我还意犹未尽，但是众人烤鹿肉、联诗、写灯谜的部分就这样结束了，如果作者再写下去，恐怕读者就要产生审美疲劳了。一切又回到了日常生活当中。袭人母亲病重，袭人回家探视，此时的她，回一趟家，要带着一个出门的媳妇、两个小丫头、四个跟车的，能坐一辆大车，跟着的几个丫头也能坐一辆小车，要“穿几件颜色好的衣裳，大大的包一包袱衣裳拿着，包袱也要好好的，手炉也要拿好的”，还得到了凤姐赏赐的石青刻丝八团天马皮褂子、玉色绸里的哆罗呢的包袱和大红猩猩毡的斗篷。作者特别写清楚了这几样东西的材质，意在体现袭人此去之气派，原因很简单，贾府上下都知道袭人日后就是宝玉的姨娘了，甚至麝月在听说宝玉要找银子时，也开玩笑似的说上一句“花大奶奶还不知道搁在哪里呢”，因此贾府对袭人的待遇要提高一大截。而王熙凤又嘱咐袭人“可别使人家的铺盖和梳头的家伙”，并且不让袭人和自己的家人住在一个屋子里，自然是觉得平常百姓人家的东西不如贾府的东西干净，而且这也是家里的规矩，可是她的做法不是已经不把袭人当做花家的人看了吗？袭人答应了，而心里面会乐意这样做吗？即使她真的做了宝玉的姨娘，家中的父母兄弟姐妹也永远是自己的至亲，被这样的规矩限制住，自己与家人之间的关系反而疏远了。

这让我想起第十七回至第十八回元妃省亲的片段。元春在皇宫“晋凤藻宫尚书，加封贤德妃”，被恩准回贾府省亲，仪仗队伍何等壮观，回家省亲何等体面，但是，原本共享天伦之乐的父母、祖母、兄弟姐妹见到她，却只能叩头见礼，父亲贾政也只能勉励她要好好地侍奉皇上，亲戚之间的情分仿佛已经被皇室的规矩抹杀掉了。这和袭人回家的一干事情不是很相似吗？不同的是，在元妃省亲的部分，贾家是有幸得到机会与女儿见面的一方，所以作者多描写元妃在贾家的言行；而在袭人回家探母的部分，贾家是给了花家这个机会与女儿见面的一方，所以作者多描写袭人回家前的准备工作。这两部分可以互相作为参照，一方面，从袭人探母，我们能联想到元妃省亲前皇家是怎样给元春准备的，向元春交代了什么；另一方面，从元妃省亲，我们也能联想到袭人回家后发生了什么，袭人和父母之间有什么样的交流。这样说来，元妃省亲前的内容和袭人回家后的内容，看似没有写到，其实作者都交代得清清楚楚，只需要我们注意前后的照应即可。

袭人回家后，宝玉身边最贴心的丫头没有了，麝月和晴雯成了“一把手”。结果就是在此时，一贯淘气的晴雯为了捉弄麝月，不小心着了凉。更险些被胡庸医“乱用虎狼药”。细心的读者会发现，从这一回开始，晴雯的病就没有好过，直到第七十七回，她“抱屈夭风流”。书中提到晴雯生的是痨病，痨病据说等同于现代的肺结核，黛玉得的也是同样的病；但从第五十一回晴雯着了凉后就病倒、第五十二回“病补雀金裘”让晴雯着实累着了来看，她得的应该是心肌炎一类的病，这种病的病理，古代人是不清楚的，因而也就当做痨病看待了。

晴雯此回生病是后文她病逝的伏笔，这一回的伏笔还有两处。第一处是宝玉和麝月在宝玉堆东西的房子里找银子，作者写到“上一槅子都是些笔墨、扇子、香饼、各色荷包、汗巾等物”，这些东西在王夫人检查宝玉房间时还会出现，将会作为宝玉胡作非为的“罪证”，连累宝玉身边的丫头。第二处是凤姐和贾母、王夫人商议在大观园后园门的位置建一个厨房，方便天冷的时候给大观园里的姊妹们做饭，日后，这里会引起包括司棋带着小丫头大闹厨房、柳五儿一心想要进大观园当差等若干风波。而正是这几处伏笔影射的风波，将日后每况愈下的贾府从平静中彻底搅乱，终使家亡人散的悲剧发生。

这样看来，曹雪芹说黛玉是“心较比干多一窍”。而我们又该用什么比喻去评价曹雪芹的行文之细心呢？

## 四十五、读《红楼梦》第五十二回：

## 谁坐在井里，看着怎样一片天

我觉得有必要对这个矫情的标题做一个解释。第五十二回的情节非常丰富，可情节丰富也让人觉得无从下笔。这一回既有脍炙人口的晴雯补裘，又有饱受争议的晴雯擅作主张赶走坠儿，还有游历四方的宝琴给众人展示一首真真国女孩写的中国诗的事情。在我看来，这些事情表现的道理是相似的：晴雯和袭人、麝月等丫头相比，不知道应该为自己谋求一个好的前程，也不知道日后会是什么样的生活，是目光短浅的；而宝琴和其他姊妹相比，游历过名山大川，见识过种种风物，眼界是广阔的。因此，这一回主要探讨了大观园姊妹之间、贾府的丫头之间各自的眼界的差异。故用这样一个“小清新”的标题，内容上应该还说得过去。

这一回中，“平儿的虾须镯不见了”这一伏笔得到了照应。平儿悄悄来说，是被坠儿偷去了，还说晴雯的性格像暴炭，让晴雯知道之后不好。果不其然，晴雯听到后便把坠儿赶了出去。这一段情节已经被分析过很多次，主要观点相近，大抵是晴雯不知道为自己求得一个好人缘以巩固自己在怡红院中的地位，所以不压抑自己天真率性的本质，爱发怒，以致在听说坠儿偷了平儿的虾须镯之后生气地教训了坠儿一顿，把坠儿赶了出去，还拿出派头训了坠儿的母亲一顿，更是让坠儿走之前给她磕头。这样的做法已经被怡红院中的告密者传到了王夫人耳中，王夫人对晴雯产生了深深的厌恶，因此她才会在“抄检大观

园”一事中受到迫害，以至被粗暴地赶出贾府，凄惨病逝。不妨假设一下，晴雯的性格应该和赵姨娘是很相近的，因而如果她真的能够一直陪伴宝玉，恐怕也只会像赵姨娘一样惹人厌。这一点我已经提到很多次，此处不予赘述。然而与赶走坠儿、撕扇子、与袭人拌嘴等情节不同的是，在“补裘”一段情节中晴雯则是一反常态，即使自己生病，满眼金星，也愿意帮助宝玉把雀金裘补好。有人从中看到晴雯也有忠诚的一面，刘心武先生则把它解释为贾宝玉和晴雯之间存在着一种淳朴自然的、超越主仆之别的友谊。不管晴雯和宝玉真正的关系是哪一种，我想，这都说明了晴雯是有个性的人，“心比天高，身为下贱”，她按照个人的喜好和意愿去做事，对自己的奴才身份并不在意，这样的人一般会被评价为“很真实”，但往往难以被世人所接纳，因此这又是晴雯这种性格狭隘的一面，她不知道自己符合自己内心想法的一言一行，居然是“风流灵巧招人怨”，会让她走上了悲剧之路。

晴雯虽有不同，比袭人、麝月等丫头狭隘一些，也没有显出什么来。而宝琴和大观园里其他姊妹的区别，可就是很明显的了。宝琴八岁时就跟着父亲到西海沿子上买洋货（中国西部本就是没有海岸线的，只从这一句我们就能看出来，作者是多么努力地想把故事中的地点信息隐去），见到了真真国的女孩子，打扮得很好看，还懂得中国的诗书，随后宝琴念了一首真真国女孩子写的诗，个人认为诗的内容一般，但其中提到的一些词眼却吸引了我，所以这首诗还是值得分析的。现录在这里：

昨夜朱楼梦，今宵水国吟。
岛云蒸大海，岚气接丛林。
月本无今古，情缘自浅深。
汉南春历历，焉得不关心。

最让人好奇的是首句中的“朱楼梦”三个字。“朱楼梦”也就是“红楼梦”，能够出现如此关键的词语的诗必然不能忽视。而这“红楼梦”是什么时候做的呢？是“昨夜”，也就是写这首诗之前，看起来这首诗的作者是在怀念那一场“红楼梦”。如今的景象，却是“水国吟”，考证不出“水国”是哪里，或许是指那位真真国的女孩子现在到了“西海沿子”，也就是沿海地区，或许还有别的什么深刻含义。“岛云蒸大海，岚气接丛林”，这句诗看上去很古怪，描写的确浅显，可是能够将大海边的景色生动地展现出来，也是很有文采的，可能只是中国古代写海景的诗歌太少的缘故，但是这句诗的确没有给我们什么有价值的信息。“月本无今古，情缘自浅深”，颈联给人一种“大彻大悟”的感觉，似乎是这首诗的作者与什么人分别了，如今看到月亮，明白了“人有悲欢离合，月有阴晴圆缺”的道理（仔细看那句诗和苏轼的《水调歌头》中的这句表达的意思几乎是一模一样），整个人也就变得淡然了，也不会再去纠结曾经发生的伤心事了。这句诗可以用现在网络上流行的一句话来形容——“不明觉厉”，虽然不知道这个真真国女孩子是什么身份，不知道她究竟对故事情节发展能够起到怎样的作用，但是能够写出这样一句和《红楼梦》一书主旨非常契合的话，便知道这首诗的作者很厉害。最后一句“汉南春历历，焉得不关心”则写出对家乡的思念。通过这首诗我们能看出，这个真真国的女孩子来到“西海沿子”这个陌生的地方，与自己的家乡、自己的某些亲人分别，如今非常想念他们。她在思念着什么人？她为什么要背井离乡呢？这些谜团仿佛又为我们勾勒出一个《红楼梦》主线以外的故事。而还有一个问题则更有意思，“真真国”是哪里？如果说《红楼梦》中有了“真”（甄）家就有“假”（贾）家，那为什么有了“太虚幻境”这个假得不能再假的地方之后，又要写到“真真国”这样一个真的不能再真的地方呢？或许这其中还有别的玄机，具体的我还没有想到，但不排除真真国女孩子写的诗能够反映书中主要人物日后某一天的心理感受的可能，如若不然，反映了作者（即“真实生活中”）写书时的心理感受，也是有可能的。

不论这首诗有没有什么深刻含义，宝琴比其他人见过世面这一点是不

可否认的。并且在第五十三回中，宝琴还将以一个不应该进入祠堂的身份参加贾氏一族祭宗祠的活动。这些都是宝玉、黛玉等人一生无法想象自己会不会经历的，但是如果其中的哪一位真的在贾府衰败后流离失所，会不会明白那时偶然听宝琴讲一句外面的世界什么样，对于自己日后的人生还是有些帮助呢？

# 四十六、读《红楼梦》第五十三回至第五十四回：

## 当传统遇到前卫



从第一回到第五十二回，很长的一段时日过去了，宝玉从天上的神瑛侍者成为了凡间十四五岁的少年，贾府经历了元宵节、芒种节、中秋节等许多传统节日，甚至还有匪夷所思的“遮天大王圣诞”。而第五十三回和第五十四回写到了另一个重要的节日——春节。恰巧我写这篇读书笔记的时候，正值春节将近。在看古代人如何过春节之前，先想一想，如今我们过春节讲究的是什么？好像也无外乎是回家和亲人团聚，吃一顿年夜饭；看一场春节联欢晚会，在网络论坛上点评今年哪个小品好看、哪个歌手唱得好；熬一夜、大年初一出去赶庙会，甚至因为害怕人多所以避开人群去旅游；不禁放烟花爆竹的地方的人还会放一放鞭炮……看起来的确很悠闲，的确和平时的生活不一样，但是为什么少了一种“重大节日”那种庄重的感觉呢？春节的文化底蕴似乎就在吃喝玩乐之间被消磨掉了。

不过，话虽如此说，我现在还是很期待过我们现代人的春节的。而且春节的一些习俗毕竟还是没有从人们的生活中消失。有一首关于过春节的童谣，至今还非常流行：“小孩小孩你别馋，过了腊八就是年。腊八粥，喝几天，哩哩啦啦二十三。二十三，糖瓜粘。二十四，扫房子。二十五，做豆腐。二十六，去买肉。二十七，杀只鸡。二十八，把面发。二十九，蒸馒头。三十晚上熬一宿，大年初一扭一扭。”其中提到的很多习俗如今都还存在。但是，

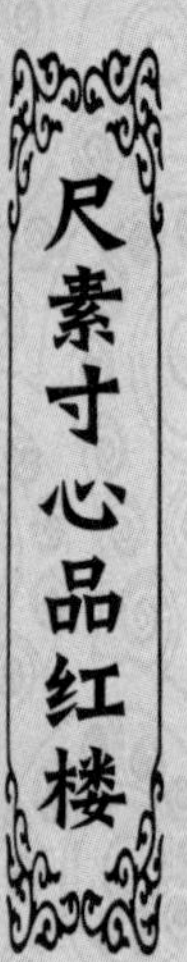

这虽然传统，但毕竟还是一般的市井小家庭，与《红楼梦》中写到的大家庭的过年习俗还是不一样的。《红楼梦》中的过年习俗是什么样的呢？翻开第五十三回，我们会对此有所了解。

在此之前是准备工作。开宗祠并叫人打扫，预备祭祀；准备压岁钱，只不过大户人家用的是“压岁锞子”，做成梅花、海棠、笔锭如意（即做成笔和银锭子的形状，谐音“必定如意”）、八宝联春（八宝有两种，佛家八宝是法轮、法螺、宝伞、白盖、莲花、宝瓶、金鱼、盘长八件宝器相连，而仙家八宝则是渔鼓、宝剑、花篮、放篱、葫芦、扇子、阴阳板、横笛八件宝器相连，也就是“八仙过海”中的八仙所持的宝器，这种压岁锞子制作的精细程度可想而知）等形状；从皇帝那里领春祭的恩赏，以备过年开销；向代理贾府治理田庄的庄头收取今年一年的利息，主要是各种山珍海味；将年货按例分装，发放给族中比较穷困的子侄们让他们过年，而贾芹这样在贾府领到了管理家庙的“职务”的人是不可以领的；换好门神、对联、桃符等。这样多的步骤下来，准备工作才算完成。

正式的新年活动从腊月二十九开始。诰命夫人们进宫朝贺，不进宫的子弟进入宗祠，全家聚齐后开始祭拜贾家祖先；祭拜完毕后晚辈给长辈行礼，然后吃“合欢宴”；次日早上诰命夫人们还要继续“按品大妆”，进宫朝贺，王夫人和王熙凤负责招待宾客，其余的女眷就在家顽乐；然后是贾赦、贾珍一辈的兄弟们轮流请贾母等人“吃年酒”，这样热热闹闹的就度过了春节，到了元宵。



在品味元宵夜宴的故事之前，先回顾一下从准备过春节到过春节的这一段文字。作者笔下的贾府的春节的确非常热闹，但是，从作者的文字中我发现了两个问题。第一个问题是乌进孝献给贾府的诸多山珍海味中，既有狍子、大鹿、獐子这种很明显是东北土产的动物，又有鲟鳇鱼等南方出产的鱼类，甚至还有海参、对虾、蛏干这种沿海地区才能出产的东西，这简直是只有买办才能凑齐的一套“南北大杂烩”，而它们居然都让乌进孝弄来献给了贾家，真可谓是“怪力乱神”。第二个问题则是有很多红学家都曾抛出来的问题，贾氏祭宗祠是以薛宝琴的眼光描写的，为什么宝琴这个外人会在贾氏的宗祠中，而且是在祭祀这样一个严肃的场合？刘心武先生将其解释为以宝琴作为贾府兴亡盛衰的见证者，我个人还是很赞同的。

元宵节夜宴的故事和第五十四回相连。如果让我用一句话来形容贾府的元宵夜宴的话，则一定是小时候从没弄明白的那句“好不热闹”。但是作者对于这热闹的场面只是一笔带过，却一定要写一些细节。比如说“大红纱透绣花卉并草字诗词的璎珞”，作者不仅写出了这样东西的名字，还一定要提这名绣娘是谁，“也是个姑苏女子，名唤慧娘”，“亦是书香宦门之家”，句句强调这绣娘的出身和贾家人相似。并且还提到，“偏这慧娘早夭，十八岁便死了，如今竟不能再得一件的了”，让我不由得回想起刘姥姥二进大观园时讲的那位在雪天抽柴的茗玉小姐“生到十七岁，病死了”，和这位慧娘很相似。这有可能是作者的暗示，意即才华横溢的女子，不仅是慧娘和茗玉，甚至黛玉、宝钗等人也一样，都是薄命的，照应了“千红一哭，万艳同悲”的基本设定。

此后写大家相互敬酒的情节，我觉得没什么意思，总不过是晚辈敬长辈、平辈之间相互说笑这样的情节，倒是宝玉出门“撩衣”碰见两个小丫头、秋纹和一个老婆子拌嘴的事情很有趣。秋纹在小丫头面前敢训斥小丫头“你越大越粗心了，那里弄的这冷水”，在老婆子面前敢训斥老婆子“你这么大年纪也没个见识，谁不知是老太太的水！要不着的人就敢要了”，看起来像是在宝玉屋里很受抬举，所以能作威作福的样子。其实读过前几回我们便会知道，根本不是这样，与秋纹有关的情节并不多，最令人印象深刻的还是和碧痕抬水准备伺候宝玉洗澡时争吵“你踩了我的裙子”“你湿了我的鞋”，怎么看都像是不懂事的丫头，而不是有资格享有能随意斥责老婆子小丫头的“特权”的人。从这一点来看，秋纹的性格很像晴雯，都不太招人喜欢。或许到了八十回后，秋纹的下场会与晴雯相似。

贾母听说书的女先儿讲《凤求鸾》“破陈腐旧套”一段可谓是脍炙人

口。贾母听书听得很多，而且为人也很前卫，于是总结了这些才子佳人故事的一般套路——“开口都是书香门第，父亲不是尚书就是宰相，生一个小姐必是爱如珍宝。这小姐必是通文知礼，无所不晓，竟是个绝代佳人。只一见了一个清俊的男人，不管是亲是友，便想起终身大事来，父母也忘了，书礼也忘了，鬼不成鬼，贼不成贼，那一点儿是佳人？便是满腹文章，做出这些事来，也算不得是佳人了。比如男人满腹文章去作贼，难道那王法就说他是才子，就不入贼情一案不成？可知那编书的是自己塞了自己的嘴。再者，既说是世宦书香大家小姐都知礼读书，连夫人都知书识礼，便是告老还家，自然这样大家人口不少，奶母丫鬟伏侍小姐的人也不少，怎么这些书上，凡有这样的事，就只小姐和紧跟的一个丫鬟？你们白想想，那些人都是管什么的，可是前言不答后语？”其实细心的读者会发现，第一回中空空道人与石头的对话中，石头也曾经批评过才子佳人小说的套路，内容和贾母的这一段是很相似的：“至若佳人才子等书，则又千部共出一套，且其中终不能不涉于淫滥，以致满纸潘安子建、西子文君，不过作者要写出自己的那两首情诗艳赋来，故假拟出男女二人名姓，又必旁出一小人其间拨乱，亦如剧中之小丑然。且鬟婢开口即者也之乎，非文即理。故逐一看去，悉皆自相矛盾，大不近情理之话。”为什么必定要用两大段文字来批判才子佳人小说呢？只是情节使然吗？我想作者是有目的的。他希望通过这两处对话描写，强调《红楼梦》不同于那些所谓的才子佳人小说，比之才子佳人小说要有更深刻的内涵，而且更真实。

王熙凤奉承贾母，这一回说的是“掰谎记”，而后便开始了“戏彩斑衣”，看完戏之后开始击鼓传花，贾母、凤姐、轮流讲笑话，贾母的笑话讽刺凤姐，实则表现出对凤姐的疼爱；凤姐“聋子放炮仗”的笑话大概属于现在的“冷笑话”的范畴，我每次读到这个笑话都不想笑，但是书里的人们却笑得格外夸张（后来我也曾经给别人讲过这个笑话，的确有同样笑得合不拢嘴的人），我们可以得出一个很无聊的结论——作者是因为自己听到这个笑话笑了，才写进书里的。这一次大家讲笑话很快乐，可是在后面的情节中作者也写到众人讲笑话，那时人们却都意兴阑珊。

最后写到了放炮仗和吃甜点，又提到正月十七掩宗祠、收影像，连续几天吃薛姨妈家和贾府的一干仆人家的年酒，贾府的春节就这样结束了。

贾母在这两回中的表现的确可以用“当传统遇到前卫”来形容。不过行文至此，我忽然又想起了这样一件事：诺贝尔文学奖获得者莫言先生在演讲时说“文学的作用可能就在于它没有作用”，但是在梳理了《红楼梦》第五十三回至第五十四回中贾府的过年习俗之后，我觉得可以对“文学的作用”这个问题给出一个具体的答案：文学的作用在于通过作者一番原本不是刻意表现、只是“如实汇报”的文字，让我们了解一段离我们逐渐远去的历史和它的风俗，可以在我们的心中对一个我们不能到达的时空进行描画，滋养我们的心灵。

# 四十七、读《红楼梦》第五十五回至第五十六回：女孩们的“小试牛刀”

说一句略微夸张的话，在老师和朋友与我聊起《红楼梦》的时候，最常提起的两件事，一是王熙凤“未见其人，先闻其声”，二是探春有理家的才能。前者是表现人物特殊性格的方式（其实这样的描写的确不是描写王熙凤的专利，这八个字真正出现是在描写史湘云的时候）；后者则是另一段脍炙人口的情节，在书中的第五十五回至第五十六回。众所周知，这段情节展现了探春过人的管理才能，虽然探春是理家的“一把手”，但是作者还写到了宝钗和李纨两个帮手，这两个人也是不能忽略的。

虽然李纨和宝钗不能忽略，但作者主要描写的是探春，所以先说探春。正所谓“新官上任三把火”，为了防止管事的下人们懈怠，探春在“赵姨娘的兄弟死了，该给多少银子”这个问题上告诫众仆人，不要因为她不如凤姐厉害，便以为可以随意对付过去。虽然作者没有正面写仆人们的反应，但效果可想而知，仆人们应该很叹服。新旧两版电视剧《红楼梦》，在这个细节上都处理得非常好。

可正在这个时候，探春的生母赵姨娘来闹了，依旧是泼妇的样子，依旧想和探春挂上亲戚关系。我们都知道探春是不喜欢自己庶出身份的，因而厌恶赵姨娘，但她有分寸，不是一看见赵姨娘就表现出一脸不爽的样子，也能对赵姨娘表示充分的尊重。作者特别写到，探春在赵姨娘进来的时候“忙让坐”，在刚刚听赵姨娘说“这屋里的人都踩下我的头去还罢了”时，还义愤填膺地说“谁踩姨娘的头？说出来我替姨娘出气”。直到赵姨娘说出“我如今不如袭人”这个无理取闹的理由，她才真正觉得不耐烦。

在探春和赵姨娘争执的一段情节中，赵姨娘只出了一张“情感牌”，又说自己年龄大了待遇竟会不如袭人，又说自己和探春是亲人、赵国基是探春的舅舅。而探春则是先摆事实讲道理，又向赵姨娘声明自己心中的母亲只有王夫人一个，是赵姨娘常常让王夫人不开心。两人吵得不可开交，如果作者真的让他们吵下去，说不定一整回也吵不完，于是作者安排“二奶奶打发平姑娘说话来了”。这一段火药味极浓的情节告一段落。

读完以上情节，我们发现探春实在是个能干的人，甚至有点“厉害”的意思。但是，接下来作者又写到，她也不是我们刚才读到的那样坚强，她和其他女孩子一样，也有脆弱的时候，她哭了，而且要让好几个小丫头伺候她洗脸，可见非常不开心。但是，这也让我想起了前不久有人在网络上提的问题——“吵一架原本没什么，为什么吵架之后还总要大哭一场呢？”对这个问题我没有答案，此处也没有必要关心，只是现代人的一些习惯在古代人身上也能找到相同之处罢了。

写完赵姨娘，作者又写了一个性格上和赵姨娘有点相似的人——秋纹。又是和媳妇们说“我比不得你们，我那里等得”，又是笑平儿“你又在这里充什么外围的防护”。

探春理家在名义上是帮助王熙凤，等到王熙凤病好后还会把理家的权力还给王熙凤，但是俗话说“新官上任三把火”。探春“在任”期间，居然做出了数项改革。第一项是“节流”，免去“一年学里吃点心或者买纸笔”的费用，再省去姑娘们买脂粉头油的费用，减少重复的和不必要的开支。第二项则是第五十六回中宝钗提出的“开源”，本着“天下没有不可用的东西；既可用，便值钱”的原则，让院子里的老妈妈们各管一种事务，比如荷塘里的莲藕、竹林里的竹笋，贴补家用。探春和李纨觉得这个做法好，而提出这个理论的宝钗却对这个做法的可行性有些怀疑："若果真交与人弄钱去的，那人自然是一枝花也不许掐，一个果子也不许动了，姑娘们份中自然不敢，天天与小姑娘们就吵不清。"虽然此时的探春和李纨并未考虑改变她们的做法，但是到后面我们会发现，宝钗的顾虑不是多余的。

方案决定好了便要实施。姑娘们选了几个婆子来承担这些任务，作者自己却极能省事，一家子世世代代都管打扫竹子的恰好叫老祝妈，种庄稼的叫老田妈，而弄香草的叫老叶妈，她的儿子恰是茗烟。这算是作者按谐音为书中人物起名字最简单的形式。

在"开源""节流"之后，探春又作出了一项体制上的改革，用现在经营企业的话说是"简化审批环节"，让婆子们"各个欢喜异常"。而这时宝钗又出来说话，"妈妈们也别推辞了，这原是分内应当的。你们只要日夜辛苦些，别躲懒纵放人吃酒赌钱就是了……"这些人竟到了"欢声鼎沸"的地步。

到这里为止，探春理家的故事就这样结束了，后面展开的是另一段情节。我们先不必着急着看后面的内容，先将这一回多的故事回忆一下。探春是此次理家的主心骨，被王熙凤大赞"好，好，好，好个三姑娘。我说他不错。只可惜他命薄，没托生在太太肚里……将来不知那个没造化的挑庶正误了事呢，也不知那个有造化的不挑庶正的得了去。"这不仅仅是对探春的赞叹，同时也是对探春未来的打算。恰如王熙凤所说，"将来攀亲时，如今有一种轻狂人，先要打听姑娘是正出是庶出，多有为庶出不要的"。如今，众人发现，探春虽然是庶出，但是在理家方面非常有才能，嫁到别的府里为人正妻，也能将家中一切事务打理得井井有条。探春的能力，可以成为日后贾府给别的王府攀亲的筹码，好让"不挑庶正的得了去"，甚至希望挑庶正的也会被她的能力所折服。

我在前面说过，李纨和宝钗两个帮手是不能忽略的。这里先说李纨。众所周知，王熙凤是贾赦的儿媳妇，贾赦住在一处黑油大门的院子里，王熙凤到贾政这里管家，虽然能力强，效果也好，但名义上终究有些说不过去，王熙凤自己也说，这些年已经是“骑虎难下”；李纨是贾政的儿媳妇，虽然管家能力不及王熙凤，但是从这两回我们能看出，她在协助别人管家方面很有特长，如果有一天王熙凤因为某种原因（比如贾赦院里出了什么事，比如婆婆邢夫人不同意，或者贾母去世了）不能再管理荣国府，那么李纨便应当挑起这个担子。

但是，李纨的能力毕竟只表现在协助理家上，这理家的“头把交椅”会给谁呢？便是这三位里剩下的那一位——宝钗。宝钗在“金玉良姻”的安排下，是会争取一切能够成为宝玉妻子的筹码的。在探春理家的过程中，宝钗看似低调，也必须做出低调的样子，因为她还只是贾府的亲戚；实际上她却在好几个关键环节做出了贡献：比如参与每天晚上的巡视，一方面维护了贾府内部的秩序，另一方面让仆人们知道她很负责任；比如提出“凡是能用的东西必值钱”的理论，作为采取后面措施的指导，体现出她的勤俭持家之道；还对婆子们说了几句好话，让婆子们“欢声鼎沸”，不得不说是在笼络人心。

综上所述，作者写出这样一段故事不仅是在表现探春等人的性格特点，同时也是在安排她们在理家这一问题上“小试牛刀”，让我们了解贾府或者其他家族理家的人交给“下一任”之后，会收获怎样的效果。这个效果毫无疑问能够通过我们的“验收”，但是，这也传达给我们一个信息：贾家最后的颓败与这些出色的女子没有一点关系，“败家”的是那些在外为官作宰甚至横行霸道的男子。她们可以说是被连累的，这就又点明了《红楼梦》一书的主题。

在第五十六回最后，作者还写了一个非常有趣的故事：甄家也有一名公子叫“宝玉”，而且和贾家的宝玉长得像、性格也像。贾宝玉对此很疑惑，不停地想着“孔子、阳虎虽同貌，却不同名；蔺与司马虽同名，而又不同貌；偏我和他就两样俱同不成？”这样的问题。不知道是不是“日有所思，夜有所梦”的缘故，贾宝玉梦见自己进入一个陌生的府邸，打听“宝玉”时被丫鬟们骂是“臭小厮”，而后又见到那个“宝玉”说自己也做梦，梦见自己去打听长安都城的宝玉，也被丫鬟们骂是“臭小厮”。宝玉觉得很神奇，醒来后还在问“宝玉呢”，丫鬟们都笑那是镜子里照出的贾宝玉的影子。一“甄”

一“贾”两个姓氏就已经够耐人寻味了，而“影子”这个说法又让我想到了更多。根据我们的常识（并且古人也有这个常识），镜子外的人是真的，镜子里的人“影”是假的。而在这里，镜子外的真人是“假”宝玉，镜子里的假人是“真”宝玉。这是否说明，在《红楼梦》里，“真”和“假”的界限并不那么分明，那些被作者反复强调是“大荒”“无稽”“太虚”的故事并不是虚构的，而是有真实的因素在其中？

在我看来，“真实因素”不一定意味着对作者生活经历和家族变迁完全写实，正如有人考证出太虚幻境的“痴情司”、“薄命司”是取材于北京市朝阳区的东岳庙，或者有人认为荣国府的布局很像北京市前海西街的恭王府一样，我们知道，这些故事至少在现实中是有出处的，并不是完全虚构。不知道这是否就是所谓的“一切从实际出发，实事求是”的体现，总之作者这样考究的风格令人眼前一亮。

# 四十八、读《红楼梦》第五十七回：

## 单纯目的与负面作用



总觉得《红楼梦》一书最精彩的部分就出现在刘姥姥二进大观园之后。从第四十六回一直到第八十回，每一回的情节都称得上是脍炙人口。鸳鸯抗婚、香菱学诗、宝琴立雪、探春理家、湘云醉卧……这些经典情节被概括成这样整齐的句式，被红学家们如数家珍。第五十七回也是格外经典的一回。宝玉在这一回中表现出的痴情令许多读者大喜，但是，或许是一早就知道结局、所以不得不忧虑的缘故，我总觉得这一回紫鹃考验宝玉的行为也许无意中已经为宝玉和黛玉被拆散埋下了祸根。

故事的开头是宝玉去看黛玉时碰见紫鹃，见紫鹃只穿着弹墨绫薄棉袄和青缎夹背心，实在单薄，便“伸手向他身上摸了一摸”（其中“青缎夹背心”值得关注，如果读者还有印象的话，应该知道鸳鸯和袭人也都穿过这样的衣服，那么这“青缎夹背心”大概就是贾府丫头们的“工作服”吧），宝玉原本没有任何低俗的意思，只是表示关心而已，紫鹃却说“从此咱们只可说话，别动手动脚的”，还提到黛玉“你近来瞧他远着你还恐远不及呢”。紫鹃的一番话让宝玉格外伤心，于是“瞅着竹子发了一回呆”。这时祝妈“正来挖笋修竿”（这句话很考究，上一回刚写到祝妈领到了管理大观园竹子的任务，这一回就写到了她“上工”），宝玉便“怔怔地走出来”，离开潇湘馆，继续发呆，被雪雁撞见。雪雁告诉紫鹃这件事，紫鹃心中便萌生了要“试宝

玉”的念头。

如果说王熙凤骗贾瑞的时候读者还能从对王熙凤细致入微的心理描写中辨别出王熙凤是在骗人，那么，在这一回，紫鹃骗宝玉的时候这一句“在这里吃惯了，明年家去，那里有这闲钱吃这个”，其实也“骗”了一部分读者，因为作者完全没有交代紫鹃这句话是在撒谎，宝玉觉得诧异，这时读者也应该顺着宝玉的思路去想：如果黛玉真的回家了，宝玉会怎么样？

宝玉一开始还是很理智的，知道林黛玉在苏州的家中无依无靠，说紫鹃“你又说白话”，可是紫鹃又言之凿凿地说了一大堆黛玉要回家的事情，还说“将从前小时顽的东西，有他送你的，叫你都打点出来还他。他也将你送他的打叠了在那里呢”。这句话可以说给了宝玉致命的打击，因为黛玉不仅是要走，而且还不肯给她自己、给宝玉留下一点念想儿，可见相当绝情。于是他“便如头顶上响了一个焦雷一般”，进入了“魔怔”状态。

宝玉进入“魔怔”状态后，家里的所有人都非常着急，先是李嬷嬷说“这可不中用了！我白操了一世心了”，再是黛玉“哇的一声，将腹中之药一概呛出……推紫鹃道：‘你不用捶，你竟拿绳子来勒死我是正经’”，然后是贾母急得指责紫鹃。这时薛姨妈在旁边，她看见宝玉这么害怕黛玉离开他，心里会是什么滋味呢？薛姨妈说的是“宝玉本来心实，可巧林姑娘又是从小儿来的，他姊妹两个一处长了这么大，比别的姊妹更不同。这会子热剌剌的说一个去，别说他是个实心的傻孩子，便是冷心肠的大人也要伤心。这并不是什么大病，老太太和姨太太只管万安，吃一两剂药就好了”，不得不说有些冷漠。



接下来的一番情节令人哭笑不得。林之孝家的来，宝玉说是林家的人来接林妹妹，还说“凭他是谁，除了林妹妹，都不许姓林的”，而在看到十锦格子上的金西洋自行船后，又说是接林妹妹的船来了。看电视剧的时候每每看到这段我都觉得宝玉很可爱，但是对这部分内容我却分析不出什么深刻的东西，或许只是宝玉的痴情和一种容易把假话当真的性格罢了。

病好后的宝玉似乎变得正常了不少。当紫鹃又骗宝玉说贾家已经给宝玉和宝琴定下亲后，宝玉从容地说："人人只说我傻，你比我更傻。不过是句顽话，他已经许给梅翰林家了。"但说着说着，他爱赌咒发誓的本性又显现了出来："我只愿这会子立刻我死了，把心迸出来你们瞧见了，然后连皮带骨一概都化成一股灰，——灰还有形迹，不如再化一股烟，——烟还可凝聚，人还看见，须得一阵大乱风吹的四面八方都登时散了，这才好！"这依旧是宝玉的性格，从未改变。

紫鹃在宝玉这边做了一番试探，在黛玉那边也做了一番试探。具体内容我不多说，表现的是紫鹃和黛玉之间的情意深厚，以及紫鹃虽然不是自幼服侍黛玉的丫鬟，但是能够对黛玉如此忠心，实在是一个热心肠的好人。但是我认为她这一次仍有好心办坏事的因素，这里先按下不提。

后半回薛姨妈实在是忙坏了。先是看邢岫烟"生得端雅稳重，且家道贫寒，是个钗荆裙布的女儿"，想许配给薛蟠，但又觉得薛蟠配不上岫烟，于是又想许配给薛蝌。后是看望黛玉，看到宝钗在那里，安慰黛玉几句，黛玉要认薛姨妈做娘，薛姨妈便又说"你宝兄弟老太太那样疼他，他又生的那样，若要外头说去，断不中意。不如竟把你林妹妹定与他，岂不四角俱全"，黛玉一下子就害羞了。小时候我读到这里总会特别高兴，总想着其实连薛宝钗的母亲也是支持宝玉和黛玉在一起的，宝玉和黛玉的爱情处境并不危险。但是随着阅历的增加，特别是读到很多红学家的分析之后，我觉得这一段的薛姨妈简直是笑里藏刀。薛姨妈无论多疼爱黛玉（无论假意或真心），她始终是宝钗的母亲、王夫人的姐妹，她的立场应该是坚定的；在目睹了宝玉听说黛玉要离开时的剧烈反应之后，她得知了宝玉和黛玉之间是如此密不可分，她也就想要采取措施了。她故意在黛玉面前说把黛玉许配给宝玉，不一定是像诸位红学家说的那样看一看黛玉的反应，因为她在宝玉发疯一事中已经能看出来，却有可能是因为薛姨妈想借此抓住黛玉的把柄。黛玉害羞了，说明黛玉喜欢宝玉，然而在对女性格外要求"妇道"的当时，这不是好的举止，也就成为了黛玉不如宝钗守妇道的证据。而自己的女儿宝钗则恪守妇道，遵守"女子无才便是德"的规范，自然和黛玉相比就更胜了几筹。薛姨妈这一行为实在有些可怕，然而更可怕的在后面。一副热心肠的紫鹃听到这番话又欢欢喜喜地跑过来说："姨太太既有这主意，为什么不和太太说去？"却被薛姨妈以一句玩笑带过了。薛姨妈看到紫鹃的反应，自然对黛玉和宝玉之间的关系了解得更透彻了，而且在"栽赃"时更有了理由，紫鹃起到了"红娘"的作用，而红娘在《西厢记》里的做法更是不符合礼教规范的。

从后半回的情节我们再来看第五十七回的紫鹃，她真的能够称得上是"慧紫鹃"吗？她如果真的是一个聪慧之人，那么她应该知道宝玉对黛玉的心思，也就没有必要试探宝玉了。即使她并不了解宝玉的性子，不知道宝玉对黛玉是不是真心的，也应该明白，宝玉这种"无故寻愁觅恨，有时似傻如狂"的性格，在贾府内因为此事引起轩然大波不是没有可能的。而正如我在标题中提到的一样，这种做法可能会产生负面作用，比如让希望宝钗嫁给宝玉的人们提高警惕，导致事与愿违，她是完全没有考虑到的。虽然故事的发展不能假设，但是我们可以想象，越少用宝玉和黛玉之间的爱情去刺激王夫人、薛姨妈这些人的神经，这些人试图拆散宝玉和黛玉的行动就会越晚，宝玉和黛玉"有情人终成眷属"的可能性也就越大。事实上，从薛姨妈后来在宝钗、黛玉面前提起要让黛玉嫁给宝玉这件事中，我们能看出来，这些人的确提高警惕了，甚至已经开始采取行动。这对宝玉和黛玉之间的爱情没有起到好作用，反而产生了阻碍。因此，作者可以认为她"慧"，读者也可以认为她很聪明，我却不敢苟同，她实在是太单纯了，让身边的人容易吃亏。



然而，在这样一个"明是一盆火，暗是一盆冰，嘴里抹蜜，脚下便使绊"的地方，能有这样一个单纯的人存在，不是一种慰藉吗？

# 四十九、读《红楼梦》第五十八回：

# 一种"可怕"的感觉



在写第五十八回的读书笔记之前，我就曾经半开玩笑地说："这一回出现了《红楼梦》里唯一一对女同性恋，实在是有意思，值得大书特书。"这指的就是藕官和药官之间由于戏里常常扮演夫妻，因而戏外也常常你恩我爱、假凤虚凰的故事。而这一回中，藕官给去世的药官烧纸，更是体现出两人生离死别时的难舍难分。起初，或许是由于现在网络上流行的一些文化的影响，我觉得这段内容很好玩，主要是觉得它描写的是一种非常特殊的关系。但是这样的关系背后折射着什么？反而有一种越想越可怕的感觉了，具体原因后面会提到。

然而让人越想越害怕的不仅仅是这部分。在第五十八回的开头，作者就已经写到，贾府干了一件不好评判的事情。老太妃薨了，家中的诰命夫人都要去祭祀，这样一来贾府就没了管家的女主人。虽说前面作者写到过探春理家，但是探春理家时毕竟还局限在大观园，荣宁二府上下的事情多得数不清，而且还涉及众仆人之间甚至贾府与其他府邸之间的利益关系，让探春一个涉世不深的女孩来做是不可能的。于是贾府报尤氏生育，让尤氏理家。这件事被一句话浅浅地带过，看似没有什么不正常，其实则大有令人存疑之处。贾府报尤氏生育，而尤氏事实上没有生下孩子，原因上可以冠冕堂皇地说尤氏由于身体不好、小月了以致未能生养。但是，在封建制度下，天子的权力至高无上，通过"善意的谎言"让尤氏假装生育留在府里理家，在贾家与皇上关系亲厚的时候或许无可厚非，但是如果贾家有衰败的迹象，想搞垮贾家的人（不一定是忠顺王府，然而贾家衰败也不能只有“内因”没有“外因”，所以可以认为也有想要搞垮贾家的家族）便可以揪出此事调查，称这是“欺君之罪”参上一本。由于八十回后的文字已经消失，不知道这件事究竟有没有对贾家产生影响。

上一回中薛姨妈对林黛玉格外疼爱，这一回里更进一步，搬进了潇湘馆照顾林黛玉，林黛玉则“感戴不尽”，对宝钗、宝琴也格外亲切。有了上一回中对薛姨妈的分析，我们可以感觉到这件事也有可怕之处。当然她不至于趁照顾黛玉的时候加害于黛玉，而有可能是要获取黛玉的信任，让单纯的黛玉觉得无论什么时候姨妈都不会做对她不利的事情，可事实并非如此。想到黛玉这样的处境，我觉得实在是可怕。

由于老太妃薨逝，家养的戏子们必须遣散，大部分女孩子都不愿意出去，所以都分配给各处使唤。其中提到十个女孩子或留在贾家或被亲生父母领回，加上后面提到的死去的药官，一共有十一个人，唯一一个没有提到的是龄官。对龄官，作者特意刻画了她对贾蔷的痴情，她不愿演非本角之戏《游园》《惊梦》而偏要演《相约》《相骂》的率真，但是恰恰没有提到她是什么行当，以及她后来究竟去了哪里。第一个问题的答案其实对于当时的人来说很容易得出，京剧还没有出现，那些能够读到这本书的人对昆曲行当都清楚得很。而现在会有人觉得奇怪，我也是这样，在查找有关《相约》《相骂》的资料的时候，看到有人因为作者对龄官的描述而问这两出戏的本角之戏是什么。一开始看到这两出戏主要唱的是丫鬟和太太“智斗”的故事，按照京剧的行当以为龄官唱的是小旦，但查阅资料发现，小旦又叫闺门旦，代表着未婚或刚刚结婚的女性，而且这一回里提到，十二个女孩子里，药官是唱小旦的，和藕官戏里常常扮作夫妻，因而小旦不可能是丫鬟，龄官不太可能是唱小旦的。根据《牡丹亭》里面的描述，丫鬟在昆曲中对应的行当是贴旦，所以龄官的本角应该是贴旦，而不是大部分人认为的小旦。由于和我想法相同的人似乎不多，我不确定自己的想法是否正确，但是我觉得，这样探究一个问题的过程还是很有趣的。

清明节到了，贾府的男主人们烧纸拜祭祖先，孩子们则踏青赏花。可是赏花的人们却发现了藕官在烧纸——给药官烧纸。并且根据芳官的解释，这两人完全是“疯傻的想头”，戏里做夫妻，戏外也恩爱，像是假戏真做的样子。芳官无法忍受，宝玉却觉得这样的情痴可敬得很。但细想想这件事，我觉得更可怕。现在已经有科学研究表明，一个人是否同性恋是无法改变的，一个性取向看似“正常”的人可能会逐渐意识到自己是同性恋者，而一个性取向的确“正常”的人无论经历什么也不会变成同性恋者，因此，藕官和药官如此这般，会不会也是受到了外界的影响而逐渐意识到自己的性取向与其他人不同呢？这是很有可能的，而且这种影响可能就是她们的生活。作为戏子，她们的地位原是很低的，甚至不如贾府里最低等的丫头，因而大部分主人甚至一部分仆人对她们的态度必定都不好；负责教习的乐师只为教会她们唱戏，对她们的态度自然不会像所谓的“良师益友”；清朝官宦家族豢养戏子的老爷公子不少，她们也有可能走向这个命运。在她们被遣散时，王夫人曾说过：“这学戏的倒比不得使唤的，他们也是好人家的儿女，因无能卖了做这事，装丑弄鬼的几年。”可以说她们就是生活在其他人的压迫和不理解之下的，与之相伴的可能就是精神上的扭曲（这里没有歧视同性恋者的意思，我只是认为她们如果不受到这样的压迫的话，不会在十几岁心智不成熟的年龄就发展这样一段感情）。与我提到的其他两处令人感觉“可怕”的情节相比，这件事恐怕才是最可怕的。幸然现在人们的心态已经改变了，唱戏的人是艺术家，受人尊敬；而女性的地位也提高了。

第五十八回给人的“可怕”感觉不一定意味着什么具体的事情，但是或许这些事情对贾家的败落起到了“千里之堤，毁于蚁穴”的作用吧。贾家在富丽堂皇的外表下，其实隐藏着各种可怕的事实，随时都可能走向崩溃的结局。这让我想起曹禺先生改编的话剧《家》中一句形容高公馆的话，用来形容贾家正合适：“家，就是屋子低下住着一群猪。”

## 五十、读《红楼梦》第五十九回至第六十一回：淡之处亦见经典

读《红楼梦》时，一直对第五十九回至第六十一回的故事不太感兴趣。虽然从中我们能看到一个不甘一辈子随母亲待在大观园厨房、想进入怡红院的柳五儿；虽然我们会看到处理事情时非常公平、非常有爱心的平儿；虽然我们还会看到一个无时无刻不在当护花使者的宝玉；虽然我对这三回的情节印象比较深刻，但是，我始终觉得这段故事相较前后几回的故事来说有些无味。可能这里又是作者为防止读者的审美疲劳而设置的“调整平台”。无论如何，我们不能纯粹因为无聊而把这几回跳过去，况且这三回中，还是有很经典的片段的。

比如说春燕在第五十九回说出了宝玉对于女孩的经典论断：“女孩儿未出嫁，是颗无价之宝珠，出了嫁，不知怎么就变出许多的不好的毛病来，虽是颗珠子，却没有光彩宝色，是颗死珠了，再老了，更变的不是珠子，竟是鱼眼睛了，分明一个人，怎么变出三样来？”这个想法其实是贯穿整部《红楼梦》始终的。在作者的笔下，年轻的女孩子们个个活泼可爱，的确如同无价宝珠一样讨人喜欢；中年的女人就可能会做出一些令读者不快的事情，比如王夫人对金钏大发雷霆致使金钏投井自尽，的确是没有了光彩宝色的死珠子；而如赵姨娘这般龌龊之人，或者仆人中如第五十八回提到的芳官的干妈之流，在书中都是摧花折枝的反面形象，也就是宝玉所谓的“鱼眼睛”。我觉得如果能够研究

宝玉这一经典论断在《红楼梦》中的体现，应该也是很有意义的。

而前面探春理家时宝钗的担忧在这一回也终于成为了现实：春燕的母亲和姨妈在大观园负责打理花草树木，莺儿则带着春燕和藕官摘了柳条和鲜花编花篮玩，惹得几个婆子很不高兴，差一点又闹出风波，幸亏平儿以“得饶人处且饶人”为理由将这件事平息了。因此，虽然我们认为宝钗在协助探春理家的过程中为自己树立了形象，但是我们也不得不说，宝钗是能够看出他们大张旗鼓地“变革生产关系”的弊病的。从这一点来看，她的确可以成为一名好媳妇。

第五十九回的亮点大概就是如此。而第六十回的开头则是一段非常好玩的故事。贾环向芳官要蔷薇硝给彩云擦脸，芳官起先还仔细地帮他找，但麝月告诉她“你不管拿些什么给他们，他们那里看得出来？快打发他们去了，咱们好吃饭”，她就随便拿了一包茉莉粉。贾环把茉莉粉给了彩云，彩云看出这不是蔷薇硝，取笑“这是他们在哄你这乡老呢”，并不生气；贾环说“这也是好的，硝粉一样，留着擦罢，自是比外头买的高便好”，也不生气——对于贾环这个“人物委琐，举止荒疏”的人，我们也没有必要把他脸谱化，他被宝玉屋里的丫鬟诳了，也不斤斤计较、不生气，只是心心念念地对彩云好，其实也是他的优点；唯独赵姨娘受不了，扬言要“拿了去照脸摔给他去”，而且在路上碰见了与这些小戏子素来不对付的夏婆子，也就是藕官的干妈，两人商量着要以这件事和此前藕官烧纸钱的事为把柄，在她们面前抖一抖威风。谁料打了芳官不要紧，其他几个小姑娘听说芳官被打，都过来和赵姨娘拼命，这件事沸沸扬扬地传到探春那里，探春出面调停，才不至于让事态进一步恶化。而且探春“虽知情弊，亦料定他们皆是一党，本皆淘气异常，便只答应，也不肯据此为实”，可见不太喜欢这些小戏子。

从这一点我们又能看出探春的价值观。她平生最恨自己的庶出身份，认为赵姨娘只不过是贾家的一个奴才，且由于在贾家时间长了是应该得到敬重的（只不过赵姨娘经常自讨没趣），而自己是主子，一定要和奴才划清界限，小戏子原本地位就是“猫儿狗儿”一般的，所以在处理这件事的时候，更没有必要把她们当回事儿。这样说起来，探春似乎有些不近人情，而且因为作者把芳官等人刻画得极有情有义，读者大多会喜欢她们，转而会怨探春不够体恤她们。但是我们不能强求任何人都像宝玉一样平等地对待身边的所有女孩子，也不能强求手握管家之权、需要堵住悠悠之口的探春因为她们生活不容易而偏帮她们。在这样的一个大家庭，谁都有谁的不容易。

第六十回的后半部分一直到第六十一回都在讲柳五儿的故事，可以俗称为“柳五儿进园记”。我看到过很多红学家对这个故事的分析，包括柳家的为了走芳官的后门帮助柳五儿进怡红院对芳官的殷勤，包括平儿“大事化为小事，小事化为没事”的温和品质，还包括宝玉有一次体现出的疼惜青春少女的性格。所有这些内容我都表示非常赞同，所以没有什么想要多说的，但是有一点却是我读完这部分故事之后产生的新感受：柳五儿为什么想进怡红院？按照第六十回的描述，“柳家的见宝玉房中的丫鬟差轻人多，且又闻得宝玉将来都要放他们，故如今要送他到那里应名儿。”柳家的知道，让女儿进了怡红院，就相当于是进了安乐窝，平时生活不用发愁，长大了还能够被放出去，从此以后虽然生活困顿些，但再也不是贾家的奴才，而是自由之身了。听起来没有比这更好的差事。

但是，她们只看到了在怡红院当差的好，而怡红院里就没有别的事吗？柳家的每天只在厨房里做饭，最多只见到大观园里的几个小丫头，没办法听说怡红院所有的事情，但我们这些读者是知道的。首先，第二十四回中就提到，怡红院里的秋纹、碧痕等人虽然在众丫头中地位并不是最高的，但往往看不起甚至欺负那些比自己地位还低的丫头，按照芳官的说法，柳五儿如果进了怡红院，补的应该是坠儿或小红的缺，芳官能保证她不会受人欺负吗？其次，是王夫人那边，虽然此时还没有表态，但是从她后来第七十三回撵走芳官和四儿、贾兰的奶娘来看，她不希望这几个公子房里有姿色出挑的丫头，将来尚且自身难保的芳官怎么能保证“虽是厨役之女，却生的人物与平，袭，紫，莺皆类”

的五儿的安全？最后是一个文中说的不明确的事情：王夫人在宝玉屋里到底有没有安插“耳报神”？如果有，这个人是不是袭人？虽然此事尚受读者争议，但是我们不能不考虑到，柳五儿在怡红院当差，也可能是有危险的。而这和《红楼梦》一书的主旨又有相通之处：如果只看着自己向往的地方“烈火烹油、鲜花著锦之盛”而不知道它背后有什么狰狞的真面目，自己只能在这一切幻想覆灭后遭受牵连。

这三回的内容向我们展示了仆人们之间的各种恩怨，用“乱自下生”一词来形容比较贴切。贾府内部尚且有这样或那样的矛盾，如此形成的内耗会让它空剩下一个外壳，又怎能抵挡日后“接二连三，牵五挂四”的打击呢？此时虽然想感叹一句“和为贵”，但是对贾府内部的人来说已是于事无补了。

## 五十一、读《红楼梦》第六十二回至第六十三回：

## 赏宝玉生日兼为黛玉正名

这两回主要描写了宝玉过生日这个“大场面”。从开卷第一回至今，《红楼梦》中写到的大场面不止一次，元妃省亲、元宵夜宴、中秋节、祭宗祠、过春节，还有贾母的生日、凤姐的生日，对于这些“大场面”，作者主要描写的是众人共贺的排场，而对于宝玉的生日，作者主要描写的是他和姐妹们在一起玩乐，展示他们丰富多彩的生活。这就是曹雪芹写作的高妙之处，他笔下的每个大场面都不同，每一次的描写都不重样。

但是，作者故意不着力描写宝玉过生日时的宴会等内容，在文中也是有说法的，作者巧妙地安排了“因王夫人不在家，也不曾象往年闹热”作为不详写合家宴会的依据，相当仔细。一上来作者就写到了宝玉收到的礼物——“张道士送了四样礼，换的寄名符儿，还有几处僧尼庙的和尚姑子送了供尖儿，并寿星纸马疏头，并本命星官值年太岁周年换的锁儿，家中常走的女先儿来上寿，王子腾那边，仍是一套衣服，一双鞋袜，一百寿桃，一百束上用银丝挂面。薛姨娘处减一等，其余家中人，尤氏仍是一双鞋袜，凤姐儿是一个宫制四面和合荷包，里面装一个金寿星，一件波斯国所制玩器。各庙中遣人去放堂舍钱。又另有宝琴之礼，不能备述。姐妹中皆随便，或有一扇的，或有一字的，或有一画的，或有一诗的，聊复应景而已”，之所以想把所有的礼物都列在这里，是想说从这里我们可以看出古代富贵人家生日贺礼的习俗，包括和尚道士送寄名符、金锁，家长们送衣服，姐妹们送些字画等。虽然这样的礼物现代人基本都不送了，但是这样的习俗似乎还有一些遗存，而且曹雪芹写这些礼物并没有胡编乱造的必要，因此这段内容可以作为研究中国古代社会风俗的重要参考。

这天不仅是宝玉的生日，还同时是宝琴、平儿的生日。探春高兴地盘点了一年到头过生日的人们："一年十二个月，月月有几个生日。人多了，便这等巧，也有三个一日，两个一日的。大年初一日也不白过，大姐姐占了去。怨不得他福大，生日比别人就占先。又是太祖太爷的生日。过了灯节，就是老太太和宝姐姐，他们娘儿两个遇的巧。三月初一日是太太，初九日是琏二哥哥。"她这样细细数了好几个人生日的具体日期，却还是没有提到宝玉的生日究竟是几月几日。据刘心武先生考证，宝玉的生日应该是农历闰四月二十六日。也就是说宝玉的"正"生日是五十七年过一次的。2012年恰好有农历闰四月二十六日，那一天我向朋友开玩笑说"今天要祝宝玉生日快乐"。而书中的宝玉平年时肯定要在别的日子过生日，所以宝玉的生日具体是在哪一天过就不好说清楚了。但是从后面描写的香菱和几个小丫头斗花草的情节来看，我们可以确定这是在春天。

作者虽然也写到了宝玉生日的酒席，但是对于酒席的盛况却只用"挤了一厅的人"一笔带过，主要写的是大家一起行令的事情。这段内容其实也具有参考价值。现在的人们在聚会上玩的游戏通常是"真心话大冒险"或者"天黑请闭眼"等，这里行的令和那些游戏的性质差不多，只不过更文雅一些。比如"射覆"应该是考察诗词典故积累水平和反应速度的文字游戏，在宝玉和姐妹们玩的时候宝钗就已经说是"把个酒令的祖宗拈出来。'射覆'从古有的，如今失了传，这是后人纂的，比一切的令都难"。湘云不喜欢这个令，现代人大多没有那么深厚的积累，或许更难从中得到乐趣。湘云自己和宝玉划拳，要宝玉作的"酒面要一句古文，一句旧诗，一句骨牌名，一句曲牌名，还要一句时宪书上的话，共总凑成一句话。酒底要关人事的果菜名"则更让现代人难以理解其趣味性所在。在那些饱读诗书的人中间，凑成这样的一句话也不容易，绞尽脑汁地想出来其实也很有意思。

接下来《红楼梦》中所谓的四大最美场景之一——“湘云醉卧”出现了。读过《红楼梦》的人必定都很熟悉这个场景，它体现的是湘云憨厚、率真、单纯的性格，但其实从画面的角度来看，这段描写也值得赏析。且看作者是如何描绘的：

“湘云卧于山石僻处一个石凳子上，业经香梦沉酣，四面芍药花飞了一身，满头脸衣襟上皆是红香散乱，手中的扇子在地下，也半被落花埋了，一群蜂蝶闹穰穰的围着他，又用鲛帕包了一包芍药花瓣枕着。众人看了，又是爱，又是笑，忙上来推唤搀扶。湘云口内犹作睡语说酒令，唧唧嘟嘟说：‘泉香而酒洌，玉碗盛来琥珀光，直饮到梅梢月上，醉扶归，却为宜会亲友。’”

湘云此时是睡着的，给人“静”的感觉，但是“一群蜂蝶闹穰穰的围着他”，又给人“动”的美感，在初中生做的语段分析的练习中，这叫做“动静结合”的手法；芍药花的点缀也恰到好处，“飞了一身”、“皆是红香散乱”、扇子“也半被落花埋了”，对比第二十三回宝玉读《西厢记》时“只见一阵风过，把树头上桃花吹下一大半来，落的满身满书满地皆是”，我们就会发现，曹雪芹非常喜欢追求这种“落红成阵”的美感，将自然的落花与观景的人巧妙地融合，收获一种唯美的视觉感受；而湘云梦中还在行酒令，则让这个画面有了声音，而且梦中呓语都有一种朦胧的、可爱的感觉，和第二十六回中林黛玉“每日家情思睡昏昏”形成一样的效果。我知道这样只注重分析画面而不深究湘云的性格未免有一点肤浅，但是，在我对《红楼梦》研究著作的阅读中，发现对湘云醉卧的情节大多是分析湘云的性格（因此在这一点上我仍然没有什么要多说的），专门分析这一场景的美感的并不多，而这样美的一段文字，不对画面进行赏析是有些可惜的。

湘云醒来后大家继续玩乐，有下棋的、有看棋的，而黛玉和宝玉“在一簇花下唧唧哝哝不知说些什么”。这句话可能是作者故意引大家想入非非的，因为在收拾了关于林之孝家的来见探春的一段情节后，作者又写道：“黛玉和宝玉二人站在花下，遥遥知意。”此前黛玉和宝玉也曾在一起说笑过，但作者不曾故意描写得这么暧昧。作者在这里是想告诉我们，如果只说爱情不谈婚姻的话，此时宝玉和黛玉才终于“修成正果”，而回顾前面的故事，我们也知道，从一开始见面的“好生面善”到现在“站在花下，遥遥知意”经历了一个有些漫长的过程，他们之间并不是“一见钟情”的关系。而黛玉对宝玉说的并不是什么花前月下、你侬我侬，而是盘算着贾家的柴米油盐：“咱们家里也太花费了。我虽不管事，心里每常闲了，替你们一算计，出的多进的少，如今若不省俭，必致后手不接。”这句话完全可以为黛玉证明了。总有人说她不会也不能管家，甚至连当票也不认识，甚至因这一点否决了她成为贾府的儿媳妇的可能性。但是从她这句话我们能看出来，她并非不食人间烟火、一心只知诗书、多愁善感的“文艺小青年”，其实她对贾府的经济状况有清醒的认识，也知道“省俭”是最好的解决方式，如果真的让她管家，她的能力可能比我们想象得要好。但是她知道自己毕竟是亲戚，所以只是“替你们一算计”，而不敢介入过多，而且也不愿意介入这复杂的问题，可能属于“在其位，谋其政”型，而与她相反，宝钗常常在贾府人们面前展示自己的理家天赋，虽然不愿意说她是别有用心，但是黛玉在这方面的确是太单纯了。记得一位老师曾经告诉我们，人要善于发挥自己的才干，“酒香不怕巷子深”的时代已经过去了，虽然我对此并不完全认同，但用这句话来形容黛玉和宝钗在理家问题上的“竞赛”，我觉得很合适。

然而黛玉此时对宝玉这样说，会不会也有一点自己的居心呢？这是有可能的。之前紫鹃“情辞试忙玉”的情节已经让黛玉知道了宝玉的心思，而在第六十二回中宝玉和黛玉能够如此公然地在一起嘀嘀咕咕，后面第六十四回兴儿向尤二姐介绍贾府情况时，已说宝玉的婚事“将来准是林姑娘定了的”，可见此时在贾府上下，大部分人（也包括当事人宝玉和黛玉）都认为黛玉将成为宝玉的妻子。黛玉自己心里也清楚嫁给宝玉就要开始学习理家，因此这时也帮助宝玉算了算贾家的账目。可惜宝玉说的是“凭他怎么后手不接，也短不了咱们两个人的”，完全不理解黛玉的意思，其他人更不知道黛玉曾经为贾府的经济谋划过，因而没有人知道她也能理家，她才会比不上宝钗。更可惜的是，这一点也被许多喜欢黛玉的读者忽视了。

写到这里突然有一点伤感的意思了，但第六十二回的基调不是伤感的，所以对这件事，我也想幽上一默，借用近来很流行的“陈欧体”为包括黛玉在内的被称为“文艺青年”的人们（其实也包括我）正名：“你只看到我的风花雪月，却没看到我的运筹帷幄。你有你的脚踏实地，我有我的思维缜密。你否定我的态度，我决定我的道路。你嘲笑我没有情怀，我可怜你不解风情。你可以轻视我的多愁善感，我会证明我绝非不食人间烟火。文艺注定是孤独的旅行，路上少不了质疑和嘲笑。但那又怎样，哪怕‘一年三百六十日，风刀霜剑严相逼’，也要坚定向前。我是文艺青年，我为自己代言。”

再回到欢快的气氛中看一看宝玉身边的故事。第六十回至第六十一回中提到，柳家的为了女儿五儿能进怡红院，一直想走芳官的门路，这一回就从宝玉生日转而写到了柳家的为奉承芳官，给芳官送了一大堆好吃的东西，想必不少读者读到这里都会犯馋。芳官嫌油腻，宝玉却“觉比往常之味有胜些似的，遂吃了一个卷酥，又命小燕也拨了半碗饭，泡汤一吃，十分香甜可口”，可见柳家的巴结芳官已经到了这种地步。

第六十二回到这里还没有结束，作者又转到了“呆香菱情解石榴裙”的故事，集中刻画了香菱的朴实温和，才回到宝玉过生日的正题上去，故事也就进入了第六十三回。宝玉生日的重头戏——“寿怡红群芳开夜宴”终于拉开了序幕。

从作者的铺垫来看，宝玉的夜宴其实没有得到“官方”的支持。查上夜的人照旧过来，叮嘱他们“别耍钱吃酒，放倒头睡到大天亮。我听见是不依的”，他们也只是好心好意招待着应付过去，之后便开始玩乐，并没有觉得有什么不妥，但我看到这里心里却有些犯嘀咕——这件事如果传到王夫人耳朵里会怎么样？是不是也是王夫人组织抄检大观园、在怡红院大发雷霆的原因之一呢？无论如何，这样“没上没下”地一起欢笑的机会，的确是过一次少一次了啊。

第六十三回和第六十二回一样，也写到了一些酒桌上的游戏。比如麝月说的“抢红”，虽然由于“没趣”被宝玉否决了，但我们又能了解到一种游戏形式，而后来他们真正玩起的“占花名”游戏，看起来的确有意思，也有意境，但是我们如今知道的，也无非是宝钗抽到的牡丹、探春抽到的杏花、李纨抽到的老梅、湘云抽到的海棠、麝月抽到的荼蘼、袭人抽到的桃花、黛玉抽到的芙蓉，现代人想要还原这个游戏还需要从别的书中找信息。许多红学家考证了每个人抽到的花签象征的人物命运，甚至还有红学家研究了这一天大家的座次是什么样的，可谓异彩纷呈，而我依然不知道自己能再说些什么，似乎是最感兴趣的并不在这一段。

众人胡乱睡了一夜，第二天醒来忙着回忆前一天晚上的“盛况”，连平儿来听后都觉得热闹、遗憾没能亲自参加，只有袭人一个人觉得前一天晚上的行为不好。但这样的一番回忆又被一样奇怪的东西的出现而打断了——妙玉送来的写有“槛外人妙玉恭肃遥叩芳辰”的粉红色笺子。曾经有人觉得这个颜色的纸张显得很暧昧，也有人觉得“芳辰”这个词似乎不应该用来形容宝玉的生日。但是据辞典上的解释，“芳辰”不仅有女性生日的意思，也有“美好的时光”之意，而且多用以形容春季，妙玉可能使用了这个义项，认为宝玉过生日的时节非常美好；也有可能是想体现妙玉作为一个出家人，并不特别区分他人是男是女、只把宝玉当知己的性格。但不管怎样，这个祝福都是很真诚的。晴雯、袭人等都觉得是妙玉送来的所以无关紧要，但宝玉一定要好好给她回一帖。无奈宝玉对妙玉的性格也把握不准，所以又只能求助别人，在路上碰到了邢岫烟，由此引出邢岫烟和妙玉的一段“前话”。我曾经写过一篇分析妙玉形象的文章，其中提到岫烟和妙玉是知己关系，因为岫烟拥有荆钗布裙的女儿所拥有的朴素和无欲则刚的心境，是讨厌“富贵人家仗势压人”的妙玉所欣赏的。但岫烟自己其实也并不太了解妙玉，看到妙玉在笺上自称“槛外人妙玉”，便评价她是“这脾气竟不能改，竟是生成这等放诞诡僻了。从来没见拜帖上下别号的，这可是俗语说的‘僧不僧，俗不俗，女不女，男不男’，成个什么道理”。可见，虽然了解妙玉的性格孤僻，但不能理解。而宝玉很理解妙玉，认为妙玉“原不在这些人中算，他原是世人意外之人。因取我是个些微有知识的，方给我这帖子”。妙玉和宝玉之间的惺惺相惜之情，超越了她和岫烟的交情的层次。人世间一般的性格和语言习惯已经不成其为障碍，两人直接在“知识”（此处应该是佛教用语）上搭起了桥梁，虽然看起来宝玉好像并不理解妙玉，但两人之间有一种超越一切的默契。

宝玉过生日的故事就这样结束了，紧接着是“死金丹独艳理亲丧”的故事。曾经看到一篇精彩的分析，说贾敬服食丹药而死，“肚中坚硬似铁，面皮嘴唇烧的紫绛皱裂”，其实是在影射晚年常服丹药的雍正皇帝暴毙而亡。虽然不知道这种观点是否正确，但是仍然觉得非常有意思，印象也格外深刻。

这一回的最后有两个人物出场——尤二姐和尤三姐。她们一出场就是和贾琏打情骂俏，或许一些读者对她们的印象并不是很好。但是，在接下来的故事里，她们将成为作者叙事的主体，让我们产生不同的感受。

## 五十二、读《红楼梦》第六十四回至第六十九回：

## 谁的“不甘心”



大概一年前问过一个同学，如果把《红楼梦》当兵法读的话会发生什么。那位同学给了我怎样的回应，现在已经记不清了，但是当时产生“兵法”这个想法，正是因为第六十四回至第六十九回这脍炙人口的“王熙凤计除尤二姐”的故事。

语文课上老师提到了人的一种“共情能力”，大概说的是人在看到与自己无关但令人悲哀的现象的时候自己心里有所触动的能力。其中特别经典的例子是《孟子·梁惠王上》中的“见其生，不忍见其死；闻其声，不忍食其肉”。我认为自己共情能力并不差，也有同情心，但每每读到《红楼梦》第六十四回至第六十九回，都觉得酣畅淋漓，特别是王熙凤除掉尤二姐的部分，我常常一边大呼过瘾一边纳罕，为何一个女人居然能将权谋运用到如此地步？为何曹雪芹作为一名男性能将一个女性的心理活动把握得如此到位？凤姐的阴谋不知道是不是为现代的很多宫斗剧做了参考，但这些计策的确已经超越了一般“争宠”的花招，如果真的用到大排场上的话，也是可以奏效的。尤三姐刚烈的性子也给我留下了很深刻的印象。总之，分析这几回的内容是我已经期盼了很久的，这样的分析也会是一个酣畅淋漓的过程。

尤三姐的故事比较短，内容也比较简单，所以先说尤三姐。尤三姐和尤二姐一样，与贾珍、贾琏、贾蓉这两代人素有“聚麀之诮”，也就是说存在着乱伦关系。但尤三姐对这件事的态度令人难以捉摸。一方面，她痛恨这样的生活现状，先是对贾珍、贾琏说“你们哥儿俩拿着我们姐儿两个权当粉头来取乐儿，你们就打错了算盘了”，继而告诫执迷不悟的尤二姐“姐姐糊涂。咱们金玉一般的人，白叫这两个现世宝沾污了去，也算无能。而且他家有一个极利害的女人，如今瞒着他不知，咱们方安。倘或一日他知道了，岂有干休之理，势必有一场大闹，不知谁生谁死”，后来还将这种恨意转移到贾府的其他人——女孩子们都很喜欢的宝玉，对贾琏说“我们有姊妹十个，也嫁你弟兄十个不成？难道除了你家，天下就没了好男子了不成”；而另一方面，她能在贾珍、贾琏兄弟面前表现得“无耻老辣”，“自己高谈阔论，任意挥霍撒落一阵，拿他弟兄二人嘲笑取乐”，让贾珍、贾琏觉得不自在，“竟真是他嫖了男人，并非男人淫了他”。这就是人性的复杂之处。她心中有自己的算盘，所以面子上和心里并不一样。

可巧尤三姐是有“梦中情人”的，这个人就是前不久刚刚遭到薛蟠调戏、而后暴打了薛蟠一顿的柳湘莲。可是，柳湘莲先是以鸳鸯剑作为信物，后来却又反悔，直逼得尤三姐拔剑自尽。这段情节很经典，不需要展开细说，但是尤三姐的悲剧值得我们深思。

尤三姐的悲剧，在于她对自己肮脏的过去太敏感，对柳湘莲的反悔感到格外“耻辱”，也在于柳湘莲对她的不了解。有人说是因为宝玉的一句“我在那里和他们混了一个月，怎么不知？真真一对尤物，他又姓尤”让柳湘莲误以为尤三姐的行为已经不检点到和宝玉厮混的地步，但宝玉没有说不该说的话，只是柳湘莲的理解有问题。当然根据作者的铺陈，即第六十六回“冷二郎一冷入空门”，作者还是把尤三姐自尽的罪责让柳湘莲来担了。可是我并不这么认为。这牵扯到更深层次的原因，即她无论性格上再强势，再将狠的一面展示给别人看，还是女性，终究是弱势群体，本来就不能以一己之力努力翻身，如果再不经营自己的人生，只能继续做贾蓉、贾珍、贾琏这几个人的玩物。可她还能怎么办呢？唯一的出路便是嫁给自己心爱的男子，不枉一世。嫁给自己心爱的男子，要让他愿意娶自己，于是她诚心悔过，成为生活检点的女子，等待着柳湘莲；也要断了那几个男人的念想儿，让他们知道自己不是用来欺侮调笑的对象，觉得降不住她，还是让她嫁人为好。她如此苦心经营，最后换来的是柳湘莲的一句“我不做这剩忘八”，虽然她仍有不甘心，但这一切自然会令她感到绝望，所以才会走向“揉碎桃花红满地，玉山倾倒再难扶”的悲剧。

说完尤三姐，回过头来说尤二姐。尤二姐是个很可怜的形象，但是我对尤二姐这个人其实是心存疑惑的，为什么这样一个与贾家三位男子“素有聚麀之诮”的人居然还能保持如此单纯的性格，以为自己只要嫁给了贾琏而不让王熙凤知道，人生就没有了后顾之忧？难道她从未从自己混乱的生活中明白人性的诡谲？无论我怎么怀疑，她终究是个单纯的人，遭受了王熙凤滴水不漏的算计。

第六十五回兴儿给尤二姐讲贾府众人用“嘴甜心苦，两面三刀，上头一脸笑，脚下使绊子，明是一盆火，暗是一把刀，都占全了”来评价王熙凤，尤二姐觉得离自己很遥远，还想着要“以礼待他”，却不知道，凤姐后来的阴谋正是以这句话为“总纲”的。虽然此后的尤二姐很可怜，但是我还是不得不说，凤姐的阴谋实在是令人拍案叫绝。

凤姐的第一个阴谋，也是贯穿始终的阴谋，用三十六计里的一计来概括叫做“瞒天过海”，意即欺骗和谎言。且看她第一次见到尤二姐时的样貌，“头上皆是素白银器，身上月白缎袄，青缎披风，白绫素裙。眉弯柳叶，高吊两梢，目横丹凤，神凝三角。俏丽若三春之桃，清洁若九秋之菊”，一副热孝在身的打扮，不显雍容，反而有些楚楚可怜，和尤二姐说话也把自己的姿态尽可能放低，“皆因奴家妇人之见……你我姊妹同居同处，彼此合心谏劝二爷，慎重世务，保养身体，方是大礼。若姐姐在外，奴在内，虽愚贱不堪相伴，奴心又何安……今生今世奴之名节全在姐姐身上……我今来求姐姐进去和我一样同居同处，同分同例，同侍公婆，同谏丈夫。喜则同喜，悲则同悲，情似亲妹，和比骨肉……若姐姐不随奴去，奴亦情愿在此相陪。奴愿作妹子，每日伏

侍姐姐梳头洗面。只求姐姐在二爷跟前替我好言方便方便，容我一席之地安身，奴死也愿意”。这一番话把尤二姐说得放松了警惕，却不知旁边的平儿以及随行的家仆看到之后会作何感想，是纳罕凤姐这一次骗人实在伪装得太像了，还是替尤二姐捏一把汗？总之王熙凤把尤二姐骗入了大观园，一场“女人之间的战争”就此拉开了序幕。

尤二姐进了大观园，凤姐便开始实施第二个阴谋，也就是三十六计中的“暗度陈仓”。表面上，凤姐又是把自己的丫头善姐给尤二姐使唤，又是叮嘱家仆好好照看，实际上自己在“暗中行事”，作者没有写出她在做什么，但是我们都能想象到，后来善姐对尤二姐不好，讽刺尤二姐“不是明媒正娶来的”，都是由于王熙凤的唆使。这一唆使让尤二姐唤起了自己心中的自卑感，和尤三姐一样，对自己的过去太敏感，所以担心会被别人说不贤良，因此无论善姐怎么欺负她也只能忍受，这无意中就帮助凤姐实施了第三个阴谋——“顺手牵羊”。

如果说欺负尤二姐还只是一般的“争宠”伎俩的话，那么接下来凤姐唆使张华状告贾琏“国孝家孝之中，背旨瞒亲，仗财依势，强逼退亲，停妻再娶”的行为就是玩火了，而且敢于牺牲自己的小部分利益，去创造“张华告了贾家，自己没脸面”的假象，再编造出贾琏想要休掉自己的事实，前去“大闹宁国府”，这其中又是一番周折，作者用了相当长的篇幅去描写，为我们刻画了凤姐为达目的不惜颠倒黑白的“能力”。虽然前面的几件事情都是假的，但最后却能达到自己想要的效果，这可能是一计“无中生有”。



在这里不得不想多说一句，曾经有不少红学家考证，第五回的“一从二令三人木”中的“人木”合起来是“休”字，暗示王熙凤最后会被贾琏休掉，但是在这里，王熙凤一边说贾琏要休她，一面向尤氏等人索要休书，从未想到过这有可能真的是自己未来某一天的命运。这个细节让我不禁为凤姐扼腕叹息。

第六十八回的最末，作者交代凤姐又对尤二姐宣称自己是在帮尤二姐摆平这件事，不仅是撒谎，其实也是进一步暗示尤二姐的身世“不洁”，让尤二姐心中的自卑感加剧，让尤二姐在消极的心理暗示下更不敢再多说一句话。

如果只论争斗的话，第六十九回在这几回中最为精彩，不是因为凤姐终于逼死了尤二姐，而是因为凤姐的斗争手段升级了，不再像除掉贾瑞一样自己亲自动手，而是借刀杀人，这个“刀”当然是她的另一个“情敌”秋桐，而自己却能坐收渔翁之利。我们在这之中看到了凤姐害人手段的愈发高明，但是我还想引用《南方周末》评价电视剧《甄嬛传》的一句话来感叹无论是甄嬛还是《红楼梦》中的凤姐这样的女性：“她们为了生存，不得不去跟人斗，不得不去残害别人。为了保全自己，把人变成了鬼。”

带着这样的心情走进第六十九回，我们能看出王熙凤在贾母面前一边说尤二姐好一边交代尤二姐是许了人的，是为了让贾母舍不得尤二姐走，才能发话与告状的张华计较这件事。凤姐为了不落人口实，还托人杀死张华，但令她万万没有想到的是，旺儿没有想到凤姐那一步，觉得放张华一马也没有什么，于是把张华放走了，据此有人猜测此后张华会再度出现，揭露凤姐兴风作浪的行为，加速了贾家走向灭亡，我认为是比较合理的。

张华被“除掉”之后，又有一位可怜的“炮灰”加入了“贾琏的女人们”的战争之中——秋桐。秋桐为人嚣张，且没有心机，性格上并不“立体”。她不待见尤二姐，却看不出王熙凤是假慈悲，对王熙凤说“奶奶是软弱人，那等贤惠，我却做不来，奶奶把素日的威风怎都没了”，当然也可能是看出了王熙凤的目的，为了气一气尤二姐才说了这么一句。我同时想到这两种可能，不知道哪种是真实的，但都说得通，也没有必要纠结。如果说王熙凤对尤二姐的欺侮走的是“滴水穿石”路线，那么秋桐对尤二姐的欺侮就是“速战速决”型，在秋桐声势浩大的攻势下，尤二姐病了。这一病不要紧，倒梦见了尤三姐告诉她赶快杀了王熙凤报仇。醒来之后，她告诉贾琏一件事情——自己怀孕了。这件事可是有人欢喜有人忧。其中最为之抓狂的便是凤姐，完成了一系列与第三十四回宝玉挨打时忠顺王府给贾府设计的圈套几乎完全一样的行为：

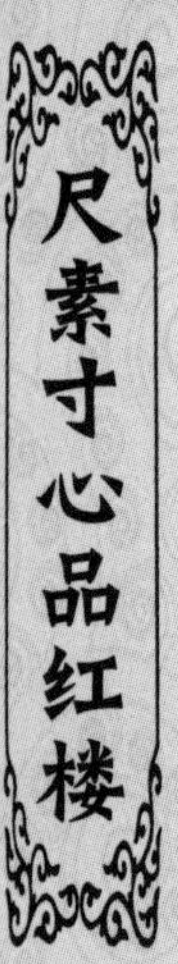


先买通胡太医胡说尤二姐并未怀孕，给尤二姐开了堕胎的药，致使病中的尤二姐觉得自己受到折辱，吞金自逝；凤姐自己“猫哭耗子假慈悲”地祷告一回后，把这一切嫁祸于属兔的秋桐身上，便同时除掉了自己的两个情敌。整个过程可以说一气呵成，滴水不漏，如果只谈智谋的话，的确可以让人大呼过瘾。虽然可能会有人认为这是女人之间的战争，根本无法与《三国演义》那样的小说中的智谋相提并论，但是王熙凤的能力不可小觑。

写完分析的部分我才很惭愧地发现，虽然我读这段情节的时候觉得酣畅淋漓，但是并没能以一种酣畅淋漓的方式把我的感受写出来，而且和我曾经的宏大设想也不一样。有那么一些与这几回的主题“若即若离”的感受堆积在一起，实在不知道该融到哪里，所以只好笔锋一转，来说我自己的感受。

曾经见到不止一位男性在网络上说，觉得女人不应该有太多的心机，因为女人天性就应该善良。也有人在列举让人讨厌的女性时，把费尽心思求“上位”的女人排了进去。但正如我在前面引用的《南方周末》里的那句话，女人为了自己的生存，不得不与别人争斗。在封建社会，没有一夫一妻制的保护，女人们只能和其他姬妾争宠，以确保自己和自己的孩子在家中的地位，凤姐对尤二姐、对秋桐不放心，甚至对平儿也不完全放心，其实都是如此，因为自己只有女儿而被迫将自己所爱之人拱手他人，凤姐不甘心。而我们似乎还可以将这个概念推而广之。在如今的职场上，由于根深蒂固的“男尊女卑”观念依然存在，很多时候如果一个女人想要获得与男人同等的待遇，是要付出世人无法想象的努力的。想起小时候看过的一个迪士尼出品的动画电影中，有一个女厨师说过：“你在这里见到了几个女人？就是因为我是最厉害的，我不想因为别的男人的介入而使我的这一切付诸东流。”（原话大概如此，有些记不清了。）”这其实也描述了同样的社会现象。因为性别上的不平等而败给男人，职场女人同样不甘心。我并非赞成女人应该有很深的城府，只是想强调男人在指责女人的心机这方面没有他们想象中那么大的发言权，因为归根结底这一切还是两性之间的不平等在作乱。

再说得远一点，两性平等的问题在现代表现得更有意思。我曾经有幸与一位比较著名的学者（是一位男教授）当面交流，提到中国文化时顺便提到了两性平等这个问题，那位学者给我的回应是："没有哪个社会比你们所处的现代社会女性地位更高了，女性地位甚至比男性都高。看看现在女孩子结婚，又是汽车，又是房子，哪一项不满足，（男方的）丈母娘都不会同意（两人结婚）。"我当时只是觉得教授的说法很有意思，过后想想却觉得并没那么简单。虽然我们每天背诵着"物质决定意识"，但是女方家庭要车、要房的行为却没办法改变根深蒂固的男尊女卑观念，女性仍然会不经意间被贴上"喜欢关注自己身边的事情，没有宏大的视野""小心眼，性格柔弱"等各种奇怪标签，从而受到比较奇怪的对待，比如被强调某某活动"形式很吸引人，可能女孩子会喜欢""女孩子们在公共场合不要聊太'八卦'的问题"云云。我没有指责任何人的意思，也没有权力指责任何人，但是我希望所有人都能重新审视一下两性平等的评价标准，审视一下自己的言行是否还有两性不平等的遗存。当然，对于和我属于"同一阵营"的女同胞，也包括我自己，我希望我们都能够在这种问题上洒脱一些，活出自己的风采，因为与那个把人变成鬼的社会相比，我们现在所处的社会当然是更自由的。

突然发现自己快要跑题了，故而再说一句回到《红楼梦》中的话：第六十四回至第六十九回中出现的几位女性集中表现了那个时代女人的"不甘心"，虽然这样的社会再也不会回来，但是这一切还是值得我们深思，我想这应该是曹雪芹的写作目的之一，也是《红楼梦》流传到现在依然充满生机的原因吧。

## 五十三、读《红楼梦》第七十回：

## 曹雪芹的“看家本领”

故事到了第七十回，总有人认为悲伤已经开始了，因为过不了多久宝玉和众姊妹的悲剧就将接踵而来，可是在正文中并没有什么暗示，悲伤的意思也是读者自己加上去的，所以我更愿意把第七十回作为比较欢快的一回来看。从情节上看，到这里，又是一个春天，“一年之计在于春”，兄弟姊妹们又迎来了一个新的开始。他们写诗、放风筝，大观园里生机勃勃，仿佛他们依然生活在繁荣昌盛中，仿佛眼前仍然是望不到头的希望。而从内容上看，这一回则相当有意思，填柳絮词、放风筝两个情节，分别展示了曹雪芹的两项“看家本领”——一个不用说是文学造诣，另一个则是近年来声名鹊起的“曹氏风筝”。

写诗这件事其实是很考验作者的。虽然我曾经说《秋窗风雨夕》这首诗写得不够好，但总体而言，第七十回中曹雪芹的诗作通过了读者的考验。



众人填柳絮词，起因其实是林黛玉作的一篇《桃花行》。《桃花行》一如既往地展现了黛玉“惜春长怕花开早”的多愁善感，但给我的感觉是《桃花庵歌》和《春江花月夜》的混搭，有《桃花庵歌》重复用字、句子俗而意思不俗的风格，比如“桃花帘外东风软，桃花帘内晨妆懒”和“帘外桃花帘内人，人与桃花隔不远”，看起来好像是黛玉评价宝玉诗作时说的“一时要一百首也是有的”，其实就全诗内容而言有细心的编排，达到了宝钗评价的“古风”的意境；也有《春江花月夜》在遣词造句上的悉心雕琢，特别是“侍女金盆进水来，香泉影蘸胭脂冷”一句，动静相生，用词能够体现出作者极佳的语言功底。但是个人认为其中也有几句有些差强人意，“花绽新红叶凝碧”给人的感觉好像是搜肠刮肚的堆砌，“若将人泪比桃花，泪自长流花自媚”虽然没有大的问题，但《红楼梦》里黛玉写诗首首如此，读者也会感到厌倦。

几首柳絮词中，众人评价是宝钗的最好。我在读这一回之前就背过这首词，也从很多人那里了解到这表现的是宝钗一定要追求富贵的志向，与黛玉的伤春感怀大相径庭。当时作为小学生的我还不能理解宝钗的行为，所以认为凡是宝钗做的事情我都应该反对，自然而然地不喜欢这首词。但事实上这首《临江仙》非常好。其中开头两句“白玉堂前春解舞，东风卷的均匀。蜂团蝶阵乱纷纷”不直接描写柳絮，却借景写出柳絮的形态，展现出春天独有的生机与活力，和朱自清先生的经典散文《春》中的“花下成千成百的蜜蜂嗡嗡的闹着，大小的蝴蝶飞来飞去”有异曲同工之妙，其实比黛玉的直接描写更能体现词作者的水平。从这里我们能看出来，黛玉写词是为了抒发自己内心的情感，并不在乎是否能让他人认同，而宝钗则有人为求得他人认同的成分。虽然我是喜欢黛玉的，却不得不说，太多人有时候不可避免地要做出和宝钗一样的选择，这也是一种现实社会的遗憾。

提起曹雪芹的作品，所有人都会想到《红楼梦》，如果对红楼知识有些深入的了解，可能会说曹雪芹曾经写过一篇短篇作品《风月宝鉴》，后来被融入《红楼梦》第十一回至第十二回，但鲜有人知道曹雪芹还写过一本《南鹞北鸢考工志》。顾名思义，这本书是关于风筝的“研究著作”，这是曹雪芹除文学以外，留给后世的另外一项精神财富。说起曹雪芹和风筝的渊源，或许人们不觉得陌生——曹氏风筝近年来随着我国对非物质文化遗产的保护与传承而声名鹊起，2010年北京卫视新版《红楼梦》首播庆典还专门请到了曹氏风筝的传人进行现场制作。而第七十回后半回描写的恰好是宝玉和众姊妹放风筝的情节，可以说是曹雪芹将自己的另一项“看家本领”展示给读者看。

只说情节的话，第七十回后半回无非就是那么几件事——众人放风筝，探春的凤凰风筝和喜字风筝绞在一处飘走，预示着探春将远嫁异国他乡、离开自幼生长的贾府和大观园；宝玉觉得飞远的风筝很孤单，则又表现了他对世间万物都有怜悯之心的性格。虽然读起来让人觉得很充实，但仔细一看，亮点的确只有这些。但是很明显曹雪芹此时对各种风筝如数家珍。在这么短的一段情节中，作者写到的风筝就有大蝴蝶、软翅子大凤凰、大鱼、大螃蟹、大红蝙蝠、一连七个大雁、美人、玲珑喜字带响鞭八种之多。我曾经看过曹氏风筝展览，曾经亲眼见到过蝴蝶、凤凰、美人、玲珑喜字等风筝的式样，自认为和当年曹雪芹在《红楼梦》中描写的风筝差不多。

很多人都有一技之长，但是其中也有很多人不知道如何把自己的一技之长展示出来。初中时老师提到过，阿西莫夫获得过生物化学博士学位，也做过生物化学教授，但正是将自己在自然科学方面的特长和高超的写作水平联系起来，才写出了几部脍炙人口的科幻小说和一些科普著作。曹雪芹同样将诗歌和风筝融入对小说的创作中，使《红楼梦》更加有血有肉，我想对我们而言也是非常好的启示。

第七十回描绘的春天似乎充满希望，但我们读到这里，心中的感受却可以用鲁迅先生在《故乡》中的一句话概括：“希望原本是无所谓有，无所谓无的。”这里取的是这句话的表面意思。不知其他读者读到这一回，会不会也和我一样，倏忽间对黛玉暮春时节那样的伤春感怀又增添了一分理解，在再次看到这一回中湘云的“且住，且住，莫使春光别去”时会默然。只因大观园的春天，的确是过一秒少一秒了。

## 五十四、读《红楼梦》第七十五回至七十六回：

## 强颜欢笑的中秋

第七十四回抄检大观园的风波还没有平息，贾府从上到下所有人的心情都受到了不小的影响，而到第七十五回至七十六回，众人却又要收拾心情过中秋节了。可是众人的心情我们可想而知，并不会像以前那么好。

这时，甄家获罪，抄没家产，回京治罪。贾家虽然暂时安全，但内乱已始，同样是风雨飘摇。贾母告诉尤氏等人“咱们别管人家的事，且商量咱们八月十五日赏月是正经”，被脂砚斋评价为“贾母已看破狐悲兔死，故不改正，聊来自遣耳”，并非自己是个除了享乐什么也不考虑的老太太，而是因为知道有些事情自己也无力回天，所以不得不看开些。

如果不是为了细读文本，众人吃饭的情节可能会被我忽略，因为这顿饭吃得太沉闷，找不到一句让人看起来像是重场戏的描写。贾母让众人一起坐在大排桌前吃饭，又说：“看着多多的人吃饭，最有趣的。”这才让我找到一点重场戏的感觉，然而这样的感觉又让人觉得非常惆怅。曾经充满活力地逛大观园、又在新春佳节“破陈腐旧套”的老太太，此时只剩下了“看着多多的人吃饭”的兴致，让我们感觉到她的确已是风烛残年，早已没有往日对生活的热爱了，而这也正是此时此刻的贾家的写照。而尤氏没有红稻米粥吃，王夫人回答“这一二年旱涝不定，田上的米都不能按数交的”，又让贾母自嘲地说了一句“巧媳妇做不出无米的粥来”，句句都像是为了打破僵局而说，却又永远没办法挑起大家的兴致，整个饭局都在这样尴尬的气氛下举行。

说完这让人闷得透不过气的饭局，作者又写到了贾珍请世家弟兄射鹄子。据刘心武先生考证，射鹄子其实是在为造反做演习。不论这是不是真的，总之没过多久贾珍等人又恢复了纨绔子弟的本性，以“歇臂养力”为由大设赌局，即使日后真的要造反，也必定没有真正的功力，少不了要失败。这段情节也被作者很快略过，因为这一回的重头戏在于中秋节，而到了中秋节，这让人透不过气的感觉还在继续。

贾府这中秋节过得实在尴尬，没有往日喜庆欢乐的气氛，所以我在回顾整回内容时，似乎也一直处于没话找话的状态里，同时也因这种“盛席华筵终散场”的预感而非常郁闷。因此，我觉得还是着重分析我最感兴趣的话题为好，那便是第七十六回黛玉、湘云联诗的情节。

如果说此前林黛玉的诗才多体现在曹雪芹直接写出的作品和众兄弟姐妹（尤其是宝玉）的赞赏上，那么在第七十六回，林黛玉又透露自己得到过另一种肯定——曾经为凸碧山庄和凹晶溪馆拟名字，“后来我们大家把这没有名色的也都拟出来了……凡我拟的，一字不改都用了”。从这一点我们可以得出，黛玉的才华并非一般闺中女儿咏春悲秋的所谓“文艺小清新”，她的作品不仅符合元春、贾政等各种人的口味，甚至能在关键时刻登大雅之堂，做原本被分派给宝玉的“分内之事”。我曾在分析第六十二回时提到，林黛玉其实也是有理家的才能的。那么结合这一回里林黛玉提及的特点，我们可以肯定，林黛玉虽然性格上比一般女孩子还多愁善感，但在才干上不亚于男子，甚至投胎为女孩都有些屈才。曹雪芹在这一回写出这一点是在提醒我们，黛玉是能够受到家长的赏识的，在这一点上并不是不如宝钗，只不过贾政作为家长对宝玉的婚事很少干涉，所以，黛玉最后不能成为宝玉的妻子，并非她自己不好，而实在是宝钗和她背后的“团队”善于经营。

黛玉和湘云对句之时，恰好有悠扬的笛声传来。听起来似乎有现代的“配乐诗朗诵”的韵味。但深究其效果，则又是富有中国特色的美学观念的体现。从孔子讲学时学生在旁鼓瑟到现在的“背景音乐”，在中国讲究“和谐”的文化氛围中，不同类型声音的融合格外受到重视。而国外虽然也重视这种和谐，却多是乐器与乐器之间的和谐，或乐器与歌曲之间的和谐，像这样的雅致却似乎只有在中国才能看到。所以说，《红楼梦》是一部“百科全书”，透过它，我们可以看到古代中国的文化现象，甚至从中总结出古人的美学观念来。

“寒塘渡鹤影，冷月葬花魂”应该是第七十六回中脍炙人口的一句诗了。几乎所有读者都会给这句诗极高的评价。但是在黛玉和湘云两人看来，这句诗的前后半句的风格还有细微的差别。黛玉对“寒塘渡鹤影”的评价是“何等自然，何等现成，何等有景且又何等新鲜，我竟要搁笔了”，而湘云对“冷月葬花魂”的评价是“非此不能对”“新奇”“清奇诡谲”。不知道是否会有读者和我一样联想到宝玉在第十七回“大观园试才题对额”时的一番评论。宝玉评价众清客的对联时说：“此处并没有什么‘兰麝’、‘明月’、‘洲渚’之类，若要这样着迹说起来，就题二百联也不能完。”他认为，创作要尊重自然，要立足于现实，虽然自己的实践水平不高，但理论句句在理。用宝玉的品位去分析湘云的“寒塘渡鹤影”，那么湘云这句简直是无可挑剔的佳作，而黛玉的却有失穿凿了。当然这只是我的个人意见，力挺“冷月葬花魂”的读者，当然也是有道理的。

联到“冷月葬花魂”之后，有一个人出现了，且在众读者还不知她是谁的时候就做了一句高水平的评论——“果然太悲凉了。不必再往下联，若底下只这样去，反不显这两句了，倒觉得堆砌牵强”。湘云和黛玉诧异地仔细看，读者也疑惑地往下读，原来此人是妙玉。妙玉在这一回又发表了一篇“妙玉诗话”，与之前的“宝玉诗话”有相同之处也有不同之处，在此节选妙玉对湘云黛玉联诗的评价如下：

“有几句虽好，只是过于颓败凄楚。此亦关人之气数而有，所以我出来止住。”

“这才有了二十二韵。我意思想着你二位警句已出,再若续时，恐后力不加。我竟要续貂，又恐有玷。”

“如今收结，到底还该归到本来面目上去。若只管丢了真情真事且去搜奇捡怪，一则失了咱们的闺阁面目，二则也与题目无涉了。”

“休要见笑。依我必须如此，方翻转过来，虽前头有凄楚之句，亦无甚碍了。”

妙玉和宝玉一样，喜欢追求诗的真情实感。但妙玉更进一步也更为玄妙的是，将诗歌的风格与人的“气数”联系起来，强调过于颓败凄楚的诗句对她们的身心无益。因此，这样一个“啖肉食腥膻，视绮罗俗艳”的出家人，为了追求真情真事，为了“不失闺阁面目”（虽然妙玉作为出家人原本不应该有“闺阁面目”可言，但是在此或许是作者艺术化的处理，想要突出妙玉在写诗中“求真”的一面），为了将凄楚的“气数”翻转过来，也会写出“香篆销金鼎，脂冰腻玉盆”和“空帐悬文凤，闲屏掩彩鸳”这样带有闺阁气息的句子。妙玉的续诗让自视才华出众的黛玉都连声叫绝：“可见我们天天是舍近而求远，现有这样诗仙在此，却天天去纸上谈兵！”而黛玉、湘云走出后，孤高自诩的妙玉也“送至门外，看他们去远，方掩门进来”，我认为这体现了她们之间一种难得的知己关系。我觉得这种关系甚至无法用“精神”来形容，因为这似乎是超越了精神的因素在起作用，让两个性格上都很排外的、价值观不同的人由于欣赏对方而表现出反常的一面。



作者可能是为了调解一下这几回步步紧逼的气氛，才写出这样两回来的吧。但书里书外的人似乎都完全无法得到宽慰，一切都难以调解，也或许这才是作者这样描写的目的。的确，他们原本富贵、快乐的生活，已经是过一天少一天了。

# 五十五、读《红楼梦》第七十一回至第八十回：

## 随便说说

不得不说，分析完第七十回之后，对最后十回的内容突然没了兴趣。从情节上说，此时贾家“忽剌剌似大厦倾”的倾向已经很明显。贾府内部的各个利益集团已经将矛盾公开化，“来旺妇倚势霸成亲”让凤姐作威作福一回后，以傻大姐“误拾绣春囊”为导火索的抄检大观园轰轰烈烈地进行，清除了晴雯、四儿等让王夫人觉得会带坏宝玉的“异党”，也让王熙凤对大观园的管理遭受了质疑。紧接着晴雯死去、芳官出家，迎春嫁人后受到非人待遇，薛蟠娶夏金桂后香菱受委屈……第七十一回到第八十回就是这样层层递进地将前面的希望推向绝望。其中当然有不乏若干非常经典的情节，比如抄检大观园、黛玉和湘云联诗写出“寒塘渡鹤影，冷月葬花魂”的经典句子、宝玉撰写《芙蓉女儿诔》。从内容上说，由于这是曹雪芹八十回原稿中的最后一部分，是推测八十回后情节发展的直接依据，所以历来受到红学家的重视。但是对我而言，且不说有多么强烈的愿望想要分析出自己的东西，仅仅是找到一种不倾向于任何一种解读方式的思路，如今也很有难度。所以最后十回的内容，我目前只能仓促略过，如果日后再有机会的话，我还会进行更细致的解读，撰写更高质量的读书笔记。

其实从一开始兴致勃勃地分析第一回至今，阅读的篇目越来越多，自己的感受越来越丰富，但我从中获得的成就感却在逐渐地减少。虽然现在的文学研究爱好者似乎越来越多，上各大网站的论坛，几乎都能够看到对某部小说、

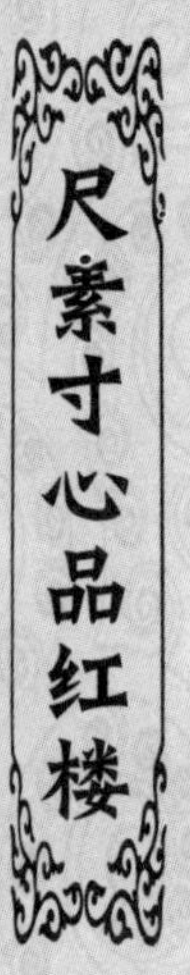


某本书甚至某电视剧中的某一个人物或情节的非常详尽的分析，文学研究正处于一种宽松、流行的气氛当中，不时有非常精彩的分析出现（我曾经看到对《红楼梦》影射清朝政治的一篇非常理性的分析，当即我大呼“万岁”，觉得自己实在该搁笔了），人理应对此抱有乐观的态度。但是，也总有这样或那样的一些问题，比如持不同观点的人相互攻击、故意宣传炒作某位写作者，让我不得不在面对这个圈子的大众化时，特别是当我是“大众”的一员时，感到一种不自由。

如果说不自由，其实好像还不止于此。当我试图分析第七十七回至第七十八回的内容时，看到宝玉相信晴雯做了花神，脑海中浮现的不是我自己的想法，而是种种曾经在书报上看到的观点。当我看到第七十九回、第八十回两桩失败的婚姻时，首先想到的不是香菱和迎春的可悲，而是这背后蕴含着什么高深叵测的意义。因此，我觉得不自由，觉得有些事情应该在它最合适的时候结束，而不是空撑着“前八十回都写完了”的架子。

原计划中，第七十一回至第七十四回是合在一起写的，主要内容是“王熙凤的统治危机”。南安太妃来访见到探春、抄检大观园的故事原本是不用我这半个“门外汉”来分析的，故而想从之前的尤二姐事件开始，通过“来旺妇倚势霸成亲”、“痴丫头误拾绣春囊”来体现由于凤姐此前的专权和强势，贾府人对凤姐已不如原来那样信任。但是事实告诉我，凤姐虽然此时受到了不信任，但还没有我一开始预设的那么糟糕，如果分析的话，不仅达不到我一开始预期的效果，反而还会显得比较勉强，只这一件事，我便对最后十回的读书笔记少了信心。



第七十五回至第七十六回的读书笔记的确认真写了，因为实在是太喜欢那个中秋发生的故事，特别是黛玉、湘云、妙玉三人作的一首诗。对这两回的感受由于都写进了读书笔记里，因此在此不予赘述。

第七十七回至七十八回是让我觉得彻底丧失了信心的两回。有关晴雯的死，我读过原著，看过电视剧，听过大鼓书，似乎对此感触应该是非常深的。

但是名家们对晴雯之死的分析，似乎已经代替了我自己产生的所有想法。我很想像以前一样在这一回的其他内容中找到我能够写出只属于自己的东西，却遗憾地发现好像没有。所以这篇读书笔记我一拖再拖，直到后来决定把这十回简单串联起来的时候，其实这两回的读书笔记我根本没有动笔。

第七十九回和八十回还是比较有意思的。但是分析到这两回时，我忽然想起一件发生在我第一次读完整版《红楼梦》、大概是小学六年级时的事。读到第七十九回和第八十回时，我觉得很痛苦，对悲剧难以忍受，但是翻开高鹗续作的第八十一回“占望相四美钓游鱼”时，看到大观园中尚未嫁人的姊妹们依然开心地在一处玩耍，思想非常幼稚的我心情一下子大好，觉得这幸福的时光还能再继续一段时间。但是后来我逐渐了解到，那样的写法其实不符合《红楼梦》故事推进的节奏，虽然我们都向往花好月圆的结局，但《红楼梦》要为我们揭示的却不是那样。

这是曹雪芹撰写的前八十回的最后两回。分析这两回的意义何在？如果说前面“来旺妇倚势霸成亲”、抄检大观园和晴雯死去都体现的是贾府内部的矛盾，那么第七十九回至第八十回就有家族与家族之间的纠葛出现了。虽然并不是以家族间相互陷害的形式而是两桩失败婚姻的形式体现，却让我们看到了悲剧从贾府的下人开始一点一点往上，终于发生在强势群体身上的过程。虽然由曹雪芹撰写的故事到这里就结束了，我们对于后面的结局可以有各种不同的猜测，但是有一点可以确定，后面的悲剧将会“接二连三，牵五挂四”地展开，直至最后全部走向覆灭。因此，我们对后面的结局的推测，并非是无尽的遐想，而是有一定的文本基础。

其实第七十九回和第八十回的主要内容是两桩失败的婚姻。分别指的是薛蟠和夏金桂、孙绍祖和迎春，具体内容和其他章节比起来似乎略显俗套，如果不把它们和之前的章节联系起来，我恍惚间会觉得自己是在读《醒世姻缘传》。我想一直以来大概会有相当一部分人将这两桩婚姻当做古代包办婚姻使人痛苦的典型教材，但这两个故事告诉我们的却不止这些。这两桩婚姻是《红楼梦》中宝玉一代的年轻人中最早的，特别是迎春这一大观园中第一个出阁的女子（或许会有人认为薛宝琴被许配给梅翰林之子、邢岫烟被许配给薛蝌应该是更早的，但是借用《红楼梦》中出现过的一句话“美中不足，好事多魔”，在八十回内她们没有完婚，我们还不知道他们后来有什么变数，况且许多红学家考证宝琴最后“不在梅边在柳边”，嫁给了柳湘莲，所以他们的问题暂时搁置），她的婚姻如此不幸，这是作者在提醒我们：书中人物悲惨的命运已经开始了，而且大观园的女孩子们出嫁都会是这样的不幸。

关于第七十九回，有一件事我不得不说。在这一回中作者其实并非只写了失败婚姻，作者先承接宝玉祭奠晴雯的故事，写到了黛玉和宝玉共同探讨《芙蓉女儿诔》的情节。这段情节虽然很短，但是有两段内容值得关注。其一是黛玉对诗文创作的看法，“‘红绡帐里’未免熟滥些。放着现成真事，为什么不用？”如果说作者写宝玉强调真实情景是为了展现宝玉的性格，那么后来又写了妙玉和黛玉对真情实感入诗的推崇，或许就不只是展现人物性格那么简单了。其实这正是作者对诗文创作的态度——一定要写出真情真事，也是作者在创作《红楼梦》时所一直坚持的风格。其二是在宝玉想到“茜纱窗下，我本无缘，黄土垄中，卿何薄命”的表述后，黛玉“忡然变色，心中虽有无限的狐疑乱拟，外面却不肯露出，反连忙含笑点头称妙”，大概是觉得这话像宝玉祭奠自己，所以觉得不妙。黛玉和宝玉在尘世的缘分原本是由黛玉的“还泪”决定的。因此，他们可能会在某些时候对自己的人生有一点点预感。所以，这段是对八十回后情节的暗示，并且还很明显，高鹗在续书时关注到了这一细节，因此对黛玉死后的宝玉做了那样的处理，虽然不能让所有人信服，但仅从这一处的前后照应讲，我认为还是可以接受的。

似乎读书笔记就要在这样一篇流水账中草草地收笔了。我想为自己的任性向《红楼梦》这部书致歉，其实我深爱着这部书。有时能为自己曾经的一篇分析而骄傲，有时又能对自己曾经的奇怪的想法产生新的解析，即使以这样匆匆而略显不负责任的形式结尾，我依然相信它会给我带来无穷的灵感。

# 故事之外，梦想之内

读过很多书的后记，似乎都交代了作者写作的缘由和对世界的展望。所以对它的内容，我并未觉得忐忑。但我也知道，谓之后记，自然是在书成之后撰写的，而我的后记，在分析完凤姐计除尤二姐之后就有了草稿，而且一直都在讲故事，这让我觉得有些难安了。

大概愿意读到这里的人，都觉得自己会看到我在后记中大谈特谈自己有多么爱《红楼梦》、从小就立志要当红学家云云，但如果故事这么讲，就真的成了故事，没有什么真实性可言。其实真实的故事，现在回忆起来，虽然没那么伟大，但好像还蛮有意思。

第一次接触《红楼梦》是在2006年，小学五年级的时候，我在学校新建的图书馆借到了一本《红楼梦》。那是一本为小学生改编的精简版，从一百二十回缩到六十八回，内容自然只有重场戏，不可能有细枝末节。可就是这样一本少年儿童启蒙版《红楼梦》，让我觉得这本书很有意思，所以借了又借，还因为一次归还时老师没有看见而被误以为未还，差点引起一场风波。与老师并没有发生争执，我倒是对我们的图书馆产生了深深的“敬畏”，从此不愿在那里借书，故而也不知道后来该图书馆是否收藏了完整版的《红楼梦》。

2007年夏天适逢《红楼梦》剧组选秀，每天和同学们交流“我喜欢这个宝玉”“我觉得那个人适合演黛玉”，成了课间的“必修内容”，还有几个好朋友和我一起玩“红学知识问答”的游戏。当时，我并不是那个红学知识最渊博的人，甚至可以说是知之甚少，当那几个同学告诉我“宝玉挨打是因为薛蟠告密”时，我也只能说“啊，原来如此”，完全不知道是对是错。其中有一个和我关系非常好的同学，借给我一套完整版《红楼梦》，我才得以对故事内容有完整的了解。里面有很多详细的注解，也有些很精彩的插图，但让我一直觉得好笑的是，这样一本精致的书里面居然有错别字，如把“林黛玉”写成“林袋玉”等。当时我虽然对《红楼梦》不熟悉，但这样的问题还是能甄别的。从这本书的注解中，我见到了一句受到广泛关注的脂砚斋批语——“秦可卿淫丧天香楼，作者用史笔也”，了解到秦可卿之死并非我们读到的那样简单，这激发了我的好奇心，我开始萌生了一点想研究《红楼梦》的念头。

然而，这个念头随着我初中时对理科的浓厚兴趣而打消了。初中时特别喜欢生物，立志要当医生，或者研究转基因工程，只有想在朋友面前显摆自己的时候——据说对义务教育阶段的学生而言无可厚非——才会搬出《红楼梦》来说说事。直到有一天，我走在上学的路上，突然想起我很喜欢《红楼梦》，如果我学理科的话，这爱好岂不是辜负了？于是我决定学文科。虽然这个想法不够辩证，但它的确让我走上了学文科的道路，我至今还觉得那个想法对我很有益。

上了高中，学了文科，也并非马上就开始了对《红楼梦》的研究。我原本是下定决心主攻诗词歌赋的，当然现在也还在研究，后来主攻方向改变到研究《红楼梦》上，是由于一个故事。我不知道在后记中讲这个故事是否合适，但若没有这个故事，那以后的故事也就无从谈起了。

上高一时的第一份语文作业是课外读书笔记。我当时并不知道是否可以分析诗词，于是想分析《红楼梦》里的一个人物。读《红楼梦》时我最喜欢的人物是妙玉，分析她对我而言也并不很难。偏生在我动笔的前一天，我的一位朋友因为一件小事向我发了近一个小时的牢骚，我觉得他实在有些幼稚，不禁联想到了“无故寻愁觅恨，有时似傻如狂”的宝玉，这才有了在分析妙玉时加入的一段关于宝玉种种缺点的文字，当然最后也还是强调了两人心灵上的契合。可巧老师觉得我的分析很好，于是鼓励我分回目撰写读书笔记，这是这本书真正的开端。由此来看，如果没有那一顿牢骚，可能这本书现在还在我的梦想中“漂浮”，不知道我的这位朋友能不能看到这篇后记，看了后能不能看出这里提到的人是他，但我想，对他我的确有说不完的感谢。没有老师的赏识和鼓励，我对《红楼梦》的感悟虽有千言万语，也不会落实为文字，更不会有后来有目的的研究和两年来的坚持。所以，对于我的恩师，不是一句“感谢”就能表达我的感激之情的。大恩不言谢，我想恩师是能明白我的心的。

说起来，“妙玉”在研究《红楼梦》这件事上给我的影响特别大，不仅是上面提到的那件事，而且在性格的养成上，我也渐渐觉得自己和妙玉越来越像了。比如淡然的生活态度，对人与人之间精神上的而不是物质上的契合格外看重，当然也有令人有些抓狂的乖僻之处——对我不太喜欢的人物或者喜欢但没有强烈感觉的人物，绝对不会费事写一篇性格分析的。这也导致了我在一本书中只有一篇对单个人物的分析，显得有些突兀，自嘲地说，是把妙玉不合时宜的性格带入自己的书里了。我也渐渐觉得自己成为了和妙玉一样的边缘人，只喜欢埋头研究文学，对于文科生一定要从事社会科学类工作才有意义这种说法不敢苟同。记得和同学聊起妙玉的时候，同学说妙玉很有个性，但是有点走极端，而我当时对妙玉的评价是“喜欢她的人会特别喜欢，不喜欢她的人会特别不喜欢”。如今却惭愧地发现，这几个词用来形容我自己其实也比较合适。不论今后我的性格会不会再有变化，这段“像妙玉”的岁月都令我难以忘怀；不论这种性格给我带来什么样的影响，作为一个喜爱妙玉的人，我还是略略有一点骄傲的。

后来的一篇一篇读书笔记写得很顺利，似乎也从未有过想要放弃的想法。从第一回到第八十回，曹雪芹撰写的内容都已涵盖，我不觉得有什么遗憾，而如今这本书即将出版，我却又心存忐忑了。因为一开始的观点和行文都很生涩，最后几篇时间又太紧，有些问题自己抛出来却来不及回答，更不知道有哪些前后矛盾的地方需要修改。不过想到曹雪芹自己尚且有给贾母杜撰出两个生日的问题之后，倒也有了些许释然。

我渐渐觉得自己不仅喜欢《红楼梦》，而且喜欢红学界。我喜欢一种虽

然偶尔会有观点争斗、却依然敢于“争高直指，千百成峰”的勇气，喜欢一种因不断的碰撞而使红学研究成果多姿多彩的特殊活力。很多东西经过多年研究还没有定论，这种尚无定论的事物往往能激发一代又一代人的好奇心。所以，请不要觉得一部《红楼梦》养活了一代又一代红学家很奇怪，正因为如此，《红楼梦》一书才显示出它旺盛的生命力。

无论我如今的心情是忐忑还是释然，满足还是遗憾，似乎有这样一件事是我今后应该做的：将我千头万绪的研究心得和曾经想到的古怪问题整理一下，根据我日后的学习和阅读进行更深层次的挖掘，形成我自己的红学研究体系。不敢说有多大说服力，但的确希望以一种更规范的研究成果向红学大家靠近。

曾经在红学知识问答中秒杀我的朋友们现在还常读《红楼梦》吗？那版精致的《红楼梦》再版时把错别字改掉了么？在这本书完稿之际，我突然想到了这些。

再次表示说不完的感谢，感谢我的恩师、我的朋友、我的父母、出版社以及给我鼓励和自由的大环境……

叶心怡

2013年5月28日